UMA HISTÓRIA SIMPLES

Coleção Paralelos
Dirigida por J. Guinsburg

Equipe de realização – Revisão: Sandra Martha Dolinsky e Maria Amélia Fernandes Ribeiro; Glossário: J. Guinsburg; Projeto gráfico e capa: Adriana Garcia; Produção: Ricardo W. Neves, Sérgio Kon e Heda Maria Lopes.

UMA HISTÓRIA SIMPLES

SCH. I. AGNON

Tradução e Notas
Eliana Langer

Ilustrações
Rita Rosenmayer

EDITORA PERSPECTIVA

Direitos reservados em língua portuguesa à
EDITORA PERSPECTIVA S.A.
Av. Brig. Luís Antônio, 3025
01401-000 • São Paulo • SP • Brasil
Telefax: (0xx11) 3885-8388
www.editoraperspectiva.com.br
2002

SUMÁRIO

Capítulo I 9
Capítulo II 17
Capítulo III 21
Capítulo IV 29
Capítulo V 33
Capítulo VI 43
Capítulo VII 49
Capítulo VIII 57
Capítulo IX 65
Capítulo X 71
Capítulo XI 79
Capítulo XII 83
Capítulo XIII 89
Capítulo XIV 97
Capítulo XV 105
Capítulo XVI 115
Capítulo XVII 123
Capítulo XVIII 135
Capítulo XIX 141
Capítulo XX 149
Capítulo XXI 155
Capítulo XXII 161
Capítulo XXIII 167

Capítulo XXIV 173
Capítulo XXV 179
Capítulo XXVI 187
Capítulo XXVII 193
Capítulo XXVIII 199
Capítulo XXIX 207
Capítulo XXX 217
Capítulo XXXI 221
Capítulo XXXII 225
Capítulo XXXIII 231
Capítulo XXXIV 235
Capítulo XXXV 245
Capítulo XXXVI 255
Capítulo XXXVII 261

Notas 265

Glossário 279

I

Mirl, a viúva, permaneceu doente em seu leito por muitos dias. Médicos e medicamentos consumiram o suor de seu trabalho, porém a doente não curaram. Deus do céu conheceu sua dor e levou-a deste mundo.

Na hora de sua morte, Mirl disse à filha: "Bem sei, Bluma, que não me recuperarei desta minha doença. Talvez você esteja ressentida comigo por não lhe ter deixado herança alguma, não se ressinta. Deus do céu sabe que tudo o que fiz não foi por arrogância. E agora que estou à morte, vá procurar Baruch Meir, nosso parente. Estou certa de que ele não deixará de ter piedade de você e lhe dará um lugar em sua casa".

Pouco depois, Mirl virou o rosto para a parede e devolveu sua alma ao Senhor das Almas.

Bluma tornou-se órfã de pai e mãe. Seus vizinhos e suas vizinhas vieram consolá-la. Vendo que sua casa estava vazia, disseram: "Ela tem um parente em Shibush, seu nome é Baruch Meir Horovits, é um rico comerciante, com certeza não deixará de ter piedade dela".

Bluma balançou a cabeça e disse: "Minha mãe também disse o mesmo".

Decorridos os sete dias de luto, algumas vizinhas se juntaram, alugaram um coche, providenciaram alimento para o caminho e enviaram Bluma para Shibush. Disseram-lhe: "Esse parente, ao encontro do qual você está indo, é um homem muito rico e conhecido em sua cidade, basta perguntar onde fica a casa dele e imediatamente mostrarão a você".

Bluma subiu no coche e foi para Shibush. Chegou à casa de seus parentes, entrou, colocou suas coisas sobre o espaldar de uma cadeira e sentou-se ao lado.

Tsirl Horovits entrou e viu uma fisionomia nova. Segurou a ponta de seu queixo e perguntou: "Quem é você, minha filha, e o que procura aqui?".

Bluma levantou-se da cadeira e disse: "Sou a filha de Chaim Nacht. Agora que meu pai e minha mãe morreram, vim para cá, pois vocês são a nossa família".

Tsirl franziu a boca e calou-se. Bluma baixou os olhos e agarrou seus pertences, como quem não possui no mundo nada mais em que se agarrar.

Tsirl suspirou e disse: "Sofremos muito naquele dia em que soubemos que sua mãe, que descanse em paz, morreu. Não a conheci, mas ouvi dizer que ela não teve muitas alegrias em sua vida. Nem toda pessoa tem esse privilégio. Também seu pai, que descanse em paz, foi arrancado deste mundo prematuramente. É uma pena que tenha morrido. Ele foi um homem íntegro. Ouvi dizer que passou todos os seus dias debruçado sobre livros e, com toda a certeza, orientou-a também para este caminho. Não sou especialista em coisas desse tipo, porém, oxalá tivessem ensinado a você coisas que uma mulher deve saber".

Enquanto falava, Tsirl mudou o tom de sua voz, e disse: "Bem, hoje você já não voltará à sua cidade, amanhã conversaremos sobre sua situação, quem sabe encontramos algo para lhe sugerir".

Tsirl acomodou Bluma num canto de sua casa.

Bluma deitou-se na casa de seus parentes. O cansaço que sentia trouxe-lhe o sono. À noite, despertou de seu sono e espantou-se. Onde estava? A cama não era a sua cama e o quarto não era o seu quarto. Começou a temer que talvez fosse passar a noite toda assim. Em sua vida, jamais sentira medo de ficar acordada, como nessa noite e nesse lugar.

Quando despertou novamente, já havia clareado o dia. Quis lembrar o que a perturbara a noite toda. Lembrou-se que, em seu sonho, vira-se sentada num coche na rua de uma cidade. Sentiu vergonha de estar sentada em público e desceu. Ao descer, os cavalos pularam e começaram a correr; ela permanecera de mãos estendidas esperando que o dono do coche viesse antes que os cavalos esmagassem os transeuntes. Aguardou e ele não chegou.

Sentiu que uma desgraça estava por vir e cobriu os olhos com as mãos para não vê-la.

Na casa, ninguém ainda havia acordado. Bluma, deitada na cama, refletia sobre sua situação. Enquanto estava deitada, a roda de um coche começou a ranger diante da janela, na rua. A linha da estrada de ferro que sai de Stanislav passa por Shibush e, duas vezes por dia, o trem chega e parte e os cocheiros comparecem transportando em seus coches aqueles que partem e aqueles que chegam. Quem não precisa viajar não madruga. Entretanto, Bluma despertou de seu sono antes dos cocheiros terem partido. Bluma costumava madrugar, por isso madrugou. Sua mãe, que descanse em paz, estivera doente a maior parte de sua vida e todo o trabalho de casa recaíra sobre Bluma. Bluma acordou como de costume, porém o dia não transcorria como de costume. Vozes diferentes eram ouvidas de fora e paredes diferentes a observavam. O teto era mais alto do que o teto da casa de seu pai e o quarto pairava no ar. Bluma, que morava numa casa térrea, tendo dormido no andar superior da casa dos Horovits, sentia-se como se estivesse enferma.

Ficar deitada não podia, uma vez que o dia já havia clareado; levantar-se tampouco podia, pois, talvez por sua causa, os moradores da casa despertassem. Permaneceu por um tempo deitada e pensou em sua mãe, que permanecera deitada todos os dias de sua vida e que se sustentara com dificuldade, sem jamais haver pedido nada a seus parentes. E quando suas vizinhas lhe diziam: "Seus parentes são ricos, faça-os lembrarem de você", ela sorria e dizia: "A vantagem de se ter parentes ricos é não ser preciso sustentá-los". Todos os anos, em *Rosch Haschaná*[1], chegavam cartões de boas festas. Bluma lembrava-se daqueles cartões, eram de papel grosso e duro com letras douradas. Durante o ano todo, ficavam pendurados nas paredes como enfeites, sobre telas de palha que sua mãe, que descanse em paz, fazia, deitada em sua cama. Durante o ano todo os cartões permaneciam sobre as telas, até que o dourado descascasse e o papel amarelasse, quando então eram jogados fora. Agora sua mãe repousa no túmulo e sua filha pousa na cama de seus parentes.

A cama, de repente, tornou-se incômoda. Levantou-se num salto, lavou-se, vestiu-se e foi preparar a refeição matinal; Bluma usou pela manhã a louça que Tsirl usara à noite.

Bluma esquentou um jarro de leite, preparou o café, arrumou os copos, as travessas, as colheres e as facas, cortou o pão em pedaços e neles passou a manteiga que estava na louça. Depois, abriu seus pertences e deles tirou uns bolinhos e os colocou numa bandeja. Quando a senhora Horovits entrou para preparar a refeição matinal, encontrou a refeição já preparada.

Baruch Meir entrou, esfregou suas mãos e cumprimentou Bluma com a saudação matinal. Ajeitou sua roupa e sentou-se à mesa, encheu seu copo e olhou com satisfação para Bluma e seus bolinhos. Em seguida, entrou Hirshl, seu filho, e disse: "Que belos bolinhos eu vejo!". Serviu-se de um deles, comeu e disse: "Bolinhos como estes fazem valer a pena abençoar a refeição."[2]

Tsirl pegou um pedaço pequeno, provou e disse: "Quem assou estes bolinhos? Você?" Bluma a olhou e disse: "Eu não". Serviu-se também de um pedaço, comeu e disse: "Eu também sei assar bolinhos como estes".

Tsirl modificou o tom de sua voz e disse: "Graças a Deus, não costumamos assar bolinhos e rosquinhas. Basta-nos o pão comum".

Bluma baixou os olhos enquanto o som da mastigação dos bolinhos continuava a ser ouvido.

Hirshl inclinou a cabeça na direção de sua mãe e disse: "Oh, querida mãe, quero lhe dizer algo".

Tsirl olhou para seu filho e disse: "Fale".

Hirshl sorriu e disse: "Não, só no seu ouvido".

Tsirl inclinou o ouvido na direção do filho. Hirshl colocou a boca no ouvido dela, como se tivesse a intenção de sussurrar, elevou a voz e disse: "Mãe, admita, estes bolinhos são saborosos!".

Tsirl contraiu as sobrancelhas e disse: "Está bem, está bem".

Bluma tirou a louça da mesa e entrou na cozinha. Tsirl entrou em seguida e mostrou-lhe onde se lava a louça usada nas refeições de leite, as tinas e os panos de prato.

Bluma olhou com o canto de um olho a bancada de leite e, com o canto do outro, a bancada de carne[3].

Tsirl percebeu o olhar de Bluma e disse: "Você sabe cozinhar um pedaço de carne?". Bluma disse: "Sei". Disse Tsirl: "Enquanto limpamos a louça, a carne será entregue. Eis o arroz, o macarrão, a cevada e tudo o mais".

Bluma balançou a cabeça como quem diz: "daqui por diante não mais preciso de você". Tsirl observou atentamente aquilo que Bluma fazia. Ela foi, voltou e acabou ficando, voltando uma hora e meia depois do meio-dia, quando então encontrou a mesa posta e a refeição preparada.

Esse era o primeiro dia do mês de *iar*[4], dia de folga das empregadas domésticas. Um dia antes de Bluma chegar à casa de seus parentes, a empregada havia partido e outra não chegara. Quando a agente foi à casa de Tsirl trazendo uma nova empregada, Tsirl disse: "Por favor, digam-me onde a alojarei? Chegou uma parente minha e ocupou a cama da empregada".

Bluma trabalhava na casa de seus parentes. Deus do céu deu-lhe forças e suas mãozinhas trabalhavam muito. Ela cozinhava e assava e lavava e remendava. Não havia canto em que a mão de Bluma não era percebida. Bluma está acostumada a trabalhar. Não foi em vão que crescera numa casa com uma doente. Aquilo que ela estava acostumada a fazer na casa de sua mãe continuava fazendo na casa de seus parentes. Tsirl já reconhecera que Bluma havia aprendido tudo o que uma mulher deveria saber. E, como era parente e não empregada, não lhe fixou um salário. Tsirl disse a seu marido: "Afinal, ela é como um de nós, portanto, aquele que nos remunera a remunerará".

Aparentemente, isso é uma privação de salário, mas quem observa melhor vê que, afinal, Tsirl está certa, pois quando aparecer um homem e chegar a hora de Bluma se casar, Tsirl não correrá para pedir auxílio para o dote[5] de sua parente em instituições de caridade. Ela mesma, certamente, lhe dará um presente proporcional aos anos que terá trabalhado e, se for um arranjo matrimonial digno, seu presente será em dobro. E que melhor remuneração Bluma poderia esperar, uma vez que ela nunca havia servido a outros! Afinal, ela está aprendendo com Tsirl o trabalho de casa. Segundo a norma, os empregados de mercearia, em seu primeiro ano de trabalho, e os operários durante os três primeiros anos, trabalham com seu mestre sem remuneração.

Bluma permaneceu com seus parentes, afastada do resto do mundo. As moças pobres que serviam na casa de suas vizinhas não queriam se aproximar dela, e nem é preciso dizer que ela tampouco queria delas se aproximar. As agentes às quais as empregadas se apegam não se atreviam a procurá-la, e nem é preciso dizer que ela tampouco as procurava. Era obrigada a ficar confinada na casa dos Horovits. Todavia, aquela casa não fora feita para divertir corações. Os moradores da casa estavam ocupados na mercearia e somente iam para casa engolir um pouco de sopa e dormir. Sábados e feriados, quando saíam para passear, ou nos dias de semana, quando iam comer na casa de amigos, Bluma não era chamada para acompanhá-los. Uma casa deve ser guardada, e quem, senão Bluma, guardaria a casa enquanto nenhum de seus moradores nela se encontrar!? Bluma ficava só consigo mesma. Nem as diversões das domésticas e nem os mimos das filhas dos ricos.

Bluma permaneceu com seus parentes durante muitos dias. Tsirl não a mimava e não a importunava. Tsirl sabia relacionar-se com as pessoas. Essa habilidade vinha do aprendizado com seus fregueses na mercearia. Tsirl não menosprezava ninguém, nem mesmo o pobre que comprava pouco. Tsirl dizia: "Hoje ele compra com um centavo e amanhã poderá ganhar na loteria e comprará com muito mais". Tsirl tratava com carinho até mesmo uma criança que comprava bem pouco. Pegava em seu queixo e lhe dava uma porção generosa a mais. "Enquanto é pequeno, são pequenas suas necessidades, e, quando crescer, suas necessidades serão muitas. Se eu for gentil quando é pequeno, então ele se acostuma, e será meu freguês quando for grande. Quantos milionários vieram, quando pequenos, comprar alfarroba de meu pai para comemorar o dia quinze do mês de *schevat*[6] e, atualmente, compram amêndoas e uva-passa todos os dias?!".

Essa não era a única mercearia de Shibush, havia uma porção delas no mercado, uma ao lado da outra, uma engolindo a outra, além daquelas do pequeno mercado e das demais ruas. Às vezes ficavam abarrotadas e às vezes vazias, às vezes movimentadas e às vezes ociosas. No entanto, a mercearia dos Horovits estava sempre abarrotada. Ninguém sabia por que era atraído para lá. Até mesmo sais medicinais, vendidos em farmácia com prescrição médica, eram comprados na mercearia de Tsirl, pois a gentileza de Tsirl era meio caminho para a cura. Da mesma forma que agia carinhosamente com todos, agia também com Bluma. Uma roupa não lhe vestia bem, a dava a Bluma; seus sapatos se entortavam, ela os dava a Bluma. Bluma usava tudo o que podia ser aproveitado e desfazia-se de tudo que não dava pra ser usado. Por isso Tsirl dizia: "Na minha vida, jamais atirei algo fora, mas a nossa Bluma não é assim, joga fora tudo aquilo de que não gosta". Aparentemente, suas palavras não passavam de um resmungo, mas quem conhecia Tsirl sabia que não era bem assim. Como um amigo que diz a outro: "Não estou ressentido com você, apenas estou dizendo o que penso". No entanto, o dono da casa agradecia muitíssimo a Bluma por todo seu trabalho. Quando ia para outra cidade cumprimentava-a ao sair e ao voltar, não a tirava de seus pensamentos, mesmo quando não estava diante dela. Veja, quando voltou de Carlsbad[7] trouxe-lhe um presente. Da mesma forma que trouxera presentes para sua mulher e para seu filho, trouxera também para Bluma. "Ah, esses homens", dizia Tsirl, "parece que não conhecem as necessidades femininas, mas o meu Baruch Meir não é assim, ele sabe aquilo de que Bluma precisa e lhe traz, ou é possível que lhe tenha sido transmitido pelo sangue, afinal, ela é nossa parente".

Também Hirshl a tratava bem e não se esquecia que eram feitos da mesma matéria. Se o colarinho de sua camisa amarrotava-se na hora de passar a ferro ele não reclamava com ela, nem é preciso dizer que não atirava os sapatos para que ela os engraxasse. Suas palavras não eram doces como as de sua mãe e nem piscava os olhos carinhosamente como seu pai. Hirshl era jovem e ainda não aprendera a tirar proveito da piscada de olhos e de uma fala suave. Hirshl tinha apenas dezesseis anos e já sabia que nem tudo neste mundo é bom. Há os que dizem que a causa de toda a desgraça é o fato do mundo ser dividido em pobres e ricos. É possível que isto seja uma desgraça. Contudo, não é a desgraça principal. A desgraça principal é que tudo vem com pesar.

Esse pesar, Hirshl não sabia o que vinha a ser. Desde o dia em que viera ao mundo seu sustento estava garantido, sua roupa estava preparada, pessoas boas iluminavam-lhe o rosto e faziam toda sua vontade com amor. Talvez, Hirshl tenha enxergado e percebido que os mesmos que eram bondosos com ele eram maus com outros, e isso o entristecia. E talvez ele fosse ainda uma criança para pensar em coisas que não deviam preocupá-lo.

II

Hirshl é o filho único de seu pai e de sua mãe. É ao mesmo tempo primogênito e temporão. Depois que seus pais se desiludiram de procriar, foram agraciados com um filho varão, ao qual deram o nome do avô materno, Shimon Hirsh. Seu primeiro nome, porém, foi logo esquecido. Passou a ser chamado carinhosamente pelo diminutivo do segundo nome.

Ao deixar de amamentá-lo, Tsirl entregou-se quase que inteiramente aos negócios do armazém. Ela não esperava conceber mais filhos. "Se tiverem que vir, que venham". Por ela, não teria mais filhos, pois não se sabe se para eles é melhor terem nascido ou não. Apesar de não ter tido outros filhos além de Hirshl, ela não lhe demonstrava carinho em demasia, para que este não tirasse proveito de sua condição de filho único. Em contrapartida, Baruch Meir dava a seu filho amor em dobro, amava-o demais.

Baruch Meir era daqueles a quem o sucesso sorria. Tudo o que suas mãos tocavam prosperava, e tudo o que lhe era ofertado multiplicava-se. Ele não questionava se de fato merecia tal sucesso. Por outro lado, tal sucesso tampouco questionava se de fato ele o merecia ou não. Uma sensação indefinida deixava em Baruch Meir a impressão de que, para aquele que permanecesse ativo, seu trabalho não seria em vão. Baruch Meir era um simples servente quando começara a trabalhar no armazém e, a essa altura era um grande comerciante. O armazém onde trabalhara como empregado então lhe pertencia, e a filha de seu patrão era sua mulher.

O brilho do sucesso podia ser reconhecido no rosto de Baruch Meir, cintilava em sua barba e era visto em seus olhos, que sorriam mesmo quando ele estava só. Sua vida transcorria tranqüilamente. Até mesmo seus instintos acomodaram-se, não o colocavam diante de tentações e nem o admoestavam. Ia à sinagoga no *Schabat,* nos dias festivos e nos dias em que a "meia-oração" do *Halel* era lida. Se por acaso lhe dissessem: "seria bom uma pessoa como você orar todos os dias na sinagoga", ele obedeceria. Baruch Meir ouvia as outras pessoas e não fazia questão de decidir tudo por si mesmo. Não exagerava nos donativos. Quando lhe pediam, dava. Às vezes dava pouco e às vezes dava muito. Tratava bem até mesmo os que costumavam pedir de porta em porta, os quais eram enxovalhados por Tsirl: "Que trabalhem e não incomodem as pessoas". Baruch Meir dizia: "O mundo não vai mudar se um *batlan* deixar de sê-lo, e eu não serei prejudicado se lhe der um centavo". Convivia pacificamente com todos e abria mão de sua vontade em favor dos outros, para que seu pensamento ficasse livre para os negócios. Convivia em paz com seus empregados e não lhes impunha sua autoridade. Entretanto, ensinava-lhes a não lamber os dedos, pois o freguês poderia ver e enojar-se de sua mercadoria.

Baruch Meir devotara uma grande admiração pelo patrão, desde o dia em que entrara no armazém de Shimon Hirsh Klinger. Aquele velho, que até bem próximo ao inverno lavava-se no rio e tudo fazia conforme sua própria opinião, cativou à primeira vista o coração de Baruch Meir. Na verdade, Baruch Meir admirava-se, pois não sabia se era o mundo que não merecia ser olhado por aquele homem, ou se aquele homem sabia de tudo ainda sem que olhasse para nada. Ao entrar no armazém, não levantava os olhos acima de seus pés, mesmo assim sabia o que havia sido vendido e quanto havia sido vendido, até mesmo do que era vendido a peso, como nozes, amêndoas, passas e similares. Os bisbilhoteiros diziam: "O velho passa pelo armazém à noite, pesa sua mercadoria e confere tudo o que há nas caixas e nos caixotes", no entanto, Baruch Meir não acreditava no que diziam. E como não acreditasse numa explicação racional, acreditava em outra sobrenatural e, por acreditar em outra sobrenatural, admirava-se ainda mais. Shimon Hirsh sempre falava pouco. Costumava dizer: "Um armazém não é como um *beit ha-midrasch*, lugar em que coisas inúteis são ditas". Jamais seus empregados o escutaram proferir palavras de elogio ou de repreensão, a não ser o "*humm*..." que, quando longo, indicava sua satisfação e, quando breve, indicava sua insatisfação. Ainda assim, seus empregados apressavam-se em lhe fazer as vontades. Quem era admitido no armazém de Shimon Hirsh aprendia a fazer tudo o que o patrão queria.

Durante seis anos e meio Baruch Meir servira a seu patrão e, durante todos aqueles anos, seu patrão não conversara com ele mais do que conversara com os demais funcionários, a não ser certa vez, durante uma viagem, no hotel. Naquele dia, Baruch Meir voltara de sua cidade e sentia-se orgulhoso, pois livrara-se do serviço militar e estava prestes a casar-se com sua bela parente. À noite, no hotel, havia um homem que corria pelo quarto fazendo cálculos em voz alta e impedindo todos de dormir. Percebendo que Baruch Meir o observava, perguntara-lhe: "Eu atrapalho?". Baruch Meir respondera tranqüilamente: "De jeito algum!". E, enquanto falava, subira na mesa e apagara a lamparina. Naquele mesmo quarto encontrava-se Shimon Hirsh Klinger, que o olhara rapidamente e lhe dissera: "Estou satisfeito com você, tinha certeza que você fosse uma ovelha ingênua e, no entanto, você é um homem". Fora amável, conversara com ele e não mais se separaram, até que este lhe dera como esposa sua filha Tsirl.

Quando Baruch Meir teve o privilégio de unir-se à família de seu patrão, temia que sua esposa não o amasse e, então, cortejava-a a cada dia como se ela fosse uma nova pessoa, como se uma parte dela não lhe tivesse sido entregue. Muitas vezes sentava-se à sua frente e pensava: "O que há nela que não me pertence? Ela me revela seus segredos abertamente, mas, ainda que abertamente, eles são velados". Cada gesto seu, cada roupa nova que vestia tornavam-na nova aos seus olhos. Cada dia a amava mais e, quanto mais a amava, mais refletia. Ela também pensava e perguntava: "O que é que ele espera de mim que não lhe dou?". Quando seu filho nasceu, percebeu que tudo lhe havia sido dado. Ela lhe entregara o que havia nas profundezas de seu coração. Segurava-o em seus braços, aninhava-o em seu peito e distraía-se com ele, mesmo quando sua mulher não estava junto. Daí por diante, graças ao filho, redobrara seu carinho por Tsirl, e amara o filho pela mãe. Jamais Baruch Meir tivera preguiça de seus afazeres e, desde então, sua agilidade redobrara. Não havia dia em que não inovasse algo e não havia o que ele não trouxesse para sua loja. Chegou a trazer uma espécie de sais medicinais para o tratamento de pele, e também tintas para pintar casas e escrever letreiros, pois Shibush a essa altura não era mais como antigamente. Antigamente, quem adoecia era sangrado; a essa altura, tomava-se banho com sais; antigamente, as casas eram caiadas; a essa altura eram pintadas de diversas cores; antigamente, os letreiros pendurados nas lojas eram para sempre; a essa altura uma loja era aberta e logo sua falência era decretada, então um novo letreiro era necessário; num dia o letreiro levava o nome de sua primeira mulher e, no outro o nome de sua segunda mulher. Quem quisesse comprar barato, comprava de Baruch Meir, pois todos sabiam que Baruch Meir vendia barato. Inclusive lojistas começaram a comprar de Baruch Meir, pois Baruch Meir trazia sua mercadoria do lugar de origem. Comprava por menos e vendia por menos.

III

Hirshl tinha dezessete anos quando começou a trabalhar na mercearia de seu pai e de sua mãe. Hirshl não era esperto como sua mãe e tampouco era tão ágil quanto seu pai. Possuía, porém, uma outra virtude: fazia tudo o que seus pais lhe pediam. Enquanto Hirshl freqüentava o *beit ha-midrasch*, seus pais esperavam que se tornasse rabino. Antes que seus desejos se concretizassem, Hirshl afastou-se dos estudos bíblicos. Naquela época, o estudo bíblico perdera seu prestígio, os rapazes israelitas deixavam seus livros e dedicavam-se a afazeres profissionais. Os mais brilhantes iam para escolas onde aprendiam uma profissão que os remunerasse à altura. Os medianos dedicavam-se a transações comerciais. Havia ainda outro grupo formado por rapazes que não se dedicavam aos estudos bíblicos e tampouco aos estudos profissionalizantes. Sustentados pelos pais, alguns se dedicavam ao sionismo e outros, ao socialismo, ocupando, dessa forma, seus dias com assuntos que não diziam respeito à comunidade. Tanto os sionistas quanto os socialistas eram menosprezados. As pessoas zombavam dos primeiros e temiam os últimos.

Na verdade, em Shibush havia simpatizantes do sionismo, que compareciam a todas as reuniões e, quando o representante da sociedade sionista encontrava-se na cidade, preparavam em sua honra recepções com café e bolos e o acompanhavam pela cidade. Mostravam-lhe as atrações, como, por exemplo, a Grande Sinagoga, com o sol, a lua, as estrelas e os doze signos do zodíaco desenhados em seu teto; o lustre de bronze, em cujos vitrais estava inscrita a bênção da lua nova[1]; a bíblia que se encontrava no antigo *beit ha-midrasch,* com suas iluminuras e com suas margens cobertas de anotações em latim, escritas por um cardeal, e o livro *Sefer melechet machshevet*[2], com a fotografia de seu autor, imberbe e de cabelos longos cobrindo a nuca. Havia ainda aqueles que freqüentavam a sede do grupo sionista para, por exemplo, ler jornal, e, quando era preciso, discursavam sobre sionismo. Essas pessoas, porém, já estavam com suas vidas estabilizadas e sua sobrevivência garantida, não precisavam correr atrás do sustento.

Hirshl, por seus atributos, poderia trilhar o caminho dos mais brilhantes, estudar no ginásio, na universidade e tornar-se doutor. Entretanto, sua mãe, que temia os estudos, impediu-o. Tsirl teve um irmão que poderia ter sido como qualquer outro homem, no entanto, enlouquecera. E o que causara sua loucura? Certamente, os estudos aos quais se dedicara. E tudo que seus pais fizeram para equilibrar sua mente fora em vão. Rasgaram seus livros; encontrara outros. Expulsaram-no de casa, fora para a floresta e alimentara-se de bagas silvestres e relva, como um animal, até que enlouquecera e morrera. E quando Tsirl viu que a *Guemará* tornara-se um fardo para seu filho, apressou-se em colocá-lo na mercearia, antes que fosse atraído pelos estudos laicos. No início, colocou-o provisoriamente e, depois, em caráter definitivo. Tsirl dizia: "O negócio cuidado por seu dono prospera e lhe dá vida e sustento". Como todas as outras mulheres, ela também respeitava a *Torá* e seus estudiosos; contudo, a seu ver, tudo o que não tinha um objetivo prático tinha sua importância limitada. Bem, a verdade é que havia rabinos que tinham sustento farto, porém quantos deles? Não havia na cidade nem mesmo um, o que significava que não era uma mercadoria de primeira necessidade. Bem, uma vez que Hirshl afastara-se da Bíblia, era conveniente que trabalhasse na mercearia.

No início, queria que seu filho se tornasse rabino, não devido ao seu amor à *Torá*, mas sim para que, dessa forma, o pecado de seu bisavô fosse redimido. Ele ofendera o rabino da cidade, o qual expressava um fervor religioso excessivo. Certa vez, o rabino fizera algo que lhe parecera uma loucura, e o velho dissera aos moradores da cidade: "Parece-me que o rabino enlouquecera". O rabino disse-lhes: "Ele e seus filhos é que enlouqueceram". Apesar das controvérsias com o rabino terem sido de caráter religioso, sua maldição cumpriu-se, pois não há discussão, ainda que de caráter religioso, que não implique um misto de provocações. Daí em diante, não houve sequer uma geração naquela família que não tivesse um louco. Quando Hirshl nasceu, seus pais quiseram consagrá-lo à *Torá*, pois, talvez, por meio dele, aquele pecado fosse redimido. No entanto, nem sempre aquilo que se deseja é acatado no céu, ainda mais quando a intenção não é plena. E uma vez que não lhe foi dado concretizar seu desejo, Tsirl fez o que estava ao seu alcance.

E foi assim que Hirshl começou a trabalhar na mercearia. Certa vez, seu pai viajara para Carlsbad para tratar-se e sua mãe ficara na mercearia com seus dois funcionários. Ela dissera a Hirshl: "Fique conosco na mercearia até que seu pai volte". Hirshl fizera uma dobra no canto da folha da *Guemará,* como quem pensasse voltar, e fora à mercearia. Hirshl não imaginara que tão breve não sairia dali. Entretanto, o cheiro do gengibre, da canela, das passas, do vinho, do conhaque e todos os demais cheiros da mercearia eram-lhe mais agradáveis do que o cheiro da *Guemará*. Também os fregueses o atraíam mais do que os estudantes do *beit ha-midrasch*. Naquela época, os freqüentadores do *beit ha-midrasch* não passavam de rapazes que estudavam a *Torá* melancolicamente. Diferentemente, a maioria dos comerciantes e fregueses eram obstinados e ativos. Antes mesmo de Baruch Meir voltar de Carlsbad, Hirshl já se tornara um comerciante. A argumentação *halákhica* foi adiada em virtude das transações comerciais e o *beit ha-midrasch* foi substituído pela mercearia. Finalmente, exceto aos sábados, feriados religiosos e nos dias em que o meio *Halel* era rezado, não mais era visto no *beit ha-midrasch*.

Assim como todos os filhos de famílias abastadas, também ele afastara-se do *beit midrash* e passara a freqüentar a sociedade sionista. A sede era numa sala grande, onde havia jornais e, num canto, uma mesa com um tabuleiro de xadrez. Ali sentavam-se os rapazes, alguns jogavam xadrez e alguns liam jornal. Nem todos os jornais traziam artigos sobre sionismo e tampouco todos os seus leitores eram sionistas. Havia os que iam para ler, e havia aqueles que iam pela companhia. De qualquer forma, ali jamais ficava ermo. Às vezes, nos dias de inverno, ao anoitecer, quando a escuridão caía sobre os habitantes e sensações indistintas enchiam o coração, alguém do grupo punha-se a declamar um dos poemas de Sião, um daqueles poemas tristes que tocam a alma.

Todos os companheiros emocionavam-se, como nos tempos em que, juntos, estudavam a *Torá*, e uma atmosfera de prazer derramava-se sobre os rapazes judeus.

Hirshl era uma das pessoas que freqüentavam a casa da sociedade sionista não pelo ideal sionista. É difícil saber por que razão Hirshl não era sionista, uma vez que todos os rapazes de famílias abastadas o eram. Talvez tivesse encontrado algo de errado no sionismo ou em seus militantes, ou talvez não tivesse percebido o sofrimento da nação, ou ainda, talvez tivesse percebido, porém, dizia não ser esse o caminho.

Os pais de Hirshl não se importavam que seu filho tivesse se afiliado àquela sociedade. Contanto que não negligenciasse os negócios, permanecendo o dia todo na mercearia e dedicando-se ao comércio, o que haveria de mal em freqüentar à noite a sociedade sionista e ler jornal? Lendo, saberia o que se passava no mundo. Isso em nada prejudicaria um arranjo matrimonial. O que fariam se ele se juntasse, Deus nos livre, aos socialistas? Numa geração em que não se tem autoridade com os filhos, é melhor guardar para si as queixas e não externá-las. Poderosos e ricos tinham seus filhos arrastados atrás de todo tipo de vadio, e como não conseguisse impedi-los, somente lhes restava suspirar por eles e, ai!, lamentar-se.

Uma ou duas vezes por semana Hirshl freqüentava a sociedade sionista, lia as notícias do dia, as novidades da pátria e artigos sobre literatura e artes. Nos intervalos, acendia um cigarro e conversava com seus amigos. Nas noites de quinta-feira, quando o armário de livros permanecia aberto e o bibliotecário os emprestava, Hirshl retirava três livros: um para ler e dois para se distrair. E no inverno, nas noites de sábado, depois da refeição, seu pai e sua mãe dormiam, enquanto sobre a mesa ardiam três grandes velas, uma para Baruch Meir, outra para Tsirl e uma terceira para Hirshl, que lia até que o sono chegasse. No quarto de Bluma, também ardia uma vela, e ela também lia um dos livros que Hirshl trazia. Bluma gostava de livros, pois eles abriam as portas do mundo e traziam de volta o seu passado: aquele tempo, em que costumava sentar-se junto a seu pai, que descanse em paz, e ler para ele.

Chaim Nacht, pai de Bluma, casara-se com Mirl, que havia sido prometida anteriormente a Baruch Meir, parente dela. A riqueza de Tsirl cegara Baruch Meir, que deixara sua parente e casara-se com Tsirl. Shimon Hirsh Klinger, pai de Tsirl, era um rico comerciante, e Baruch Meir trabalhava com ele em sua mercearia. Depois que seu filho enlouquecera, isolara-se e morrera, tornara-se difícil arranjar casamento para Tsirl, mesmo sendo ela filha única de gente rica. A família Klinger carregava um estigma muito grande – um filho que enlouquecera e morrera. Todas as desgraças afetam a vida dos desafortunados pessoalmente atingidos, com exceção da loucura, pois o principal desafortunado não a sente. Seus familiares e os familiares de seus familiares, porém, a sentem por demais. Todas as desgraças são esquecidas quando se vão, exceto a desgraça da loucura, um lamento que permanece por gerações. Damos sustento aos preguiçosos e damos asilo aos doentes incuráveis. Quanto ao doente mental, nada disso é feito. Dele fugimos e o usamos para ameaçar as crianças, que o tratam com crueldade e o provocam. O pai de Tsirl vira que ela estava envelhecendo e que os *shadchanim* não os procuravam. Pensara bem e casara-a com Baruch Meir. Baruch Meir tinha aptidão para o comércio, era trabalhador e ágil nos negócios e, desde o dia em que começara a trabalhar com ele, não apresentara nenhum defeito. Além disso, seu sobrenome era respeitado por todos. Na verdade, Baruch Meir Horovits não era parente de Levi Horovits, cuja família descendia de Yeshaya Leib Horowitz[3], "o Santo", mas, ainda assim, o nome Horovits era um nome honrado.

Os pais de Mirl não apenas não se afastaram de Baruch Meir depois de seu casamento com Tsirl, mas também aprovaram seu casamento com uma moça rica. Ele tampouco se afastara deles, e todos os anos lhes mandava cartões de ano novo. E, quando Mirl casara-se com Chaim Nacht, passara a mandar cartões de ano novo também para ela e para seu marido. Assim como tratava os pais dela, tratava a ela e seu marido.

Chaim Nacht não fora abençoado com riqueza, assim como o fora Baruch Meir Horovits, e as pessoas não o tinham em alta conta. Em compensação, era instruído e falava bem, era um erudito. Assim como todos da família Nacht, sua cultura era maior do que seu sucesso. Apesar de Mirl ter se casado com o consentimento de seu pai, este não perdia a oportunidade de brigar com ela. Aquele velho irritava-se por ela não ter conquistado o coração de um vencedor, em vez de conquistar o coração daquele gastador que não conseguira ganhar nem ao menos um tostão, e que desperdiçara seu dote.

Porém, Mirl não criticava seu marido. Mesmo em horas de fracasso, não o menosprezava. Mirl era grata a Chaim por tê-la tirado do jugo de seu pai e de sua rigidez, tendo construído um lar para ela. Quando a sorte os deixara e seu dinheiro acabara, não deixara de amá-lo. Mirl dizia: "Por ele não ter sucesso nos negócios, devo atormentá-lo em casa?". Sentia pena dele e, por isso, amava-o ainda mais, com um amor isento de cobrança material. Tudo o que ele fazia, ela julgava acertado. Se todas as pessoas fossem justas como Chaim, nada faltaria a ele. Porém, este mundo é dividido entre vencedores e justos. Os vencedores confiscam os bens dos justos e estes confiam nas pessoas que os molestam. Por acaso, ele tem culpa de ter confiado naqueles que levaram seu dinheiro, deixaram-no de mãos vazias, sem meios para negociar? E, uma vez de mãos vazias, seu crédito também se fora. E, uma vez sem crédito, seu negócio terminara. Ele possuía uma grande mercearia, de onde saíra para uma menor. Morava numa casa espaçosa, cujas janelas se abriam para o mercado principal, de onde saíra para morar num lugar apertado, sem acesso à luz do sol. E, ainda, associara-se a pequenos negócios, na esperança de sua sorte mudar e poder levantar-se. Finalmente, desmoronara e não mais se levantara. Ao ver que não conseguia ter sucesso nos negócios, fechara-se em casa e passara a dedicar-se ao estudo da *Torá*, pois decidira ser professor de religião numa escola. E, nessa empreitada, tivera e não tivera sucesso. Ele recebera o certificado de professor, mas como professor não fora aceito. Toda escola que abria uma vaga preenchia-a com pessoas ignorantes que subornavam os responsáveis com dinheiro e, assim, tomavam seu lugar. Chaim Nacht não subornara, nem com dinheiro nem tampouco com palavras, privando a si e a seus familiares.

Ao ver que não havia lugar para ele nas escolas, fizera uma escola para si. Juntara alguns jovens em sua casa e os ensinara mediante pagamento. Pouco tempo depois, seus alunos o abandonaram e se foram, pois os tempos mudaram e o interesse diminuíra. Todo pai procura algo prático para seu filho e, no caso do estudo, vale a pena estudar a ciência da contabilidade ou coisa semelhante. Ele ensinava poemas, fábulas, Filosofia e outras coisas que nunca seriam úteis. É verdade que na cidade não havia outro professor que soubesse escrever tão bem quanto Chaim Nacht, mas de que servia, se sua erudição não era compreendida?

Nessa época, Bluma já amadurecera e seus olhos já enxergavam. Via a mãe fazendo um remendo sobre outro para cobrir a pobreza. Enquanto isso, seu pai na janela, seus olhos azuis cheios de lágrimas, a barba, loira e macia como a seda, entre os dentes, debruçava-se sobre o livro, sem ler. Às vezes, pegava a mão de Bluma e dizia-lhe: "Sei, minha filha, que deveria ser banido, tenho uma esposa e uma filha e não as sustento". Chorava muito, diante dela, ao contar a história do califa que recebera um ladrão. O califa perguntara ao ladrão: "Por que você roubou?". O ladrão respondera: "Eu tenho mulher e filhos". O califa ordenara que não o castigassem pelo roubo, mas que o enforcassem, pois tinha mulher e filhos e não os sustentava.

Quando Bluma estava em idade de aprender, seu pai a sentava ao seu lado e lia livros com ela. Chaim Nacht dizia: "Eu sei, minha filha, que não lhe deixarei riqueza e bens materiais, mas ensiná-la-ei a ler livros. Quando o mundo de uma pessoa escurece, ela pode ler um livro e enxergar um outro mundo".

Bluma aprendia com facilidade. Antes mesmo de conhecer todas as letras, conseguia ler lendas, histórias e peças. Seu pai molhava as páginas com lágrimas e admirava-se com a filha, que lia sem se emocionar. Por isso devemos chorar? Isso é motivo para abraçar, desgraças e sofrimentos não a emocionam. Ele chorava muito pelo sofrimento de personagens de livros e ela não derramava nem sequer uma lágrima. Que resposta dava Bluma a seu pai quando este lhe expunha a desgraça alheia? Dizia: "Pai, por que ele agiu assim? Se tivesse agido de outro modo, teria conseguido escapar de sua desgraça". A isso Chaim respondia: "Minha filha, minha filha! Você não parece ser minha filha, você diz que a lei do destino é o homem ser guiado por seus atos! Porém, só podemos fazer o que nos foi determinado no início, quando fomos criados". Bluma o interrompia e dizia: "Agora irei ajudar a mamãe", e ele respondia: "Vá, minha filha, vejo que seu coração a ensina. Ajude sua mãe, ficarei aqui cobrindo meu rosto de vergonha, pois só lhes dou trabalho e não as ajudo. Ai de mim no Dia do Juízo, ai de mim no dia do acerto de contas! O que responderei quando for levado a julgamento?". Como quem sabe que há justiça no mundo, afundava-se em sua cadeira e, escondendo seu rosto com as mãos, chorava. Uma vez afundado em sua cadeira, não mais se levantara.

Morrera repentinamente, de vergonha e de sofrimento, deixando a mulher e a filha sem nada.

Bluma ficou com a mãe. Aos poucos os livros do pai foram vendidos. Depois, as roupas, a mesa e a cama também foram vendidas e, finalmente, deixaram a casa apertada para morar noutra mais apertada do que aquela. O pai de Mirl morrera antes disso, e o que deixara mal dava para o sustento delas. Pela fragilidade, pela vida de sofrimento e pela casa úmida, por todos esses motivos, Mirl adoecera. Por muito tempo, Mirl ficara presa à sua cama, doente. Médicos e medicamentos consumiram o restante de seu dinheiro, mas a doente não curaram. Deus do céu, vendo seu sofrimento, levou-a deste mundo.

Depois que Bluma ficara órfã também de mãe, suas vizinhas a enviaram para seus parentes em Shibush. Na casa de seus parentes, Bluma encontrara lugar para morar e comer. Meio como empregada, meio como parente. Se as pessoas não tivessem o hábito de reclamar, Bluma não teria nada do que se queixar. Deus lhe concedera força, graça e inteligência, coisas que podem consolar uma pessoa em seu sofrimento.

IV

Bluma permaneceu na casa de seus parentes. Uma vela acesa sobre a mesa coberta por uma toalha branca. A pequena Bluma estava só em seu quarto lendo um livro. Hirshl trouxera três livros no dia anterior, dois tomara para si e um emprestara para Bluma. Deus do céu ensinou-lhe a permanecer em casa. O descanso do corpo promove o descanso da alma. Seu pai e sua mãe morreram havia muitos anos. Suas mortes não foram repentinas, morreram lentamente. Passaram a vida inteira à espera da morte. Suas lágrimas, Bluma já vertera enquanto seus pais viviam e, agora, somente uma lembrança do sofrimento podia ser vislumbrada entre suas pestanas.

Bluma permanecia entre as paredes de sua casa e o livro lhe abria as portas do mundo. Bluma costumava permanecer em casa com sua mãe doente, portanto não lhe era difícil permanecer em casa[1]. Desde sua juventude, Bluma costumava ler livros, portanto, eles faziam parte de sua juventude. Uma grande profecia escapara da boca de Chaim Nacht quando lhe dissera: "Minha filha, ensiná-la-ei a ler livros, pois, quando o mundo escurece, ao lermos um livro enxergamos um outro mundo". Riqueza e propriedade Bluma não possuía. Tudo o que possuía eram suas mãos, e as alugava para outros. Contudo, sua alma era livre. Sua alma vagueava livre pelo universo. Que belo! A vela do *Schabat* ardendo no quarto de uma virgem recatada, enquanto esta descansa de seu trabalho lendo um livro. Por Deus! Bluma Nacht não tinha o que reclamar de sua sorte. Deus do céu dera-lhe bastante beleza e as pessoas não a menosprezavam. Jamais, em toda sua vida, ouvira uma reprimenda. Baruch Meir a via com bons olhos. Enquanto ela se ocupava com seu trabalho, faíscas de ternura emanavam dos seus olhos, penetrando os olhos de Bluma. Baruch Meir convivia em paz com todos, tanto mais com aqueles que nasceram para servi-lo. Às vezes, ele pensava que a filha da Mirl merecia uma vida melhor do que essa, porém, uma vez que seu destino era servir aos outros, Deus, Bendito Santo, fizera-lhe um bem arranjando-lhe um patrão como ele. Sendo ele seu patrão, não lhe impunha sua autoridade, para que ela não se sentisse inferiorizada.

Tsirl também estava satisfeita com Bluma. As empregadas eram um problema sério na casa de Tsirl. Ao casar-se, sua mãe enviara-lhe sua empregada, que fazia tudo por sua conta e decisão, deixando Tsirl livre dos assuntos de casa. Essa velha senhora poderia ter passado o resto dos dias de sua vida na casa de Tsirl. Entretanto, uma carta vinda de um país longínquo a afastara. Após quarenta anos de abandono, seu marido lhe comunicava que estava prestes a morrer e que gostaria de vê-la antes de sua morte. A *aguná* apanhara suas roupas e os objetos[1] que juntara durante seus dois empregos e fora encontrar o marido. Não se sabe se o encontrara vivo, e se ela própria ainda vivia. A empregada de Tsirl não sabia escrever cartas e, quando Baruch Meir escrevera ao rabino da cidade para onde a *aguná* fora, pedindo notícias, o rabino respondera-lhe: "Não ouvimos falar de uma tal mulher na cidade". Desde então, todo o sossego de Tsirl acabara-se. Nenhuma empregada era suficientemente boa para Tsirl. Uma desperdiçava, outra resmungava, nenhuma sabia cozinhar. E, como a própria Tsirl não entendia de assuntos domésticos, tudo que tocava com intenção de consertar, estragava. A empregada percebia a situação e, então, agia do modo que agia. Tsirl chamava-lhe a atenção, a empregada investia contra ela dizendo: "Se não lhe agrada o que faço, quem a impede de fazê-lo?". As empregadas possuíam ainda mais um defeito, à noite saíam para tratar de seus próprios assuntos. Havia já alguns anos desapareceram as boas empregadas, que viviam para seus patrões e trabalhavam com prazer, tanto durante o dia quanto durante a noite. De repente, surgira uma nova legião de empregadas em Shibush, para quem toda a bondade dos patrões nada significava. As canções e as melodias, que antigamente soavam de todas as casas enquanto elas trabalhavam, emudeceram, e um clima de ódio passara a reinar, como se uma legião de inimigos tivesse surgido.

Quem foi o causador disso? Havia em Shibush um homem, cujo nome era Dr. Knabinhut[2], o qual trouxera uma nova teoria para a cidade: "Todas as pessoas são iguais e ninguém é superior a seu semelhante". Ele congregava comunidades, proferia sermões e confundia o coração da multidão. Se alguém achincalhasse sua empregada, esta contava a Knabinhut, que denunciava à justiça a vergonha a ela causada. As empregadas deixaram de ser parte da casa. Saíam da casa de seus patrões para divertir-se e depositavam seu dinheiro nos bancos. Algumas nem sequer se envergonhavam de dizer: "Somos socialistas", e agiam como se a dona da casa devesse servi-las, e não o contrário. Se Tsirl não estivesse ocupada na mercearia, contrataria uma moça simples, não-judia. Porém, como ficava na mercearia, e não podia preparar a comida conforme o ritual judaico[3], era obrigada a contratar, contra sua vontade, uma empregada judia.

No entanto, Bluma aparecera e com ela aparecera também o bem-estar. Bluma não se esquivava de nenhum serviço. Tudo o que devia ser feito ela fazia, e ainda procurava o que fazer. Comida pronta, geléia feita, lençóis e toalhas lavadas, roupas impecáveis, meias cosidas, todos os cantos brilhavam, e tudo isso fazia com calma e sem barulho. Dona de casa boa é aquela cuja empregada é boa. Assim, Tsirl novamente considerava-se uma boa dona de casa. Bons eram os dias em que a *aguná* servia; melhores ainda foram os dias em que Bluma servira. Um rastro de encanto era deixado em tudo que Bluma tocava. Sete mãos não fazem em sete dias o que essa moça fazia num só dia.

Bluma era uma pessoa digna e era digna com a casa. Era digna com a casa e era digna com Tsirl. Tsirl estava numa idade em que, para uma mulher, a comida e a bebida eram o que importava. Tsirl não fazia como suas amigas, que passavam os dias mascando amêndoa e uva-passa e que, ao verem um arenque, o mordiscavam até que dele não sobrasse senão o rabo. Tsirl apreciava uma bela refeição. Grelhado, assado e cozido, pulmão, moela e intestino, pescoço recheado e farelos na gema do ovo batida, colocados no forno para secar e cobertos de molho; o molho era doce, os farelos derretiam na boca e a galinha era recheada de semolina. Enquanto esperava a comida, Tsirl se sentava, seu corpo enchia a cadeira e ela via em pensamento tudo aquilo que em breve iria comer. Ao dar início à refeição, ela falava, com gosto, sobre a galinha e enchia seu prato, como a vendedora de galinhas quando põe a ração para suas aves.

Mas não era todo dia que Tsirl ficava satisfeita com sua refeição. A refeição estava boa, mas não para Tsirl; ontem estava boa, mas hoje não; a refeição estava boa, mas não a sobremesa. No tempo da velha *aguná* era diferente. Ela acertava o seu paladar, erva-doce para carne com molho, erva apimentada para assado e, se ontem .ela havia preparado carne no molho, logicamente hoje faria um assado. O mesmo com a sobremesa, ameixas doces para o assado, picles para o cozido. Aparentemente, qualquer empregada poderia fazer isso, porém empregadas não costumam satisfazer seus patrões. Tsirl cansou de dizer a elas o que lhe agradava ao paladar; ia comer e sempre faltava algo na comida. Até mesmo a Natureza modificara-se. Sentava-se para comer e não se sabia se era verão ou inverno, se era primavera ou outono. "Antigamente, ao comer panquecas de cerejas, sabia-se que era verão; de cevadinha, sabia-se que era inverno. Agora, come-se molho e cevadinha hoje, e amanhã cevadinha e molho, tanto no inverno como no verão, tanto no *Schabat* como durante a semana".

Desde o dia em que Bluma chegara, o mundo voltara a funcionar como antes, como se todas as estações do ano estivessem gravadas sobre o fogão. Cada comida em sua época, cada alimento com seu sabor. Essa Bluma! Deus do céu sabe como ela conhecia tudo isso.

V

Hirshl ainda era menino quando conhecera Bluma. Bluma era quase sua gêmea em idade. Bluma florescera como a rosa dos vales, a qual o mau-olhado não atinge; durante horas podia observá-la e não a teria visto o suficiente. Bluma era mirrada no dia em que chegara em Shibush, e agora seu corpo se enchera. Contudo, seus movimentos eram leves. O trabalho tornara-a ágil. Seu corpo se alçava como um pássaro voador. Se alguém a olhasse, veria apenas sua sombra.

Hirshl a olhava e a observava. Até mesmo quando ela não estava presente, ele a via. Um grande pintor desenhara o retrato de Bluma e o fixara no coração de Hirshl, de onde ela surgia em toda sua beleza.

Na mercearia, Hirshl olhava absorto. O dia todo, ele olhava e observava. Lábios abertos e língua dentro da boca, como se lhe tivessem dado algum doce e ele quisesse manter o sabor. Bluma andava pela casa e fazia seu trabalho, Hirshl escutava seus passos e seu coração estremecia. Se sua prudência não o impedisse, entraria no quarto dela, estenderia as duas mãos e com elas pegaria aquele segredo maravilhoso que aterrorizava docemente seu coração.

Hirshl não era mais uma criança inocente diante do pecado. Ainda não pecara, mas pensamentos pecaminosos são piores do que o pecado em si[1]. Muitos de seus amigos já haviam pecado. Até mesmo na modesta Shibush, onde também os fúteis se afastavam da libertinagem, havia rapazes que não guardaram sua inocência e, nem por isso, envergonhavam-se de seus atos, e havia aqueles que até mesmo se vangloriavam publicamente. Essas maledicências penetraram o coração de Hirshl e o macularam. Hirshl desenhava para si todo tipo de mulheres que poderia agradar aos homens. Quem seu instinto mima tem seu coração repleto de amargura. Ele sentia dificuldade, tanto em olhar para uma mulher como em tirá-la de seu pensamento. Vergonha, ódio e aborrecimento confundiam-se dentro dele. Desviava o olhar das mulheres e sua alma se privava, ao olhá-las sua alma se confundia; de uma forma ou de outra, ele não tinha sossego.

Hirshl desejava muito estar a sós com uma mulher de cabelos desalinhados a cobrir o seu rosto. Pegaria, então, sua mão e a voz dela acariciaria seus ouvidos. Apenas uma vez, depois, sua alma voltaria a ter sossego. Em silêncio, fazia desfilarem diante de si semblantes de mulheres, atrizes e cantoras vestidas com roupas hassídicas cantando canções maliciosas. A cidade era visitada por cantores, duas ou três vezes por ano. Seus colarinhos brilhavam, suas camisas eram engomadas e seus olhos, era difícil saber se eram opacos ou brilhantes. Exalavam todo tipo de cheiros, perfume, tabaco e poeira do caminho. Traziam consigo mulheres muito pintadas, barulhentas e brincalhonas, era difícil saber se eram suas esposas ou suas amigas. E à noite, montavam um palco, cantavam, dançavam e se divertiam. Assim como muitos rapazes de Shibush, Hirshl também ia ouvi-los, e entrava sempre rezando para "que fulano de tal não me veja"; no mesmo instante, ali estava o tal fulano rezando o mesmo. E quando as atrizes terminavam suas canções e desciam do palco, todos os libertinos de Shibush juntavam-se a elas e se compraziam, comendo e bebendo em sua companhia. Como Hirshl os invejava! Porém, sentia vergonha de se aproximar. Enquanto elas cantavam, ele estremecia como um pecador. Como poderia então, sentar-se junto a elas?

Mudam-se os tempos e modificam-se os conceitos. Cantores e cantoras, antes considerados um bando de desclassificados, de repente passaram a ser tratados com respeito. Estudantes passavam em sua companhia publicamente e os chamavam de artistas. Reuniam-se em restaurantes e conversavam sobre eles e sobre a música popular e, à noite, entregavam às cantoras maços de flores e cumulavam suas gargantas de doces.

Não se pode dizer que os cantores e as cantoras tenham mudado, e tampouco se pode dizer que não tenham mudado,

Hirshl certamente é que não mudara. A boa educação que se recebe não se apaga tão depressa. Fazer um pacote de doces é fácil, o difícil é dá-los de presente a uma mulher estranha. Novamente, Hirshl, de mãos vazias e coração cheio, via de longe, como de costume, seus amigos aproximarem-se dos prazeres.

Hirshl sabia que não seria nem hoje nem amanhã que ele se livraria de seu sofrimento. Os preceitos aprendidos na infância ele os respeitava na adolescência. Punha os olhos nas moças da cidade e os ensinamentos os desviavam, buscava uma maneira de se chegar a elas e os ensinamentos lembravam-no do que se passara com os primeiros sábios, por exemplo, a história de *Rabi Matya Ben Cheresh*, que jamais olhara para uma mulher; ao vê-lo, o diabo o invejara e aparecera-lhe sob forma de uma linda mulher, sem igual. Ao vê-la, o *Rabi* desviara o olhar para o outro lado, e quando vira que ela aparecia por todo lado, trouxera fogo e pregos, esquentara os pregos no fogo e cegara seus olhos[2].

Porém, um rapaz que passa o dia num armazém em nada se parece com um sábio que se dedica à *Torá*. No entanto, sua perspicácia o ajudara, falando-lhe sobre as vergonhas que sempre acompanham o pecado. É preferível mil mortes a uma só vergonha[3].

Ao que parece, enquanto uma das mãos evitava que olhasse a beleza de Bluma, a outra desvendava os olhos de Hirshl. Hirshl inventava mil coisas para ficar a sós com Bluma. Suas pernas ainda tremiam quando se encontrava diante dela, ele ainda gaguejava ao falar-lhe, não sabia o que falava e ela não entendia aquilo que ele dizia, mas o coração sabia e o ouvido escutava aquilo que a boca não conseguia dizer.

Um dia Hirshl foi procurar Bluma em seus aposentos. Antes mesmo de falar com ela, a terra estremeceu sob seus pés, e foi como se uma gruta se abrisse diante dele, revelando todos os objetos de desejo que há no mundo, bastava estender suas mãos e imediatamente estes objetos lhe pertenceriam. Porém, repentinamente, as mãos de Hirshl perderam as forças e ele ficou imóvel. Também ela ficou perplexa. Nesse instante, um grande espaço se impôs entre eles.

Ambos estavam embaraçados. O sorriso estampado nos lábios de Bluma desapareceu. De repente, ela levantou as mãos e ajeitou os cabelos para que ele não os visse, estendeu a mão e fez um sinal para que ele se fosse. Porém, ele não se foi e não deixou que a mão dela se soltasse da sua. Nesse momento eles enrubesceram, como se houvessem feito algo indecente. Ela retirou sua mão e saiu.

Quanto tempo se passou desde que ela o deixara só em seu quarto? Nem mesmo um instante se passara, contudo, Hirshl pensou neste curto momento o que nenhum homem seria capaz de pensar em muitas horas.

O que Hirshl pensara, então? Bluma na verdade não fizera nada. Mas sentia que algo havia acontecido. Quando se deu conta do que havia feito, disse: "Não farei isso novamente", e ao dizer que não voltaria a fazê-lo, pareceu-lhe que nada havia acontecido.

É possível que nada tenha acontecido e é possível que justamente porque nada acontecera seu coração estava inquieto. Pois ele poderia ter acariciado seus cabelos e a abraçado e, no entanto, não o fizera; e quando ela retirara sua mão e fugira, ele a deixara fugir. Mil anos ele poderia permanecer pensando, a cada momento a imagem dela revelava-se mais bela do que antes, os olhos cintilavam com uma luz maravilhosa e os cabelos agitavam-se e brilhavam. Porém, mesmo enquanto Hirshl pensava, sua consciência não descansava e ele reconhecia que não deveria ter mantido a mão dela na sua, e se ela não houvesse fugido, ele deveria tê-lo feito.

Hirshl estava satisfeito por sua razão ter alertado seu coração e por seus pensamentos não o terem subjugado. Mas, o que há com Hirshl? Parece alguém a quem tivessem dado um sonífero, enquanto dura seu efeito seus membros permanecem fatigados, e depois tudo volta ao normal.

Hirshl voltou para a mercearia e trabalhou no comércio. Na verdade, Hirshl não corria atrás de dinheiro. Antigamente, ele freqüentava a escola religiosa e não se esforçava muito, hoje ele freqüentava o armazém e não tinha pressa para enriquecer. Seu pai colocara-o no *beit ha-midrasch* e sua mãe o colocara no armazém, e da mesma forma que ali não ambicionasse nem honrarias e nem grandezas, aqui não ambicionava riqueza. A partir do dia em que deixara os aposentos de Bluma, enterrara-se nos negócios, pois entendera que o motivo de seu sofrimento era o fato de não se dedicar a nada com afinco e, por isso, seu coração permanecera aberto para o que viesse.

Tsirl percebeu e seu coração se alegrou. Desde que Hirshl começara a trabalhar na mercearia não se dedicara aos negócios como nesses dias. Tsirl, que o empurrara para a mercearia, não esperava que ele se dedicasse intensamente ao comércio. Para Tsirl, bastaria Hirshl permanecer na mercearia e não correr atrás de futilidades, e agora o que ela via era um cérebro que atuava como um perfeito comerciante.

Disse Tsirl ao marido: "Baruch Meir, não é que Hirshl ainda se tornará um homem?!" Baruch Meir balançou a cabeça e disse: "Sim". Baruch Meir ainda não se preocupava com o futuro de seu filho Hirshl. Baruch Meir não fazia previsões. Aquele que guia todas as Suas criaturas guiará mais uma criatura. Ninguém sabe nada o que o espera. E mesmo que o soubesse, nada poderia fazer para modificar seu destino. Mas, quando Tsirl falava, ele concordava com ela.

E Baruch Meir ainda dizia: "Tsirl está convencida que se pode modificar a personalidade de Hirshl, ela não sabe que é impossível modificar a personalidade das pessoas, ele fará o que seu coração desejar e esconderá seus atos dela". Baruch Meir não acreditava que seu filho tivesse sido feito para os negócios, ele dizia: "Ele é assim, eu o treinarei com cuidado para que ele não desmorone e caia. Era mais adequado que Hirshl fosse um professor e não um comerciante, mas já que ele é um comerciante, deve-se treiná-lo para a sua função. E se ele não for como os outros comerciantes? Por acaso eu o sou? Numa cidade cheia de comerciantes haverá certamente lugar para um comerciante como ele."

Tsirl passava, com satisfação, o dia na mercearia. Desde o dia em que começara a trabalhar na loja, não tinha de que se queixar, ainda mais agora que Hirshl tornara-se ágil, esperto e firme. Tantos anos ele permanecera enfraquecido, de repente suas pernas se fortaleceram. Até mesmo os dois empregados da loja sentiram a mudança e começaram a cumprir as ordens de Hirshl. Guetsil Shtein era filho do *schokhet* que fora afastado de seu cargo antes de Hirshl freqüentar a mercearia. Guetsil considerava-se o responsável pela loja, e quando Hirshl viera Guetsil o tratara com grosseria. De repente, mudara seu comportamento, ao deparar-se com alguma dificuldade consultava Hirshl e aconselhava-se com ele como um empregado faz com seu patrão. Até o subalterno de Guetsil, mais inteligente e mais velho do que ele, que sempre evitara Guetsil e nem mesmo olhava para Hirshl, acatou-o e passou a chamá-lo de patrão.

Hirshl quase não percebeu a mudança. Antes mesmo que percebesse, a nova ordem já estava estabelecida por si. Isso, na verdade, surpreendeu a todos, mas não a ele. Outros pensamentos o preocupavam e, além do mais, um patrão não se surpreende com as mesmas coisas que seus empregados.

A cabeça de Hirshl não estava livre para se surpreender com coisas que surpreendiam aos outros. Contudo, ele se surpreendia com coisas com as quais os outros não se surpreendiam, por exemplo, quando uma mulher entrava no armazém e dirigia-se a Hirshl. Bem, isso é comum, pois o freguês vem comprar e o vendedor está lá para vender, mas quem assim pensa não conhece Hirshl. Depois que a mulher se ia, Hirshl pensava: "Bem, ao servir aquela mulher, não lhe disse que é bela e nem me senti atraído por ela, por quê? Porque eu não penso nela, portanto, não penso em Bluma e ela não me atrai. O coração de um homem só é atraído por algo em que ele pense, então, tirando-a do meu pensamento, ela será arrancada de meu coração". Lembrando dela, pensou nela.

Bluma estava irritada e triste. Quando uma pessoa está irritada e triste, esconde-se e ninguém percebe seus sentimentos. Quando uma empregada doméstica está irritada e triste não consegue se esconder, pois precisa servir seu patrão. Portanto, sua tristeza é percebida e sua irritação é sentida, queira ela ou não.

Hirshl era filho do dono da casa e Bluma o servia, fazia o trabalho de casa com dedicação, havia anos que ela era empregada e jamais cruzava os braços. Suas duas mãos, ela arrendara para os donos da casa em troca de moradia, comida e roupa, porém suas faces e seu coração, ela não arrendara, quisesse o patrão ou não, as faces e o coração pertenciam a Bluma. É possível que nem mesmo lhe pertencessem. Talvez pertencessem a alguém mais importante do que o patrão ou a patroa, mas Bluma não tinha o poder de ordenar a si que desanuvie o semblante quando seu coração está triste. Ao preparar a mesa para Hirshl, Bluma não levantava os olhos da toalha, calada entrava, calada também saía. Deus do céu conhece a educação dessa moça.

Hirshl sentava-se à mesa e comia sua refeição. Uma toalha branca estava estendida sobre metade da mesa, mas Hirshl não via nem a toalha que cobria a metade da mesa, nem a metade da mesa que estava descoberta, mas ele observava e olhava absorto, e viu Bluma, que se retirou com o semblante furioso.

Hirshl pensou: "Calculista, você acha que o seu silêncio está certo? Você verá, pagarei na mesma moeda, você se cala, também me calarei". Merceeiro, filho de merceeiro, filho da filha de merceeiro, acostumado a medir e pesar, queria se portar como Bluma, e esse foi o erro que Hirshl cometeu ao querer pagar à Bluma com a mesma moeda. Hirshl pensou: "Já que você se cala, também me calarei", mas quando chegou a hora sua boca se abriu. A dignidade que emanava dos olhos de Bluma sensibilizou sua língua, e quando ela foi para o quarto ele entrou atrás dela.

Hirshl perguntou a Bluma: "O que há com você, Bluma?".

Bluma permaneceu sentada e calada sem nada lhe responder.

A cadeira na qual Bluma estava sentada era a única que havia em seu quarto, ela não possuía outra a não ser aquela, pois em seu quarto ela não costumava receber visitas, e como ela estava sentada, Hirshl não tinha outra para se sentar.

Hirshl estava de pé diante de Bluma, suas pernas desmoronaram e sua boca começou a tremer, parecia que ele queria dizer-lhe algo. Deus do céu sabe o que ele queria dizer-lhe.

Ele permaneceu um pequeno instante parado diante de Bluma no meio do quarto. As paredes do quarto começaram a oprimi-lo. Quão mais próximo ele estava dela e quão mais distante ela se encontrava dele. Ele só teria que estender as mãos, pois ela se encontrava mais próxima do que jamais estivera.

Finalmente, sua mão fez aquilo que seu coração aconselhava. Estendeu sua mão para pegar a mão dela e acariciar. Antes mesmo que ele conseguisse fazê-lo ela já se retirara.

Hirshl ficou só no quarto de Bluma. Ela se retirara e ele passou a senti-la ainda mais. Todo espaço do quarto estava encharcado com seu cheiro. Assim como uma maçã que cai de uma árvore e exala seu perfume. Hirshl olhou para cá e para lá. Ao se ver só, repousou a cabeça na cama de Bluma.

Sua cabeça poderia ficar mil anos repousando sobre a cama de Bluma. Todo o universo desaparecera, somente Hirshl existia. Imóvel, Hirshl estava deitado e seu coração estava doce como mel.

Toda a essência da vida havia despertado dentro dele. Deus do céu sabe quanto tempo Hirshl poderia ali permanecer deitado. De repente, uma mão de mulher o tocou e acariciou seus cabelos. Mesmo que eu emudeça e nada diga, vocês também saberão que aquela era a mão de Bluma. Ao percebê-la, despertou e retirou-se.

Hirshl começou a falar pouco. Quando estava só no armazém seu olhar era absorto. Esse armazém estava lotado de artigos que não se pode avaliar. Hirshl poderia se orgulhar, pois tudo aquilo pertencia a seus pais, e em cento e vinte anos[4] tudo iria para suas mãos. Hirshl era filho único e eles não tinham outros herdeiros além dele. Porém, ele não era feliz. No coração de Hirshl havia outros pensamentos que o esgotavam. Às vezes repousava a mão sobre o prato da balança, o prato batia na mesa e fazia barulho, mas ele não despertava.

Nem com Bluma ele conversava. Hirshl sentia vergonha de ficar junto dela. Desejava vê-la, mas dela se escondia. Há quantos dias não a via? Mas o raio dourado que fere e sai dentre os cílios de Bluma, quando ela olha para as pessoas, brilhava todo o tempo diante dos olhos de Hirshl, como se ela estivesse diante dele.

Bluma andava pela casa dos pais de Hirshl e fazia todo o serviço, cozinhava e assava, lavava a roupa e a cerzia. Todo serviço de casa foi-lhe imposto, com exceção da lavagem de chão e outros serviços do tipo. Bluma era considerada como da família, e não a usavam para serviços grosseiros. Bluma era considerada como uma filha da casa. Quantas moças queriam ser como Bluma, e Bluma não reconhecia o bem que a cercava. O sorriso que trazia estampado no rosto já lhe fora arrancado e sua boca ficava entreaberta, e não dava pra saber se ela interrompera uma fala ou se ela se poria a gritar.

Deus do céu olhou nos olhos de Bluma e fez com que Hirshl se reconciliasse. Deus fez Hirshl íntegro, e Bluma também não exigia demais[5]. Já não era como costumava ser antigamente. Sempre que acontecia deles se encontrarem, já não se esquivavam de conversar. Ele tinha muita coisa para dizer a ela e ela não fechava os ouvidos. Todas as suas conversas eram fúteis, contudo, soavam doce para ela. Quando o rouxinol canta sua parceira fica a seu lado escutando. Hirshl ainda começava todas as conversas com um suspiro, qual o significado deste suspiro? Este suspiro significa: "Deus do céu, compadeça-se de nós e não nos afaste. Contudo, até que Ele se compadeça de nós, temos que ter cuidado para não irritar meu pai e minha mãe".

Hirshl e Bluma se cuidavam. Na verdade, nada fizeram que tivessem que esconder, porém assim é que se comportam os rapazes e as moças israelitas, quanto mais puro é seu coração, mais o escondem.

Isso precisa ser esclarecido, talvez seja preciso explicá-lo com um exemplo, porém qualquer exemplo que trouxermos não será tão puro quanto o de Hirshl e Bluma.

Tsirl viu o que viu. Se Hirshl não tivesse dissimulado, ela não teria percebido, porém Aquele que colocara em seu coração o amor por Bluma não lhe dera a sabedoria de sua mãe.

VI

Tsirl via o que se passava com o filho e nada dizia. Calava-se, pois sua perspicácia lhe dizia que seu filho não se apaixonaria por aquela pobretona. Ela pensava: "Agora ele se diverte com Bluma; quando chegar a hora ele se casará com uma mulher à sua altura".

Tsirl fingia que nada via e nada ouvia. Ela não interpelou Hirshl e tampouco afastou Bluma. Pelo contrário, tratava Bluma muito bem, já que, graças a ela, seu filho estava a salvo das outras moças. Tsirl ouvira dizer que até Shibush já fora invadida por jovens depravadas. Enquanto Hirshl não encontrava sua parceira, não havia outra melhor do que essa, pois ela o resguardava do pecado.

Mas, quando se espalhou a notícia de que em breve os oficiais do exército iam a Shibush para examinar os rapazes cuja hora de servir ao rei chegara, Tsirl disse que, se aparecesse um arranjo matrimonial decente, ela o casaria antes dele passar pela seleção do recrutamento militar. Por acaso, naquele instante, apareceu Yona Toiber. Quando este se retirou, Tsirl foi falar com ele e lhe disse: "Guedalia Tsimlich tem uma filha chamada Mina, talvez convenha sondá-la. O que o senhor acha, senhor Toiber?".

Yona pegou um pedaço de papel e tabaco, fez um cigarro, dividiu-o em dois, uma metade enfiou no bolso superior de seu casaco e a outra metade fincou numa pequena piteira, voltou seu rosto para a mercearia, acendeu seu cigarro, afastou-se e se foi.

Tsirl esfregou as mãos, do jeito que seu marido fazia quando se sentia satisfeito consigo mesmo.

Yona Toiber com quem Tsirl havia falado sobre seu filho era *shadkhan*. Aparentemente, jamais fizera uma proposta direta de casamento; no entanto, ninguém se casava sem que a mão de Toiber estivesse por trás. Uma pessoa dizia a Toiber: "Tenho um filho para casar, e vi a filha de fulano", Toiber escutava e nada dizia, como se estivesse enfastiado de ocupar-se com agenciamento de casamentos. No dia seguinte, procurava o rapaz, com ele fazia amizade, e dele não se separava até que aquele lhe entregasse seu coração nas mãos. Jamais dizia: "É esta e case-se", apenas deixava escapar uma palavra e engolia outra, e o resto se fazia por si. Todos os desejos secretos do rapaz, Yona destruía com um simples toque de mão, e tudo aquilo que os pais do rapaz desejavam, Yona colocava dentro do coração do rapaz. O rapaz acabava sentindo como se ele próprio houvesse escolhido aquela moça e como se Yona apenas o aprovasse. Havia intelectuais em Shibush que se riam daqueles que se casavam através do *shadkhan*, e eles mesmos não sabem que também eles se casaram por intermédio de Yona Toiber.

Yona Toiber era um dos rapazes notáveis da cidade. Fora indicado para ensinar no velho *beit ha-midrasch*. Porém, quando foi a Lemberg tirar licença para ensinar, viu sentado na hospedaria um homem que lia um pequeno livro chamado *Os Caminhos do Mundo*[1]; deu uma folheada e ficou impressionado. Tantas cidades e tantos países havia no mundo, cujos nomes ele nunca ouvira! Ali permaneceu lendo até que seu dinheiro acabou e, então, retornou à sua cidade sem ter sido recebido pelo rabi e sem ter conhecido Lemberg. Seu saber não o levou ao Criador, contudo, desejos secretos começaram a despontar em seu coração. Certa vez, despertou de seu sono, pegou uma pena, tinta, papel e escreveu durante a noite inteira. Naquele dia, apareceu um visitante em Shibush e Toiber lhe mostrou o que havia escrito. O visitante leu e enviou o texto a Yossef Cohen Tsedek[2], em Lemberg. E Yossef Cohen Tsedek publicou-o em seu periódico *A Águia*.[3]

Texto difícil de ser compreendido. Se esse era sobre características de povos e países, então qual a relação com Filosofia? E se era sobre Filosofia, então qual a relação com o nome de cidades e países? No entanto, no tempo em que Yona Toiber era jovem e Yossef Cohen Tsedek era editor de periódico, ainda não haviam delimitado entre o campo da Filosofia e os outros campos. Se

Yona tivesse crescido entre *hassidim* seria considerado um *apikores* e seus artigos seriam queimados, pois era o que se costumava fazer com os textos laicos e com quem os escrevia. Mas, em nosso velho *beit ha-midrasch*, onde Yona estudara, havia uma tradição que remontava aos primeiros estudiosos, para quem o temor a Deus suplantava seu saber. Aqueles estudiosos das Escrituras Sagradas e da gramática procuravam, em suas orações, pronunciar com exatidão as palavras. Não eram como esses que embaralham as palavras de suas orações, de tal modo, que os anjos não conseguem compreendê-las. Tais estudiosos nada viram de errado com os escritos de Yona Toiber, pelo contrário, foram levados ao *beit ha-midrasch* e cada uma de suas frases foi examinada. Ao constatarem que tudo fora escrito conforme as normas gramaticais, entusiasmaram-se e o publicaram.

Com exceção desse artigo, Toiber nada mais publicara, entretanto seu nome ficou conhecido. *A águia* perdeu suas asas, mas o nome de Yona persistiu. Grandes sábios que viviam em Shibush ficaram conhecidos por meio de seus livros e fizeram de Shibush um lugar conhecido no mundo. Contudo, nenhum deles foi tão importante em Shibush quanto Yona Toiber. Os jovens da cidade gostavam muito dele. Em Shibush, quem não se casava não era admitido em círculos de adultos. Portanto, quando um homem casado aproximava-se de um solteiro, o solteiro sentia-se muito lisonjeado. Ainda mais sendo o Toiber, o qual passeava com os rapazes no mercado e com eles conversava como se fossem amigos.

Quando Toiber deixou de ser sustentado pelo sogro[4], seu mundo desabou. O dote que recebera de casamento, seus cunhados perderam com negócios que fizeram em seu nome, e um segundo dote que seu sogro lhe dera mais tarde, perdera por conta própria. Se não fosse por aquele livro, *Shevilei Olam*, o mundo teria se aberto diante dele, teria recebido licença para lecionar, seria juiz e receberia dinheiro da comunidade. Entretanto, seu mundo, tão rápido quanto desabou, foi reconstruído. Certa vez, um homem rico, que estava para acertar um casamento para sua filha numa outra cidade, quis saber acerca do caráter do noivo. Chamou Toiber para escrever as cartas e, por isso, pagou-lhe uma parte da soma do contrato matrimonial. Desde então, por ter recebido parte do pagamento do contrato matrimonial ficou conhecido como *shadkhan*. E, uma vez conhecido como *shadkhan*, vários casamentos se fizeram por seu intermédio. Também agora, quando Tsirl, vendo o que se passava entre Hirshl e Bluma, disse a Yona Toiber: "Se aparecesse uma moça à altura, casaria Hirshl imediatamente". E ela ainda mencionou a filha de Guedalia Tsimlich para que ele sondasse o assunto.

Hirshl completou dezenove anos. Não era forte como Sansão e nem belo como David, mas, ainda assim, estava em plena condição de servir o imperador. Rapazes menores e mais fracos do que Hirshl eram alimentados e vestidos pelo imperador. Porém, Hirshl não tinha por que temer. Os encarregados do recrutamento militar dos jovens aceitavam suborno, e todos aqueles que pagavam uma determinada quantia não eram convocados para o exército do rei. No passado, o Dr. Knabinhut, pai do Dr. Knabinhut o socialista, intermediava entre os encarregados e o povo. Entretanto, envelhecera e outros o substituíram, fazendo o que fazia Knabinhut, liberando os jovens. Então, por que Tsirl dissera que, se ela encontrasse uma parceira para Hirshl, o casaria antes mesmo dele passar pela seleção do recrutamento militar? Por acaso há que se preocupar com a possibilidade de Hirshl ser convocado para o serviço militar? Mas Tsirl ouvia aquilo que todos diziam: "Isso se passou antes de eu ter sido recrutado para o exército, isso se passou depois de eu ter sido liberado do exército".

Uma vez por semana, Guedalia Tsimlich costumava ir para Shibush. Malikrovik, a aldeia onde vivia, ficava perto de Shibush. Shibush era a metrópole onde fazia seus negócios; ali sua produção era vendida e seu imposto era cobrado e, ainda, era dali que trazia artigos de mercearia. A família toda de Guedalia resumia-se em três pessoas: ele, sua mulher Berta e Mina, a filha do casal. Não necessitavam de muita coisa. No entanto, seus negócios exigiam muito, pois havia ministros e funcionários os quais não se podia subornar com dinheiro, como a seus colegas menos importantes; a estes se costumava presentear bastante. Não subornamos os subalternos do mesmo modo que subornamos os ministros. Ao pequeno funcionário damos em mãos e ele aceita. Um ministro ou alguém importante, ao receber suborno, de repente pode enlouquecer e colocá-lo na prisão. Próximo ao ano novo cristão, as esposas dos ministros preparavam um aposento, e quem precisava dos ministros lhes trazia um presente. Guedalia Tsimlich costumava enviar aos ministros artigos de mercearia, portanto, era benquisto pelos Horovits. Ele gostava dos Horovits, comprava muita coisa e eles resolviam tudo, os Horovits sabiam como embalar os presentes. Foi assim que se tornaram próximos um do outro e a mercearia dos Horovits tornou-se parada obrigatória na cidade. Não apenas a mercearia, mas também a casa, e, já que nem tudo podia ser dito em público e nem tudo que se dizia podia ser dito de estômago vazio, levavam-no para casa e juntos bebiam um copo de café. No início, tomavam o café com torradas, mas desde que Bluma chegara havia bolos como os que ela havia trazido de sua cidade. E, quando era preciso, almoçavam juntos. Em Shibush, as pessoas não comiam na casa dos outros, a não ser em ocasiões especiais[5]. Portanto, cada refeição era considerada especial.

No ano em que Tsirl falou com Toiber acerca do casamento, Mina começou a ir para Shibush e, quando ia, passava pela casa dos Horovits. Guedalia e Baruch se gostavam, e a filha de Guedalia, quando ia a Shibush, não podia deixar de ir à casa do amigo querido de seu pai. Ela ia em seu coche atrelado a dois cavalos, trazendo consigo muita bagagem, objetos de uso pessoal, como vestidos, chapéus, sapatos e presentes para a casa dos Horovits, assim como manteiga, queijo e frutas. Ela chegava à mercearia, Tsirl saía ao seu encontro e perguntava-lhe sobre ela, sobre seu pai e sobre sua mãe. Stach, o cocheiro, descarregava as cestas e Mina subia à casa. Na casa dos Horovits havia um cômodo com sofás de veludo que permaneciam cobertos o ano todo com tecido branco, por causa da poeira, e deles exalava um cheiro de naftalina, por causa das traças. As janelas jamais eram abertas, nem no verão e nem no inverno; no inverno, por causa do frio, e no verão, por causa do calor. Mina chegava, esfregava a testa e as têmporas com água de colônia e ia ver sua amiga Sofia Guildenhoren.

VII

Não falaremos mal de Mina para enaltecer Bluma. Mina também era uma moça bonita e atraente. Ela era uma moça do campo, apesar disso, tinha tudo o que enaltece as moças da metrópole, tendo sido educada num pensionato em Stanislav, aprendera francês, bordado e piano. A aldeia que existia dentro dela extinguiu-se e não se notava que era filha de um judeu camponês. Quando Mina passeava com seus pais pela cidade, cobria-se de belas roupas, enquanto eles vestiam roupas simples; ela passeava sossegadamente enquanto eles se apressavam; ela parecia ser filha de nobres seguida por comerciantes judeus. Mina transformou-se, pois até quando estava a sós com seus pais parecia-lhe não pertencer a eles. Não se envergonhava de seus pais, nem tampouco os valorizava. Seu pensamento ocupava-se de outros assuntos, por exemplo, até quando ficaria na aldeia e quando voltaria para Stanislav.

Não havia dias mais difíceis para Mina do que os dias de verão no campo. Assim como todas as moças ricas deixavam suas casas no verão para irem a um lugar arborizado e com um clima agradável, ela também deixava a pensão para ir a Malikrovik. A estadia no campo, porém, não lhe dava prazer. Talvez porque ela não substituísse suas roupas por outras mais apropriadas para o campo, ou talvez porque estivesse acostumada com a cidade, onde muita gente circulava. No campo isso não acontece, lá, além de animais, aves, arbustos e árvores, nada se vê. E quando o vento bate, sobe um cheiro de adubo e leite, o chapéu voa e os cabelos despenteiam-se. No campo, Mina esperava impacientemente que o verão se fosse e que chegasse a hora de voltar para Stanislav. E, enquanto não voltava para Stanislav, ia para Shibush. Não que Shibush fosse como Stanislav, mas ao menos era uma cidade.

Mina soube que queriam arranjar-lhe um *schidukh* e nada disse. Seu coração ainda lhe pertencia e não estava interessada em ninguém. Ela tinha algumas amigas mais jovens do que ela que eram casadas e algumas mais velhas que não eram casadas. Mina não sabia qual vida era melhor, se das casadas ou das solteiras. Sabia, contudo, que não se pode morar a vida toda numa pensão e que teria que se casar, se não hoje, amanhã, e se não amanhã, então, depois de amanhã e, portanto, não lhe importava se fosse hoje ou amanhã.

Ela não tinha nada contra esse Horovits, com quem queriam que se casasse. Quanto às suas roupas, era um homem moderno e, quanto aos seus modos, parecia ser educado. Logicamente, é preciso mais do que isso para que um homem conquiste o coração de uma moça, mas Mina não tinha experiência e nem tampouco era entendida no assunto. Porém, surpreendia-se com o fato de ele, nas ocasiões em que o encontrara em casa de seus pais, nada lhe falar além de banalidades. Será que é assim que fazem as pessoas modernas, deixam que seus pais decidam o destino de suas vidas?

Não se pode dizer que Hirshl Horovits fosse o noivo dos sonhos de Mina e nem tampouco pode-se dizer que não o fosse. Havia algo em Hirshl Horovits que atraía as pessoas. Mina não sabia que esse "algo" era a força do amor mudo; enquanto seu coração era atraído por ele, o dele era atraído por outra.

Os dias transcorriam como o esperado, cada dia e seu lucro. O Dr. Knabinhut, porém, é que não se comportava como o esperado. Foi ele quem orientou os empregados a deixarem as casas de comércio às oito horas da noite, para que não trabalhassem dia e noite como escravos.

Guetsil Shtein e seu subalterno não estavam inscritos na lista de Knabinhut, porém os socialistas os pressionavam, não podiam deixar de agir como a maioria. Portanto, ao completarem oito horas de trabalho, deixavam imediatamente a mercearia e dirigiam-se às suas casas. Se não fosse pela piedade, em nós incutida pelo Criador, daríamos boas risadas, pois o que ganhavam ao voltar às suas casas, já que nelas não havia nada com que se alegrar?!

A quem Deus acompanha, até mesmo as coisas ruins transformam-se em boas. Quantas vezes Tsirl irritou-se com Knabinhut, aquele que incitara os empregados a anteciparem em duas ou três horas o horário de sua saída! Por fim, acabou gostando. Quando os empregados iam para suas casas e Hirshl ia para a sede do movimento sionista, Tsirl ficava a sós com seu marido, sem ninguém, como antigamente. Quando a porta da frente estava meio abaixada, ninguém entrava. Quem precisava comprar algo, ia comprar enquanto a porta não estava abaixada, e quem estava em busca de conversa fiada ia procurá-la em outro lugar. Havia muitas *mezuzot* em Shibush, de modo que, quem quisesse beijar alguma, não precisaria abaixar-se.

A porta estava fechada pela metade e, diante dela, a caixa estava aberta. Baruch Meir e Tsirl juntavam seu dinheiro: as moedas de cobre à parte, as de prata à parte e as notas à parte. Com as moedas faziam montinhos e com as notas, rolinhos.

"Não há nada mais agradável do que ficar à noite na mercearia, tendo à sua frente seu dinheiro. Você junta cada centavo e o coloca no canto da mesa, observa e sente que alcançou o que queria. Nesse momento, casais curvados passam pela porta da mercearia. Quem tem bons ouvidos escutará seus corações, além de seus passos. Ui! Como eles se cansam à noite e quantas noites ainda terão que se cansar, e nem sei se algum bem os aguarda. Ao mesmo tempo, você está com Tsirl, sua mulher, em seu armazém e você sente o cheiro do figo e da uva passa e da canela".

Essas frutas refletiam o brilho do sol, ainda que enfiadas dentro das caixas, seu calor era sentido. Tsirl e Baruch Meir sentavam-se juntos em silêncio, enquanto seus ouvidos permaneciam atentos. O que fez seus ouvidos ficarem, de repente, atentos? Será que teriam escutado o som confuso do canto dos agricultores? Ou teria sido o som do beijo dado por um pastor em sua noiva, sob a figueira? Escutavam e ficavam de ouvidos atentos.

Havia pessoas em Shibush que acreditavam que, se uma rica senhora se apaixonasse por seu empregado e o acompanhasse, teria alcançado o segredo do amor, pois, ainda que fosse surrada, não voltaria para seu marido que a quer de volta. Havia quem acreditasse que foi Motshi Sheinberg quem alcançou o segredo do amor, pois, por ter corrido atrás de uma mulher, quebrou a perna e fizeram-lhe uma perna de pau e, ainda assim, não se arrependeu. Havia ainda quem acreditasse que, aquele que atingido pelo amor, enlouquece, teria encontrado a alma de seu verdadeiro amor. Todos os que assim pensavam estavam enganados.

Tsirl e Baruch Meir não tinham tempo para essas coisas, ele não a cortejava e ela não se atormentava, ela estava bem com ele e ele estava bem com ela. Passavam os dias fazendo dinheiro, e quando tinham um pouco de tempo livre permaneciam juntos em silêncio.

Mas nem sempre ficavam calados. Uma ligeira conversa faz bem a quem está cansado de seu trabalho.

Tsirl largava o dinheiro e dizia: "As pessoas enxergam longe e não vêm o que se passa à sua frente. A propósito de que digo isto? A propósito da filha de Guedalia Tsimlich. Eu acho que essa moça é digna de Hirshl. O que você acha Baruch Meir?".

Baruch Meir não costumava contradizer Tsirl, às vezes repetia o que ela dizia e às vezes acrescentava algo para reforçar. Havia restado algo do primeiro ano de casados na voz de Tsirl, que ainda agradava a Baruch Meir.

Tendo ela mencionado algo tão importante da vida de seu filho, Baruch Meir demorou um pouco, segurou a corrente de seu relógio e fechou os olhos para refletir muito bem. Baruch Meir, quando refletia, fechava os olhos e apalpava a corrente, diferente de seu sogro, que não precisava de subterfúgios para pensar.

Tsirl levantou os olhos e olhou para seu marido. Cada geração com seus costumes. Seu pai não olhava para o rosto de ninguém e sabia o que pensavam. Tsirl, porém, gostava de olhar para a pessoa com a qual estava falando, ou talvez quisesse observar seu marido sem que ele a visse. Finalmente, Baruch Meir abriu os olhos, largou a corrente e disse: "convém ouvir primeiro a opinião de Toiber".

Disse Tsirl: "Longe de mim dispensar os serviços de Toiber, mas, antes, queria ouvir a sua opinião".

Disse Baruch Meir: "Tsimlich é rico, não há dúvida".

Disse Tsirl: "E Mina é sua filha".

Disse Baruch Meir: "Mina, sua filha, é uma moça bonita, não há dúvida. Porém...".

Disse Tsirl: "Porém o quê?".

Disse Baruch Meir: "Porém, quanto a esse assunto, você não precisa de mim, você pode julgá-la melhor do que eu".

Disse Tsirl: "Eu penso como você, Baruch Meir".

Disse Baruch Meir: "E então?".

Disse Tsirl: "E então temos que falar com Toiber".

Disse Baruch Meir: "Foi isso que eu disse".

Disse Tsirl: "Você disse bem, mas é que eu queria saber sua opinião antes".

Disse Baruch Meir: "Minha opinião é igual à sua, Tsirl".

Disse Tsirl: "Não há nada que dispense um conselho. Uma pessoa não pode resolver um assunto sem antes se aconselhar com um amigo, um diz isso e outro diz aquilo e, entre um conselho e outro, as coisas tornam-se claras e os assuntos se resolvem. E, para que você não diga que faço coisas sem o seu conhecimento, quero contar-lhe que vi Toiber e que falei com ele".

Disse Baruch Meir: "E o que ele disse?".

Disse Tsirl: "Você não conhece Toiber?".

Disse Baruch Meir: "Mas é bom saber o que ele disse".

Disse Tsirl: "Calou-se e se foi".

Baruch Meir esfregou as mãos de satisfação e disse: "Esse Toiber! Calou-se e nada disse!".

Disse Tsirl: "E se foi."

Disse Baruch Meir: "Para onde ele foi?".

Disse Tsirl: "Eu não cuido dos passos de Toiber, mas ouvi dizer que esteve em Malikrovik".

Disse Baruch Meir: "E o que fez lá? Calou-se como de costume?".

Disse Tsirl: "Quando vier buscar o pagamento pelo seu trabalho, perguntaremos a ele".

Disse Baruch Meir: "Perguntaremos tudo". E esfregou as mãos uma na outra.

Bluma viu o que viu. A chegada de Mina fez com que ela entendesse aquilo que era para ser entendido. Ela ainda nada ouvira de concreto, mas seu coração já lhe contara.

Bluma estava admirada consigo mesma, pois não se amargurava e nem reclamava. Arrumava as coisas que os outros desarrumavam, não brigava consigo mesma, seu pensamento era claro e seu coração íntegro, ela não se enfurecia. Contudo, seu desejo era mudar a situação, antes que tivesse que servir os noivos. De qualquer forma, estava decidida a mudar-se dali.

Um dia, Hirshl descera ao porão para buscar vinho no barril e sua mãe descera atrás dele. Disse Hirshl: "Minha mãe só desceu para ver se me encontrarei com Bluma". Seu coração tremeu de ódio, "Então suspeitam que nos encontramos no porão?". Hirshl sentiu vergonha por sua mãe ser tão vulgar a ponto de suspeitar de algo assim. Ele fingiu que não a vira. Pensou: "Ela virá e sairá decepcionada".

Tsirl fechou a porta do porão e desceu apoiando-se, foi andando até chegar perto de seu filho e disse: "Hirshl, quero falar com você, por que você se cala?".

Disse Hirshl: "Não é você quem quer falar? Pois, então, estou calado para ouvi-la."

Tsirl apertou os lábios e disse: "Você está certo". Porém, o tom de sua voz demonstrava que o que ele disse não lhe agradou. Ela modificou imediatamente a voz, suspirou como preâmbulo e disse: "Você conhece Tsimlich, estou certa que não preciso lhe falar sobre seu caráter".

A pedra que pesava em seu coração rolou. Estava certo de que sua mãe o seguira e, no entanto, fora falar de trabalho. Mas não conseguia entender por que sua mãe estava com dificuldade de entrar no âmago da questão.

Tsirl voltou a falar: "Tsimlich é rico e sua filha é culta. O que você acha dela, Hirshl? Eu penso que ela é, como se diz, uma moça moderna. E o que o pai dela lhe reserva, quem dera se ganhássemos isso por ano. Mas o principal não é o dote, pois todo o dinheiro dele será dela. Enquanto a pessoa é livre, segue seu coração, mas quando chega sua hora de casar, deixa todos os seus amores, pois, se não fosse assim, o mundo não existiria. Pobres das criaturas que seguem seus corações! Não sinto inveja de um mundo assim. Longe de mim ter algo contra Bluma. Não há muitas Blumas disponíveis. Mas uma coisa você não pode esquecer, ela é pobre e, por piedade, nós a acolhemos em nossa casa, demos a ela tudo o que lhe faltava e temos certeza de que ela conhece seu lugar e que não se coloca como um obstáculo entre você e seu destino. Você é filho do patrão e merece uma moça melhor que ela."

Hirshl ficou calado. E sua mãe também não esperava por uma resposta, sua intenção era apenas prepará-lo.

As mãos de Hirshl fraquejaram. Mal conseguia segurar o jarro. Não bebera daquele vinho e sua cabeça estava quente e ressoava como se tivesse bebido.

Passou todo aquele dia à procura de Bluma. Tinha mil coisas para lhe dizer. Mesmo tendo se calado diante de sua mãe, considerava-se um herói. Mas Bluma havia desaparecido. O som de seus passos não eram ouvidos pela casa. De repente, ela apareceu. Seu rosto havia mudado. Seu lábio inferior estava enfiado dentro da boca. Quantas lutas ele travara por ela e ela nem o notava. O coração dele fraquejara. Não lhe havia feito nada de mal. Deus do céu sabe que ele estava livre de qualquer pitada de erro.

A mãe, ele viu mais do que devia, e Bluma ele viu menos do que queria. Ao encontrar a mãe ele fugiu e ao encontrar Bluma, ela fugiu. Pelo amor que sentia por Bluma, esperava encontrar forças nela, e ela não apenas não o ajudou como também o abandonou.

Um sentimento turvo trazia a Hirshl a sensação de que, se Bluma não o tivesse abandonado à sua própria sorte, ele ficaria firme e não desmoronaria. Durante os dias em que ela lhe virara o rosto, seu coração também se transformou. Não que a tivesse tirado de seu coração, mas no seu íntimo sentiu raiva.

Naqueles dias Tsirl fez o que fez, e fez tudo rapidamente. Não consultou Hirshl, tampouco o incomodou com conversas. E nem ele lhe perguntou: “O que é isso, mãe?”. E esse foi o erro de Tsirl. Como Hirshl nada lhe disse, ela acreditou que o filho entendera seu erro e quisera consertá-lo.

VIII

Quem quisesse ver Bluma teria que buscá-la no coração de Hirshl, pois na casa dos Horovits ela não era vista. Bluma encontrou lugar em outra casa. Ela sempre morou na casa dos Horovits; de repente, pegou suas coisas e se foi.

Bluma foi para a casa de seus novos patrões. Arrumou suas coisas e pendurou o retrato de seu pai sobre a cama. A imagem de seu pai desbotara e a barba loira que envolvia seu rosto empalidecera, imprimindo nele uma aura do além-mundo. Desde a infância, Bluma não era chegada ao pai. A piedade que sentia pela mãe causava a ira que sentia pelo pai, que vivia entre seus livros, lendo e suspirando. No entanto, uma vez morto, passou a querer-lhe bem. Tudo o que a fazia lembrar do pai a emocionava. Se estivesse vivo, talvez nem notasse suas qualidades, porém, tendo dele restado apenas a imagem num retrato, ela se emocionava.

Bluma colocou a mão no peito e de sua cama observou o retrato do pai. Essa era sua segunda cama desde que fora arrancada da casa de sua mãe. Nesse instante, Bluma sentiu-se duplamente órfã.

Bluma se perguntava: "Será que meu destino é ser empregada durante toda minha vida? Será que, ao deixar a casa de Tsirl, findaram-se minhas esperanças?". Bluma lembrou-se de sua chegada à casa dos Horovits. Quais eram suas esperanças, então? Contudo, sua chegada fora melhor do que sua partida, pois partira decepcionada.

Bluma pensou: "Será que devo me desesperar por Hirshl ser achegado à sua mãe? Se suas mãos estão atadas, eu sou uma pessoa livre". Nem mesmo Bluma sabia o que fazer: desatar-lhe as mãos ou partir?

Enquanto falava consigo mesma, ouviu uma batida na porta de seu quarto e a senhora Tirtsa Mazal[1], a dona da casa, entrou e perguntou: "Será que você precisa de algo?". Olhou o retrato e perguntou: "É seu pai?".

Bluma respondeu: "Sim, é meu pai".

Tirtsa Mazal olhou admirada e calou-se.

Bluma disse: "Sou parecida com minha mãe". Enquanto falava, enrubesceu, como se estivesse inventando.

As duas estavam em silêncio diante do retrato. O rosto daquele homem era delicado e triste, imerso em tranqüilidade, uma tranqüilidade de quem se queixa apenas da boca para fora.

Bluma baixou a cabeça e Tirtsa saiu em silêncio. Pelas palavras da senhora Mazal, Bluma enxergou em seu pai o que não enxergara durante toda sua vida.

Um dia, Hirshl ouviu vozes na sala dos móveis de veludo. Entrou e encontrou Mina Tsimlich bordando uma espécie de xale. Gaguejou e disse: "Desculpe, enganei-me e entrei sem licença".

Mina largou seu bordado e disse: "Eu é que invadi seu espaço e não você o meu".

Hirshl nunca havia visto Mina, isto é, vira-a, mas não prestara atenção nela. Agora, tendo entrado em seu aposento e, de repente, encontrando-se a seu lado, embaraçou-se. Hirshl sabia que deveria responder-lhe algo, mas sua boca esvaziou-se de palavras. Pensou: "Ela encontrou a palavra certa para dizer e eu fiquei parado diante dela como um tolo. Ela me considera uma pessoa inculta; ela mora numa cidade grande, foi educada num pensionato, sabe falar francês, assistiu a peças teatrais, escutou concertos, e eu nunca saí de minha cidade, exceto uma vez em que viajei de trem para Pitshirits, que é uma cidade bem menor do que Shibush".

Como é triste sofrer sem razão! Como é infeliz aquele que se humilha pelo fato do outro ter ido um pouco mais além! E, ao humilhar-se, não percebe que torna o outro superior.

Um dia vai e outro dia vem. Aquilo que ontem deprimiu Hirshl, hoje já está esquecido. Hirshl já não pensava no encontro com Mina. Afinal, não a tornou o centro de seu pensamento, portanto, podia tirá-la de seu coração. No entanto, quem não saía de seu coração era Bluma.

Hirshl pensava em Bluma e não sabia por que a queria tanto. Será que, ao afastar-se, ela tornara-se especial?

Hirshl estava muito enganado, a causa não era o local, e sim o coração. Ela sempre lhe fora cara. Desde o dia em que deixara de ser criança, achegara-se a ela.

Foi devido à sua afinidade que a forçaram a afastar-se dele.

Hirshl perdera o senso da realidade. Esse rapaz pensou tantas coisas e não cogitou que Bluma estivesse servindo em casa de outra família. Será que Hirshl acreditava que Bluma se alimentasse de estrelas?! Imaginava de tudo, mas que Bluma precisasse de um teto e de alimento, isso não lhe passava pela cabeça.

Finalmente, Hirshl viu o que não havia visto antes. E mesmo assim, Hirshl continuou iludindo-se com todo tipo de fantasia. O fato de a senhora Mazal ter procurado o professor de sua mãe e com ele se casado dava um certo brilho romântico àquela casa em que Bluma estava morando. Hirshl, às vezes, a via em pensamento conversando com a senhora Mazal, uma contava o que fizera até conseguir casar-se com Akávia Mazal e a outra contava seu caso com Hirshl. Elas não se afastavam antes de Bluma se convencer de que tudo estava nas mãos da mulher. E, portanto, Hirshl esperava que Bluma tomasse alguma atitude. E, com o passar dos dias, admirava-se dela nada fazer e, decorridos mais alguns dias, começou a discutir com ela em pensamento. Se ela não se apressasse, acabaria por se atrasar.

O que Bluma fazia? Bluma não se iludia. Mesmo quando o Senhor dos Sonhos[2] aparecia, dele zombava. Mil trabalhos ela fazia, para ocupar seus pensamentos. O dia todo, Bluma andava pela casa dos patrões e fazia todo o serviço. De nada adiantava seus patrões ralharem por ela esforçar-se demais. Num mesmo instante era vista em sete lugares diferentes. Fazia todo tipo de trabalho. Todos os afazeres domésticos estavam por sua conta. Cuidava até do bebê. A senhora Tirtsa queixava-se e, reclamando, dizia: "Não tenho certeza se meu bebê é meu ou de Bluma".

Hirshl permanecia na mercearia e atendia os fregueses. Muita gente lotava a mercearia, donas de casa e empregadas. Para uma vendia açúcar, para outra vendia querosene.

A vida de Hirshl seguia como de costume. Ficava diante da balança, pesava, empacotava e entregava todo tipo de mercadoria aos fregueses. A mercadoria era boa e a balança era aferida. Tanto os fregueses como o Imperador podiam ficar tranqüilos. Tsirl sempre elogiava Mina, e, estando diante de Mina, também enaltecia Hirshl. Tudo o que ele fazia trazia lucro.

Entre um freguês e outro, Hirshl permanecia diante da balança com o olhar perdido e se perguntava: "Por que aceito tudo em silêncio? É que nada pode ser modificado".

A verdade é que muita coisa aconteceu desde que Tsirl aparecera para seu filho no porão, e muitas transformações ainda aconteceriam por causa daquela aparição. Hirshl, admirado, perguntava-se: "Por que razão não sinto raiva de Mina, que se coloca como uma muralha de ferro entre mim e Bluma?". Antes que conseguisse responder, deixava-a de lado e voltava a pensar em Bluma. Tinha uma pálida sensação que Mina não era culpada, e sim Bluma, pois se ela o tivesse tratado bem, não haveria lugar para Mina.

Mas a opinião de Hirshl modificava-se a cada dia. Ontem, surpreendia-se por não odiar Mina e, hoje, odiava Bluma e não se surpreendia. Hirshl pensava: "Tudo o que está me acontecendo é culpa daquela que partiu deixando-me a sós com meu pai, minha mãe e todos esses que me perseguem".

Hirshl se perguntava: "Por que aceito tudo como se predestinado fosse? É porque nada poderá ser mudado". Ah! Aquilo que Tsirl fez podia mudar a vida de Hirshl. Os pais de Hirshl e os pais de Mina já se encontraram e acertaram o dote de seus filhos. Faltava apenas uni-los.

Hirshl tentou opor-se, mas sua mãe não só não discutiu com ele, como ainda juntou suas queixas às dele: "Nossa vida não está em nossas mãos". E disse mais: "É melhor um homem casar com uma mulher que o respeite, do que cortejar mulheres que nem o notam". Tsirl era muito esperta e sabia que nessa geração os pais não conseguiam forçar seus filhos, ainda mais se tratando de *schidukhim.* Se ela agisse como as outras mães, é possível que ele não a ouvisse. Mas, uma vez que o tratava com ternura, o coração dele se derretia como a cera, que pode ser moldada como bem desejarmos.

Hirshl estava diante de sua mãe e seus olhos umedeciam. Mantivera-se tão distante dela e, afinal, não havia ninguém mais próximo dele do que ela. Teve um amigo na infância, porém enganou-se acreditando na sua amizade. Certa vez, o amigo o traíra e Hirshl sofrera muito. Sua mãe, percebendo seu sofrimento, segurara-o, acarinhara sua cabeça e beijara sua testa, até que finalmente tirara-o de seu pensamento e sentira-se achegado a ela. Aquilo que acontecera com Hirshl em sua infância acontecera também na sua juventude.

O inverno estava rigoroso. As casas meio submersas na neve. De cada telhado e de cada casa elevava-se uma coluna de fumaça, tênue e distante do céu quando se elevava dos telhados mais baixos, próxima do céu e grossa quando se elevava dos telhados mais altos. O rio estendido qual um firmamento de gelo, tendo ao centro uma cruz de gelo. As festas cristãs se aproximavam e as lojas de Shibush enchiam-se de mercadorias e de fregueses. Trenós deslizavam e passavam e os sinos de seus cavalos soavam. Sons límpidos e frios eram ouvidos por toda parte da cidade, proprietários de terra e arrendatários chegavam envoltos em peles de urso e lobo. Shibush agitava-se e brilhava e os proprietários de loja estavam atarefados.

Não havia dias melhores para os comerciantes do que aqueles que antecediam as festas cristãs, pois nesses dias muitos presentes eram ofertados. Não havia casa de comércio que não preparasse presentes para os governantes da cidade.

Guedalia Tsimlich foi à cidade e entrou na mercearia dos Horovits. Tsirl estava sentada diante de uma panela com brasas esquentando suas mãos. Ao vê-lo entrar, estirou os lábios na direção dele e na direção de uma fileira de caixotes de madeira que cheiravam a comida e bebida. Baruch Meir desceu de seu escritório, estendeu-lhe um bilhete e sussurrou-lhe algo.

Tsimlich pegou o bilhete com sua mão direita e leu-o enquanto enxugava seus bigodes endurecidos, com a mão esquerda, seus olhos bondosos e cansados brilharam. Percebia-se que estava satisfeito com tudo aquilo que os governantes e suas esposas iriam comer e beber.

Mais distante, na mesa onde a balança ficava afixada, estava Hirshl com os lábios torcidos manifestando desprezo, seus dedos tamborilavam sobre o balcão de madeira. Os olhos de Hirshl não brilhavam como os olhos de Tsimlich e seus pensamentos estavam bem distantes dos pensamentos de Tsimlich. Aquilo que era certo para um, era errado para o outro. Sentia-se irritado, os fiscais são subornados para subverter as leis e aqueles que os subornam alegram-se, como se lhes tivessem feito um favor. E tem mais, o subornado é valorizado, enquanto quem suborna é humilhado. Não foram os socialistas, e nem tampouco os sionistas, que levaram Hirshl a pensar nisso, mas, como desprezasse aquele camponês, seu coração se enchera de ódio.

Tsirl, ao perceber o que se passava com seu filho, mudou de assunto. Afastou a panela de brasas e perguntou a Tsimlich: "O que tem escrito a senhorita Mina?" Apesar da questão do dote já ter sido resolvida, Tsirl costumava chamá-la de senhorita.

Guedalia Tsimlich largou o bilhete e disse: "Estamos aguardando sua vinda para qualquer momento, se Deus quiser!".

Baruch Meir esfregou suas mãos e disse: "Ela será bem-vinda!".

Tsirl disse: "E ela pretende voltar a Stanislav logo depois das festas cristãs?".

Guedalia Tsimlich disse: "Ela não voltará".

Disse Tsirl: "O que quer dizer?".

Guedalia suspirou profundamente e disse: "A dona da pensão onde Mina mora casou-se com um gentio".

Baruch Meir e Tsirl exclamaram assustados: "Com um gentio, ela casou-se com um gentio!".

Guedalia Tsimlich balançou a cabeça e suspirou.

Baruch Meir enfiou os dedos de sua mão esquerda na barba, levando-a em direção ao rosto, como quem atira algo agradável em seu sofrimento.

Tsirl aqueceu a ponta de seus dedos na boca, baixou seus olhos e calou-se. Baruch Meir endireitou a barba com a mão direita, segurou a corrente de seu relógio e disse: "Sinto muito pela jovem, pois terá que morar na aldeia".

Disse Tsirl: "E eu fico contente por seu pai e sua mãe, pois de agora em diante terão sua filha consigo".

Baruch Meir gaguejou e disse: "Se é assim, também fico contente".

Disse Tsirl: "Espero que o Sr. Tsimlich não a enterre em sua casa e que também possamos vê-la".

Disse Guedalia: "Imagino que ela ficará mais tempo na cidade do que na aldeia. Ela ainda nem chegou e Sofia já a convidou para morar consigo. Essa Sofia conseguirá fazê-la esquecer Malikrovik".

Baruch Meir, como se estivesse muito interessado, acrescentou, dizendo: "Você quer dizer a Sra. Guildenhorn, filha de Aizi Heler?".

Guedalia balançou a cabeça e disse: "Ela não dá sossego à minha filha. Quando ela chega, a atrai imediatamente para a cidade. Diz-lhe que as vacas produzirão leite ainda que ela não esteja presente".

Disse Tsirl: "A casa dela é espaçosa e é freqüentada por pessoas alegres, pode ser que haja um lado bom no fato de a senhorita Mina morar lá".

Disse Guedalia: "Eu também disse isso, mas sua mãe não está satisfeita. Uma filha que se ausenta de casa por tanto tempo, ao retornar, a mãe quer tê-la por perto".

Disse Tsirl: "Quando a Srta. Mina vier, todos ficaremos contentes em vê-la. O que você diz, Hirshl, e então este ano os sionistas não farão uma festa de *Hanucá*?"

Tsirl não gostava nem dos sionistas nem de suas festas, mas perguntou o que perguntou para deixar Hirshl satisfeito, como se lhe dissesse que tudo o que ele aprecia ela também aprecia.

Sofia Guildenhorn, a amiga de Mina, era dois anos mais velha que ela, mas parecia dois anos mais jovem que ela. Era casada com um agente de seguros chamado Ytschak Guildenhorn[3], um homem alegre e impulsivo, que viajava pelas cidades do país, induzia as pessoas das províncias a fazerem seguro de vida, conseguindo um bom lucro com seu trabalho. Enquanto Guildenhorn vagueava pelo país, sua casa permanecia em silêncio, ao voltar para Shibush, sua casa se agitava, ainda mais durante as festas cristãs. O comércio fechava, as pessoas se alegravam, todos os levianos de Shibush iam à sua casa e passavam noites e dias bebendo e comendo, rindo, jogando cartas e contando histórias engraçadas. E enquanto estavam ali, davam apelidos engraçados para as pessoas da cidade, escreviam cartazes cômicos e os penduravam no mercado. Às vezes, trocavam nomes e apelidos e, às vezes, a eles acrescentavam outros. Por causa desses apelidos, alguns sobrenomes foram esquecidos e alguns *schidukhim* foram cancelados, pois as pessoas sentiam vergonha de se casar com quem tivesse sobrenome feio. Desde que Guildenhorn fora morar em Shibush, as pessoas ilustres da cidade perderam sua força e os devassos tomaram conta da cidade, tornando Shibush um povoado de libertinagem, não havendo quem os eliminasse. As pessoas de Shibush ou temiam provocar Guildenhorn ou eram achegados a ele. Todos sabemos que casa que oferece alegria e bebida atrai amigos. Quem ia à casa de Guildenhorn ali encontrava pessoas que não imaginava poder encontrar.

IX

Naquela noite de *Hanucá* [1], Guildenhorn mandou buscar a família Horovits para o banquete de panquecas que Sofia preparava. Sofia havia ganho na loteria e dedicara toda a soma no preparo do banquete.

Quando chegou a hora de irem, disse Tsirl a Hirshl: "Eu e seu pai estamos atrapalhados e não podemos sair, por favor, eu lhe peço, vá você e nós iremos depois. Pois, você conhece essa gente, não vale a pena recusar o convite deles. Pelas bebidas que compraram hoje, calcula-se que haverá muita alegria em sua casa. Talvez você deva vestir uma roupa bonita, em vista das pessoas que lá estarão".

Quando Hirshl chegou à casa dos Guildenhorn, este estava sentado com seus companheiros jogando cartas. Hirshl estava bem vestido, mas, como uma pessoa que não tem o hábito de freqüentar a sociedade, apalpava sua roupa para verificar se sua gravata saíra do lugar ou se suas meias se enrolaram. Apalpava-se, como se uma pulga tivesse pulado em suas roupas, estava confuso.

Havia, então, muita gente na casa de Guildenhorn. Leibush Tshortkover, um barbudo frívolo e simpático, jogava cartas sentado bem próximo a seu mestre; Gumpel Kurtz, professor de religião da escola do Barão Hirsh[2]; Motshi Sheinberg, o apreciador de anedotas, com sua perna amputada e a roupa engomada. Sua perna de pau exalava um cheiro de tinta fresca e seu rosto era alegre; Aizi Heler, o pai da anfitriã e outros mais que Hirshl conhecia e não conhecia. Depois de terem respondido à sua saudação, voltaram ao jogo de cartas sem lhe dar atenção. Hirshl ficou só e procurou um lugar para sentar-se.

A dona da casa aproximou-se e demonstrou sua alegria por ele ter aceito seu convite, perguntou-lhe onde estavam e quando chegariam sua mãe e seu pai. Antes que terminasse de responder ela se afastou e saiu, porque havia posto as panquecas no fogo e era preciso vigiá-las. Hirshl ficou só novamente. À sua volta não encontrou ninguém para conversar.

Quando Hirshl se viu só, olhou para o anfitrião e sentiu-se pequeno. Perto desse Guildenhorn, querendo ou não, nos anulamos. Não que ele fosse esperto, há quem seja mais esperto do que ele, mas ele é alto. Em Shibush, as pessoas não crescem muito. Costuma-se comer alimentos com farinha, por isso o corpo cresce na largura e não no comprimento. O Santo Deus não é condescendente, uma vez que os estende com a gordura e não estica sua altura.

Hirshl, novamente, olhava para o grupo e pensava em seus sobrenomes. Hirshl pensou: "Bem, aquele cujo nome é Tshortkover[3], tudo indica que seja *hassid* de Tshortkov e, no entanto, este Leibush é *hassid* de Bobov[4]. Talvez o nome de uma pessoa signifique justamente o oposto. Por outro lado, Kurtz[5] é nanico e seu nome significa 'curto'. E aquele Sheinberg, o amputado, cujo nome significa 'bela barba', tem o rosto todo escanhoado. No entanto, este Leibush Tshortkover, o barbudo, que devido à sua barba deveria ser chamado pelo nome do 'escanhoado', tem o nome de uma cidade, com a qual ele não tem ligação alguma. Porém, assim é, os sobrenomes nada têm a ver com as pessoas que os carregam. Muitos nomes não podem ser explicados pela pessoa que os carrega. Um exemplo disso é o Balaban, aquele que está sentado ao lado do Aizi Heler, fumando sem parar. Qual o significado de seu nome?".

Ao olhar para Balaban, teve vontade de fumar. Pegou um cigarro para fumar. Apalpou os bolsos e não encontrou fósforo. Hirshl não sentia prazer em fumar, porém os rapazes de sua geração costumavam fumar mesmo que não sentissem prazer nisso, e é por essa razão que nunca trazia fósforos consigo, pois se quisesse fumar teria que ir atrás de fósforos, e assim não tornaria constante esse hábito. Não encontrando fósforo, foi acender seu cigarro no cigarro de Balaban.

Naquele instante, Balaban estava confuso, concentrado em suas cartas, tirou o cigarro de sua boca e atirou-o para Hirshl, como quem dá a um pobre pedinte que, insistentemente, o acompanha. Hirshl enrubesceu e soltou uma baforada com raiva. A fumaça expelida aumentou ainda mais a sua raiva. Quando o cigarro chegou ao fim, acendeu um outro cigarro no próprio cigarro. Os cigarros embotaram sua mente, mas não parou de fumar. O gosto e o cheiro dos cigarros o confundiam cada vez mais. A cozinha também produzia um cheiro denso e gordo, até que não mais conseguiu respirar. Sentiu que iria desfalecer ou vomitar, o que seria vergonhoso. As cartas saltavam das mãos dos jogadores numa velocidade estranha, até que as mãos não mais eram vistas dentre as cartas. No fim, também as cartas desapareceram e todo tipo de caretas pretas e vermelhas apareceram pela casa, dançando e zombando dele.

Hirshl estava surpreso. Não existem pessoas tão pequenas, com certeza as figuras das cartas pareceram-lhe pessoas. Olhou a sua volta. Todo grupo estava sentado com as cartas nas mãos, seus cigarros nas bocas, suas fumaças misturavam-se entre si e confundiam sua cabeça. Hirshl quis ir embora. Lembrou-se da história de um convidado que saiu sem que o dono da casa soubesse, no dia seguinte deram por falta de um objeto e suspeitaram desse convidado. Mesmo sabendo que não suspeitariam dele, tirou o forro dos bolsos para fora para que vissem que não roubara nada.

Naquele instante a porta se abriu e Mina entrou. Ele acenou e foi ao seu encontro. Deu-lhe a mão com alegria e ajudou-a tirar o casaco e as luvas.

Sem demora estavam juntos e conversavam.

Hirshl concentrou-se na conversa e queria que Mina se concentrasse também, para que não fosse incluída no jogo, deixando-o só. Hirshl contou mil coisas para Mina. Nunca havia falado tanto como naquela noite. Deus do céu sabe de onde Hirshl tirou toda essa conversa. Nem bem acabava de dizer algo, outra coisa aparecia em sua boca para ser dita, e dizia coisas que Mina nunca ouvira antes.

Ela permanecia em silêncio diante de Hirshl, seus brincos grandes e pesados pendurados em suas pequenas orelhas não se mexiam e ela degustava cada palavra e cada frase. Hirshl viu que suas orelhas enrubesceram um pouco e olhou para trás. Ao ver que todos estavam mergulhados nas cartas e não o notavam, pegou uma cadeira, colocou-a diante de Mina e sentou-se. E novamente Hirsh falava e Mina se calava. Ele não percebeu que ela permanecia calada, mas sentia que ela o escutava.

Mina não conhecera muitos rapazes, afora uns quatro ou cinco jovens professores que iam ao pensionato ensinar as alunas, alguns solteiros, outros casados que se portavam como se fossem livres. Mina, ao contrário da maioria de suas amigas, não conquistara o afeto de seus professores, quanto a algum envolvimento com algum deles, nem pensar. Suas conversas eram somente sobre os estudos. Acabava a aula, liberavam-na e iam embora. Não os encontrava nos jardins e eles não a beijavam, consideravam-na apenas uma aluna cujos pais pagavam-lhe o salário para que a ensinassem, e afora o estudo nada mais havia entre eles e ela. E, até mesmo, costumavam abreviar suas aulas. Portanto, estando diante de Hirshl, surpreendia-se por este não ter pressa de livrar-se dela e por considerá-la importante, a ponto de conversar com ela tão longamente. Mina pensou naqueles que suas amigas perseguiam, e que não eram nada perto de Hirshl. Finalmente, deixou de fazer comparações e deixou-se levar pelas palavras de Hirshl.

Hirshl captou o pensamento dela e quis mostrar que ela não estava enganada a seu respeito. Não havia nada que soubesse e que julgasse conveniente dizer que tenha deixado de dizer a Mina. Sua voz não era alta e nem tampouco baixa, também não era entrecortada por aqueles suspiros que o atrapalhavam quando falava com Bluma. Contudo, os olhos de Mina eram bondosos, não desconfiados como os de Bluma.

Hirshl sentou-se e falou. Não se esforçava para agradá-la, assim como fazia com Bluma. Mina não era Bluma e sua conversa com Bluma não era como sua conversa com Mina. Quantos dias permanecera calado e, quando lhe deram chance para falar, não fez diferença se era Mina ou Bluma.

Enquanto falava, notou que o observavam e o apontavam, seu rosto enrubesceu, atrapalhou-se e parou no meio da frase.

Naquela hora Guildenhorn segurou um punhado de cartas nas mãos e disse rindo: "Venham ver, eles falam um com o outro com candura, como um par de pombinhos!"

Hirshl ficou embaraçado. Muito, muito embaraçado. Não bastasse terem-no ofendido, incluíram Mina nessa ofensa. Hirshl sentiu um ódio muito grande naquele momento, por causa de sua honra que fora profanada e por nada poder fazer para consertar. Não conseguiu nem mesmo levantar seus olhos, tamanha era sua humilhação.

Mas encheu-se de coragem e olhou para aqueles que o olhavam. Contudo, todos o olhavam com olhos bondosos. Nunca vira um grupo de olhos tão parecidos e nunca vira um sorriso de amor e carinho como aquele.

Antes que voltasse seu olhar, Kurtz aproximou-se, estendeu-lhe a mão e sussurrou-lhe um trecho de um poema, sobre um rapaz de olhos bonitos que passeia com uma moça bonita no jardim: "não seja um deslumbrado e coma do fruto da felicidade". Com uma piscadela Kurtz deu a entender a que se referia. O rapaz era Hirshl e a fruta do jardim era Mina, e que ele não fosse um deslumbrado etc.

Hirshl em silêncio pensava: "O que estará pensando Mina por eu ter-lhe causado tamanha vergonha?" Contudo, não levantou os olhos para olhar para Mina. Permaneceu ali imóvel por algum tempo, parecia que se não acontecesse uma guerra ou um incêndio, jamais sairia de lá.

Porém, lá nas alturas não pensavam como Hirshl. Quarenta dias antes da sua concepção uma voz já anunciava que a filha de Guedalia seria destinada a Hirshl[6]. Levantou-se, pegou a mão de Mina e segurou-a. A mão dela colou na dele e uma nova luz brilhou em seus olhos. A luz que voltou a brilhar era aquela que estava guardada dentro dela, desde o dia em que a voz anunciara que a filha de Guedalia estava destinada para Hirshl.

O que Hirshl queria quando pegou na mão dela? Hirshl queria dizer que não tinha culpa de sua humilhação. Antes que conseguisse falar, Guildenhorn foi bater-lhe nas costas e disse: "Estou satisfeito com você! Assim é que se faz! Um vencedor, um herói!"

Hirshl estremeceu e retirou sua mão da mão dela. Guildenhorn pegou a mão de Hirshl, segurou-a em suas mãos e disse: "Parabéns".

"Meus parabéns" não é o mesmo que "muitas felicidades", que é o que se diz ao noivo e à sua noiva. Dizemos "meus parabéns" a quem vence, por exemplo, no jogo de cartas, e assim por diante. Porém, a Voz Celestial[7] que dissera que a filha de Guedalia Tsimlich pertencia a Hirshl Horovits falava através da garganta de Guildenhorn, e todos os presentes pensaram que Guildenhorn cumprimentava Hirshl por seu noivado.

Sofia foi correndo e deu um abraço bem apertado em Mina e beijou-a. Deu-lhe um beijo barulhento, sorriu-lhe e disse: "Jamais fiquei tão feliz como neste momento. Por favor, conte-me como o senhor Horovits revelou a você seu amor. Tão ingênuo! Não se notava que ele a cortejava. Em águas tranqüilas se navega com segurança".

Enquanto falava com Mina agarrou Hirshl e sacudiu sua mão, até que seu rosto corasse. Todos rodearam Hirshl e Mina, uns sacudiam a mão dele, outros sacudiam a mão dela e os cumprimentavam e alegravam-se.

Leibush Tshortkover juntou um monte de cartas e pediu para trazerem bebidas. Arremessou a tigela onde as cartas estavam colocadas, que se quebrou[8]. Motshi Sheinberg bateu com sua perna de pau no chão e gritou: "Muitas felicidades, muitas felicidades".

Aizi Heler disse a Kurtz: "Vá avisar os pais do noivo e da noiva que está na hora, que nós os estamos aguardando". Antes que ele fosse, os pais dos noivos chegaram. Pressentiram que chegara a hora de acertar o destino de seus filhos e foram.

Tsimlich pôs a mão no peito, lugar onde guardava seu dinheiro, como se estivesse pronto para providenciar o dote. Baruch Meir esfregou suas mãos com satisfação e disse: "Amigos, amigos", como quem diz: "O mérito não é meu, o mérito é de vocês".

Tsirl estendeu sua mão para Guedalia, Guedalia deu-lhe sua mão esquerda, já que sua direita estava sobre o peito.

Berta disse: "A mão esquerda é a mão do coração".

Ele se deu conta e deu-lhe a mão direita e perguntou: "Onde está o...".

Não terminara de falar quando sua mulher completou sua frase e disse: "Onde está o noivo?".

Guedalia sacudiu a cabeça como se estivesse chocado por terem entendido sua pergunta e disse: "Onde está Mina?". Apesar de lhe terem comunicado que ela noivara, ele ainda tinha dúvidas.

X

A ceia que Sofia preparara com a soma que ganhara na loteria estava servida. Sofia, na verdade, ganhara um prêmio pequeno, mas pela quantidade de comida e bebida parecia ter ganho um grande prêmio.

Depois do primeiro prato, Guildenhorn pegou um copo nas mãos, brindou aos convidados e aos noivos e elogiou sua mulher pelas panquecas, um alimento que consiste de carne coberta de massa e, por falar em antes velar e depois revelar, o amor de Hirshl, antes velado, se revelou. Kurtz levantou-se e pegou um copo nas mãos, começou com Schiller e citou Heine, argumentando que as palavras dos poetas são dirigidas apenas a quem entrega seu coração a uma jovem. "Assim sendo", disse Kurtz, "encho meu copo, levanto-me e convido os presentes a beberem comigo à saúde deste simpático casal que teve o privilégio de concretizar o que todos os grandes poetas desejaram".

Leibush Tshortkover serviu-se de vinho e disse a Kurtz: "Não se aprume diante de seus superiores, dizem as Escrituras, portanto beberei sentado".

Sheinberg bateu com sua perna de pau no chão e disse: "Ai, minha perna de pau se parte de tanto rir".

Era como se Hirshl houvesse invadido o espaço alheio. Sentia-se deprimido e estava confuso. Tantas vezes tentou se explicar, mas foi interrompido. Assuntos e fatos misturavam-se. Acabou por lembrar de algo que ouvira em sua infância. Certa vez, uma pessoa encontrava-se numa festa de casamento e percebera que o noivo e a noiva eram feitos de palha, os sogros e os convidados eram demônios e tudo o que havia na casa era ilusão ótica. Estava para sair e fugir. Viu, então, um anel de casamento e, ao perceber que era de ouro, ficou tentado a pegá-lo. Ao pegá-lo, a noiva estendeu-lhe o dedo e ele colocou-lhe o anel, e disse: "Eis que você me foi consagrada"[1]. Imediatamente, os demônios começaram a rir muito e ele também riu. Ela agarrou-o pela roupa e nunca mais o largou.

Tsirl olhou para seu filho e passou a mão na testa. Mas ele não entendeu seu gesto e não distendeu suas rugas. Uma grande teimosia tomou conta dele naquele momento. Tsirl apertou seu lábio superior e sorriu para si mesma, como quem diz: "Se para você está bem assim, que assim seja".

Depois de terem enchido suas barrigas de comida e de bebida, os convidados começaram a cantar canções engraçadas com a melodia de *chad gadyá* e de *echad mi yodea*. Mina estava surpresa, as pessoas falavam coisas que não faziam sentido e riam. Guedalia aborreceu-se ao ver que alguns convidados cantavam trechos da *Hagadá* de *Pessakh* com a cabeça descoberta. Ao ver o sogro de sua filha rindo, acalmou-se. Baruch Meir Horovits era um judeu temente, e se ele se ria é porque devia ser permitido.

Baruch Meir apertou a mão de Hirshl e olhou-o com amor. Pensou que talvez todas as suas preocupações fossem infundadas, pois via Hirshl com Mina, juntamente com Tsimlich e sua esposa, a mesa cheia de comida e bebida, gente comendo, bebendo e se alegrando, sentiu-se grato por seu filho. Diante dele encontrava-se Tsirl, que o observava. Nenhuma outra mulher, na noite do noivado de seu filho, observa seu marido desse modo, entretanto, nenhuma outra mulher tem um marido assim. Ele tinha cerca de quarenta e sete anos e ainda estava em plena forma.

Também Tsirl ainda conservava seu frescor. Seu corpo não denunciava seus quarenta e oito anos. Seu rosto, parecia que o lavava com as primeiras águas da chuva, e seus olhos, parecia que os embebia todos os dias com ovo fresco. Mencionamos Tsirl muitas vezes e não mencionamos seus olhos. Na verdade, seus olhos eram como os de todas as pessoas, porém a força contida neles era maior, observava seu marido sem tirar os olhos de Mina. Tinha um carinho muito grande por Mina, que se tornaria sua nora e que a ajudaria a libertar Hirshl de Bluma.

E Hirshl pensou: "Sempre me esquivei dos *shadkhanim*, de repente, eu mesmo coloquei minha cabeça em sua goela. De que maneira livrarei minha cabeça e o que direi a Bluma?". Se pudesse, voltaria para casa, colocaria a cabeça entre as mãos, permaneceria lá imóvel e, enquanto Bluma caminhasse e arrumasse as camas, escutaria o som de seus passos. Na verdade, Bluma já saíra de sua casa, mas sempre que pensava nela era ali que a via.

A alegria dos comensais aumentava. Baruch Meir mandou buscar, em sua mercearia, vinho, licor e frutas secas. Quem segurava um copo nas mãos, bebia, e quem não bebia, comia. A maioria dos convidados já não se lembrava do motivo daquela ceia.

Kurtz olhou para seu copo e disse: "Não seria mau se você fosse um pouco maior".

Sofia perguntou: "Maior por quê? Você pode enchê-lo novamente".

Kurtz olhou-a e sacudiu a cabeça como quem duvidasse da inteligência humana e disse: "Você fez uma grande pergunta, Sofia".

Disse Leibush Tshortkover: "Você não entende, Sofia, se o copo dele fosse maior ele poderia nele mergulhar e, assim, cumprir o mandamento da *mikvé*".

Disse Kurtz: "Não é a *mikvé* que me falta, o que me falta é uma vassoura de folhas de eucalipto".

Motshi Sheinberg bateu com sua perna de pau e disse: "Barbudo, ele está falando de sua barba".

Leibush segurou sua barba e disse: "O que é que esse imberbe quer com a minha barba?".

Disse Motshi: "Fazer uma vassoura para esfregar-se na casa de banhos".

Disse Leibush: "Que sua perna de pau apodreça, Motshi, se o bigode dele não for o suficiente para ele e para outros dez como ele".

Disse Motshi: "Deixe minha perna de pau em paz, ela serve para coisas maiores do que isso, para o dia em que *tzadikim* como você irão arder no fogo do inferno".

Guildenhorn golpeou o vaso que estava a sua frente e disse: "Encham os copos e bebam".

Leibush pegou seu copo e disse: "Saúde, Guimke, saúde".

Kurtz respondeu e disse: "Saúde, Leibush, saúde, queira Deus que...".

Disse Leibush: "Que... que... que possamos beber do vinho especial[2] e que dele não desperdicemos nem uma gota".

Disse Aizi Heler: "Juntamente com todos os nossos irmãos de Israel, amém".

Disse Motshi: "Amém e amém".

Disse Kurtz: "Saúde, Sr. Guedalia, queira Deus que...".

Disse Leibush: "Que... que... que...".

Disse Motshi: "Que sejamos lembrados quando formos humilhados"[3].

Disse Guildenhorn: "E que Hirshl também seja abençoado"[4].

Disse Leibush: "Hirshl, sirva-se de vinho e beba, ou será que você teme que lhe aconteça o que aconteceu com aquele noivo na casa de seu sogro que bebeu e acabou embriagado".

Disse Balaban: "Deu no que deu e ele vomitou muito".

Disse Aizi Heler: "Um noivo na casa de seu sogro. Que bonito! Então, o que foi que ele fez?".

Disse Leibush: "Trocou seu urinol com o de seu sogro".

Disse Guildenhorn: "Louvo o noivo".

Disse Leibush: "Pela manhã, sua sogra disse a seu sogro, 'ai meu velho você não se envergonha de seu genro?'".

Disse Kurtz: "Hirshl, dou-lhe um bom conselho, você não precisa temer, sirva-se e beba".

Hirshl sentou-se e pensou: "Novamente não consigo modificar nada. Contra minha vontade ficarei aqui até que os comensais saiam. É possível que o irmão de minha mãe não fosse louco e soubesse o que fazia".

Balaban olhou bem para Hirshl e disse: "Sr. Horovitz, sei bem o que está pensando, todos os seus pensamentos são tão claros para mim quanto a palma desta minha mão que vê".

O rosto inteiro de Hirshl enrubesceu.

Balaban acrescentou: "Sei, Sr. Horovitz, que pensa que hoje, dia em que ficou noivo com a eleita de seu coração, é o dia mais feliz. Também disse isso no dia em que fiquei noivo de minha mulher, de abençoada memória, e muitos, quando chegam nesse dia, pensam o mesmo. Mas, digo-lhe que este dia não se compara ao dia em que se casar. Olhem, vejam como ele ficou corado. A ingenuidade envolve seu rosto. Gosto da ingenuidade. É bela a ingenuidade num rapaz como..., é uma pena que não encontro um bom exemplo, mas para que nos incomodar em trazer um exemplo de longe, se temos um exemplo aqui perto, ou seja, a ingenuidade é tão bela num rapaz, quanto o dossel é belo para a noiva e, portanto, digo que o dia do noivado não é o mais importante, mas, sim, o dia do casamento e tudo o que antecede ao casamento é secundário, e tudo o que bebemos, companheiros, para brindar o noivado não se compara ao quanto beberemos em homenagem ao casamento. Assim sendo, levanto meu copo num brinde e bebo ao dia em que o senhor Horovits e a senhorita Tsimlich irão se casar".

O Sr. Balaban olhou para Hirshl com muito carinho e generosidade. Quem imaginaria que o Sr. Balaban, este que sabe o que se passa no coração de seu amigo, fosse o mesmo que atirara um toco de cigarro para Hirshl e que o enchera de raiva. Mas é assim que agem as pessoas, sendo você um vencedor, preocupam-se com você, enxergam, até mesmo, dentro de seu coração; não sendo você um vencedor, nem olham para você.

Saúde ao noivo, saúde! Muitas mãos apertavam as mãos de Hirshl e as sacudiam com muito carinho e lhe desejavam felicidades. Ele também os abraçava e respondia aos comprimentos. Os copos se chocavam e o calor aumentava. Tsirl, vermelha de tanto comer e beber, sorria para Berta e Berta sorria para Tsirl.

Baruch Meir serviu-se de vinho e disse: "Agora brindaremos à noiva".

Disse Kurtz: "Isso faz sentido."

Disse Motshi: "Que o meu copo cole em minha mão se não pensei nisso antes"[5].

Disse Aizi Heler: "Então, quem o impediu de dizê-lo?"

Disse Leibush: "O vinho que sobrou em seu copo o impediu, pois para o brinde é necessário um outro copo cheio, e ainda lhe resta no copo do brinde anterior".

Os convidados beberam rapidamente o que havia em seus copos e voltaram a brindar à noiva.

Sofia estava agitada. Depois do primeiro entusiasmo, acalmou-se. Muitas vezes tentou entender por que não estava feliz como no início, mas por mais que procurasse a resposta não a encontrava. Hirshl, ao apertar-lhe a mão, não notara que ela enrubescera e, se notasse, o que é que ele entende?

Sofia levantou seu copo e disse: "E agora brindaremos ao noivo". Sua voz tremeu, mas sua mão permaneceu heroicamente estendida. Ela também bebeu, de uma só vez, o conteúdo de seu copo e colocou-o emborcado sobre a mesa.

Leibush Tshortkover piscou e cantou "*Eshet Chail*".

Berta levantou seu copo e disse: "Brindaremos agora ao pai do noivo".

Disse Baruch Meir: "E agora, à mãe da noiva".

Disse Guildenhorn: "E agora, ao pai da noiva".

Disse Leibush: "E agora, a todo o povo de Israel".

Disse Aizi: "E agora a todo mundo".

Disse Leibush: "E agora, a todo o povo de Israel".

Saúde Senhor do Universo! Ai, ai, ai, saúde, saúde, saúde!

Era uma hora da madrugada quando Hirshl voltou para casa com seus pais. Uma ou duas vezes ele parou pelo caminho. Suas pernas pesavam como pedras. Hirshl não bebera, mas o cheiro da comida e da bebida subira-lhe à cabeça e confundia-lhe os pés.

Tsirl parou e disse: "A neve está derretendo".

Hirshl levantou sua cabeça e olhou para o firmamento nublado.

Tsirl bocejou e disse: "Graças a Deus chegamos em casa, estou cansada". Baruch Meir sorriu e disse: "É o custo de se criar filhos".

Disse Tsirl: "Pegue a chave e abra a porta".

Baruch Meir enfiou a chave na porta e disse: "O que é isso, a porta não abre!".

Disse Tsirl: "O que quer dizer 'não abre'?".

Baruch Meir espiou pelo buraco da fechadura e disse: "Há uma chave enfiada por dentro".

Disse Tsirl: "Quem é que poderia ter colocado uma chave por dentro?".

Disse Baruch Meir: "Imagino que a moça trancou por dentro e esqueceu que também nós temos o direito de entrar".

Disse Tsirl: "Que moça?".

Disse Baruch Meir: "A empregada".

Tsirl bateu irritada na porta e gritou: "Abra!".

Veio a moça e perguntou: "Quem está aí?".

Tsirl redobrou suas batidas e gritou: "Abra e não faça perguntas".

A moça mexeu por dentro e disse: "É a dona da casa que está aí? Já abro".

Baruch Meir respondeu: "A dona da casa está aqui, o dono da casa está aqui e também o filho do dono e da dona da casa está aqui, e pedem licença para entrar na casa deles. Quer ter a bondade de abrir?!".

Disse a moça: "Já abro, estou vestindo uma roupa".

Tsirl bateu com raiva e gritou: "Vocês viram isso? Ela quer vestir roupas, como se nós tivéssemos vindo para visitá-la".

Disse Baruch Meir: "Como disse Leibush Tshortkover, que apodreça a perna de pau de Motshi se ela não abrir imediatamente".

Disse Tsirl: "Eu quero dormir e ele fica brincando".

Baruch Meir esfregou as mãos e disse: "Finalmente, ela abriu".

Ardia uma luz fraca de uma pequena lamparina. Tsirl examinou a casa e despiu as roupas. Baruch Meir acertou seu relógio e colocou-o em sua cabeceira. Hirshl suspirou e estendeu-se em sua cama. Tsirl apagou a lamparina quase dormindo e deitou-se em sua cama. Enfim, virou-se para a cama de seu marido e disse: "Você está dormindo?".

Baruch Meir respondeu: "Ainda não estou dormindo".

Disse Tsirl: "Tampouco eu estou dormindo".

Disse Baruch Meir: "Eu sei que você não está dormindo".

Disse Tsirl: "Como você sabe que não estou dormindo?".

Disse Baruch Meir: "Se você estivesse dormindo não estaria falando".

Disse Tsirl: "Estou surpresa com a grande capacidade de beber das pessoas. Do que é que você está rindo?".

Disse Baruch Meir: "Lembrei-me de um fato e ri".

Disse Tsirl: "De que fato você se lembrou, de repente, no meio da noite?".

Disse Baruch Meir: "Da história de um homem que passava todo o tempo numa taberna. Uma vez sua mulher disse: 'vou ver o que o meu marido faz'. Foi e encontrou-o cercado de amigos. Quando a viram encheram-lhe um copo, dois e três. O vinho subiu-lhe a cabeça e ela caiu debaixo da mesa. Seu marido disse-lhe, 'minha pombinha, é assim que eu me torturo a maioria de meus dias e anos'".

Disse Tsirl: "Você se diverte, Baruch Meir, e meus nervos estão todos tensos. Desconfio que não conseguirei dormir de tanto cansaço".

Disse Baruch Meir: "E eu digo que você dormirá sim. Tenha uma noite de descanso, Tsirl".

Disse Tsirl: "Quem é que está roncando e não me deixa dormir?".

Baruch Meir tentou ouvir e disse: "Não ouço nada".

Disse Tsirl: "É como o ronco de um animal".

Disse Baruch Meir: "Imagino que o sono da moça seja muito pesado".

Disse Tsirl: "Um minuto atrás ela estava toda vestida e agora já está dormindo. Que eu tenha um sono assim. Bluma não roncava. Você já viu uma coisa dessas, minha boca se rasga de tanto bocejar e minha mente não se importa. Já devem ser mais de duas horas. Ai! Como estou cansada! Quero dormir!".

XI

Naquela noite Hirshl dormiu bem. Ao acordar, seu coração estava dividido. Não se pode dizer que não estivesse satisfeito, como também não se pode dizer que estivesse satisfeito. Hirshl pensou no que lhe havia acontecido na noite anterior e disse: "Não há nada mais o que fazer. Agora devo afastar Bluma de meus pensamentos e dar atenção a minha noiva".

Depois de conformado com seus atos, examinou todos os fatores que o levaram a unir-se a uma moça, na qual jamais havia pensado. Lembrou-se daquela festa, daquele grupo de pessoas, daquele homem que lhe atirou o toco de cigarro e da alegria que sentiu quando Mina o tirara de sua solidão. Hirshl pensou: "Isso tudo porque Bluma se enclausurou". Como numa representação teatral, viu seu rosto redondo, que não mais parecia redondo, e de seus olhos, que não sorriam nem tampouco choravam, emanava um silêncio azulado. Ele daria todo o universo para que o deixassem sentir, uma vez mais, o perfume que inundou-lhe a alma no dia em que ficou diante dela em seu quarto.

Mas Hirshl era uma pessoa responsável e sabia que o que estava feito, estava feito, dali por diante não mais poderia ter este tipo de pensamento, e ele o expulsava e pensava em Mina com quem noivara, ou será que não noivara? Pois uma vez Hirshl perguntara, como era que se casava, e disseram-lhe: "Vai-se à casa da moça, curva-se diante dela, ajoelha-se e pega-se em sua mão para beijá-la". É bem verdade que essas coisas lhe haviam dito na sua infância e, certamente, já deveria saber e compreender que não é bem assim que se celebra um noivado, porém essa imagem estava gravada no coração de Hirshl, e já que não se ajoelhara diante de Mina e não lhe beijara a mão, não lhe parecia que fosse sua noiva.

Hirshl pensava em muitas coisas para que não pensasse em Mina. E afinal, todos os seus pensamentos eram acerca de Mina. Ainda que distante de seu coração, enquanto ela vivesse não havia como escapar-lhe. Deus nos livre de pensar que desejasse destruí-la, apenas desejava escapar dela. Tinha esperança que algo o livrasse de sua angústia. Por exemplo: que empobrecesse e Tsimlich cancelasse o *schidukh*, e que ele próprio fosse trabalhar como empregado de um comerciante em outra cidade. Certa noite, Hirshl viu em sonhos uma carta que escrevera a seus pais, e ele não sabia que os pais de Mirl, a mãe de Bluma, também sentavam-se juntos e liam as cartas que Baruch Meir, seu pai, escrevia antes de seu noivado com Tsirl. Hirshl pensava ainda: "Se não há outro jeito, fugirei para a América". Hirshl sabia que uma pessoa como ele não deixa a casa de seus pais e vai para a América, porém, sendo ele um sonhador, imaginava coisas para não se desesperar.

Naquele tempo, já havia pessoas de Shibush morando na América. Alguns eram profissionais que, não encontrando trabalho em sua cidade, para lá se foram; outros eram comerciantes que faliram e temiam o governo. Na mercearia de seu pai havia um funcionário chamado Guetsil Shtein, filho do *schokhet* que fora afastado de seu cargo. Ele tinha dois irmãos na América[1]. Algumas das pessoas que emigraram para a América escreviam cartas e enviavam periódicos para seus irmãos em Shibush. Outras voltaram para Shibush e contavam histórias maravilhosas sobre a viagem no mar e sobre o navio. Durante algumas semanas, o navio passa por entre montanhas de gelo, grandes como uma cidade. Grandes facas saem do navio e cortam os grandes monstros que o perseguem, pois senão o navio e seus passageiros seriam engolidos.

Os egressos da América andavam por Shibush com uma corrente de ouro pendurada sobre o peito e dentes de ouro em suas bocas. Vangloriavam-se dizendo que na América qualquer pessoa podia ser presidente e que este era como um rei por seis anos. Em suas conversas, mesclavam palavras inglesas e zombavam de seus irmãos de Shibush por desperdiçarem seus dias na pobreza, deixando de aproveitar a vida na América. De que forma as pessoas aproveitavam a vida, isso os egressos da América não contavam.

Talvez, não se dessem conta do que faziam por lá e, talvez, quisessem esquecer o trabalho pesado. Em Shibush, permaneciam na casa de seus irmãos. Hoje na casa de um e amanhã na casa de outro, comendo bolinhos de cevadinha, um alimento do qual Shibush se orgulhava. Não abriam mão das outras comidas típicas de Shibush, e na hora da refeição contavam sobre as montanhas de ouro que havia na América. Quem quisesse poderia pegar um machado e sair cavando ouro. Porém, as montanhas de ouro eram distantes de Nova York, que é a cidade principal da América, e era preciso andar alguns meses para se chegar lá. E em Nova York há umas notas de dinheiro, verdes e compridas, chamadas dólares. Cada dólar vale dois guildens austríacos e meio. As pessoas de Shibush entusiasmavam-se e alguns até reduziam os gastos com a alimentação para comprar passagem para a América.

Havia um pacto em Shibush, quem comesse de sua comida ficava preso a ela. E, no final, os egressos da América acabavam presos a Shibush e não voltavam para a América. Não era por causa dos grandes monstros que queriam engolir o navio, pois as facas cortavam suas cabeças, tampouco era por causa das montanhas de gelo, pois, para compensá-las, havia as montanhas de ouro, era pela comida de Shibush, pois quem enche a barriga com aquela comida sente preguiça de navegar. Aqueles que possuíam dólares, vendiam a quem costumava presentear com dinheiro estrangeiro o noivo e a noiva pelo seu casamento. Quem não possuía dólares, vendia a corrente de ouro que trazia em seu peito, comprava equipamento, abria uma oficina em Shibush e desperdiçava seus dias na pobreza, como o resto de seus irmãos de Shibush. Quando seu dente de ouro se quebrava, não tinha como consertá-lo. Quebrara o juramento feito a Colombo, segundo o qual, quem vai à América jura esquecer sua terra natal; e, portanto, amaldiçoava o dia em que voltara para Shibush e o navio que o trouxera de volta, ao mesmo tempo que se desculpava, pois, impregnado da atmosfera de Shibush, dizia: "A verdade deve ser dita, uma atmosfera agradável como esta não há na América".

Há uma força abstrata no ar que mantém em Shibush os que ali nasceram. O que dizer, então, da força nada abstrata de um travesseiro e de um cobertor. Portanto, Hirshl pensou em fugir de Shibush, mas, ao colocar a cabeça no travesseiro e cobrir-se com sua coberta, imediatamente entendeu que nunca sairia de lá.

XII

Num sábado à noite, após a *havdalá* o coche de Tsimlich chegou à casa dos Horovits a fim de levá-los para Malikrovic para a ceia de *melavé malká* que estava sendo preparada em sua homenagem.

Baruch Meir e Tsirl já sabiam, desde a véspera, que no sábado à noite iriam para Malikrovik, mas, quando o cocheiro entrou, entreolharam-se surpresos, como se a viagem fosse inesperada.

Hirshl estava inclinado sobre a mesa e em suas mãos um livro não encadernado. Ajeitava as folhas, abria-as com uma faca e prosseguia a leitura do dia anterior. Finalmente, largou o livro, pegou o tabaco, enrolou um cigarro, acendeu-o e olhou nas mãos do cocheiro o chicote cuja correia estava enrolada ao bastão.

Baruch Meir pegou aguardente e serviu um copo a Stach, que colocou o chicote diante de si e bebeu.

Baruch Meir perguntou ao cocheiro: "Mais um trago?".

O cocheiro olhou para o seu copo e disse: "Beberei à saúde dos senhores, mais um trago pequeno assim".

Tsirl olhou a roupa de seu filho, alisou sua própria roupa e disse: "Ainda bem que não despi a roupa de *Schabat*, assim vocês não terão que me esperar".

Baruch Meir trocou o seu chapéu por outro mais simples e disse: "Eu e Hirshl também estamos com roupas de *Schabat*". Cruzou os braços como quem terminou o trabalho e nada mais tem para fazer.

Tsirl examinou a mesa, trancou o armário, escondeu as chaves e disse: "Vocês estão prontos?".

Respondeu Baruch Meir: "Sim, sim, estamos prontos".

Stach saiu e voltou trazendo três peles. Ajudou os passageiros a se cobrirem, acomodou-os no coche e colocou uma manta de pele de urso sobre seus joelhos.

Tsirl voltou-se para sua casa e exclamou: "Fulana, tranque a porta e retire a chave, ouviu?".

A moça balançou a cabeça. Ao balançar a cabeça pensou que a dona da casa não tivesse visto que balançara a cabeça, saiu e disse: "Não se preocupe patroa, trancarei a porta e retirarei a chave".

Tsirl esticou suas pernas, sentou-se confortavelmente, levantou o colarinho de sua pele e disse: "Bem, podemos partir".

Baruch Meir enfiou as mãos em sua manta de pele e respondeu: "Podemos partir".

Disse Tsirl: "Hirshl, você se cobriu? Levante o colarinho".

Hirshl cobriu-se, sentiu a pele de Tsimlich esfregar em seu pescoço, pigarreou como quem está preocupado com a garganta, mexeu no bolso, retirou o lenço e levou-o à boca.

Tsirl inclinou a cabeça para o lado de seu marido e disse baixinho: "Parece-me que o cocheiro escovou os dentes com o líquido com o qual se costuma brindar".

Baruch Meir olhou para o chicote que estava nas mãos do cocheiro e disse: "É verdade, ele agita seu *lulav* como se tivesse proferido uma grande bênção".

Tsirl gostou da resposta de Baruch Meir e Baruch Meir gostou da linguagem figurada de Tsirl.

O cocheiro assobiou, o coche moveu-se e partiu.

A estrada estava tranqüila e boa. A neve evocava um frio doce e os cavalos andavam calmamente. Depois de uma hora, avistou-se um colar de luzes suspenso no ar e ouviu-se o ladrar de cães.

Stach estendeu seu chicote e o agitou para cá e para lá, até que a correia se enrolou no bastão. Encurtou as rédeas e disse: "Oooo...".

Os cavalos diminuíram as passadas e o coche parou.

Tsirl perguntou a Baruch Meir: "Por que é que ele parou os cavalos?".

Baruch Meir respondeu e disse: "Porque chegamos ao lugar chamado Malikrovik".

Tsirl perguntou surpresa: "Já chegamos?".

Respondeu Baruch Meir com orgulho, como quem houvesse conseguido algo que outros tivessem se cansado de tentar, sem consegui-lo, e disse: "Já chegamos".

Disse Tsirl admirada e contente: "Tão depressa?".

Disse Baruch Meir: "Tente vir a pé e, então, verá se você faz esse caminho tão depressa".

Disse Tsirl: "Você é generoso com as pernas dos outros. Hirshl, já chegamos".

Hirshl levantou o lenço que havia caído sobre a manta de pele de urso e recolocou-o em seu bolso.

A casa de Tsimlich ficava entre árvores, arbustos, barracões, cocheiras e estábulos. Meio cobertos de neve e meio erguidos no vazio, como toras cujos proprietários deixaram para trás sem amontoá-las. Quando o coche entrou no pátio, os cães voltaram a ladrar, primeiramente para saudar Stach que estava de volta e, em seguida, para aqueles que a ele se juntaram.

Stach desceu, agachou-se, estendeu o pé e chutou a barriga de um cão, levantou-o pela pata, atirou-o na neve e, novamente, o levantou e o atirou sobre seus companheiros. O cão sacudiu a neve e o olhou sem raiva, como quem diz: "Ele ainda está em forma, porém desta vez você exagerou, seu 'espinhudo' ". Os cães chamavam-no de "espinhudo", por causa da sola de seus sapatos que eram cheias de pinos de ferro.

Baruch Meir saltou do coche, deu a mão para Tsirl e Tsirl deu a mão para Hirshl para ajudá-lo a descer. Hirshl desceu, esfregou os olhos com a luva úmida e olhou para a casa iluminada. "Aqui", pensou, "aqui vive-se o sossego eterno". Ao lembrar-se que deveria entrar, o esplendor da casa se apagou e sua inveja se foi.

Guedalia e Berta saíram contentes ao encontro de seus convidados e pediram que despissem suas mantas. Baruch Meir cobriu-se ainda mais e rugiu: "Os ursos estão chegando, os ursos estão chegando". As empregadas acharam muita graça e se alegraram. Tsirl empertigou-se além de sua estatura normal, orgulhosa com a pele de viagem que vestia. Mina ficou na entrada. Baruch Meir pegou em sua mão com alegria e disse: "Os ursos que vieram trouxeram um cervo consigo." Referia-se a Hirshl, pois *hirsh*, na língua sagrada[1], significa "cervo".

A casa estava iluminada, a lareira acesa e em todos os cômodos da casa pairava um cheiro agradável de madeira queimada, mesclado ao cheiro suculento do assado e do cozido. Todos estavam vestidos com roupas de *Schabat*. Suas faces brilhavam. Os empregados e as empregadas circulavam alegremente.

Ao entrar, a família Horovits dividiu-se em dois. Baruch Meir e Tsirl ficaram com Guedalia e Berta, Hirshl ficou com Mina. Estes num cômodo e aqueles noutro.

Mina estava com um vestido de veludo, preto e longo, amplo abaixo da cintura e estreito em cima, formando uma espécie de abóbada sobre o peito, preso por barbatanas na extremidade, e no pescoço elevava-se um colarinho de dois dedos de largura. O lustre que pendia do teto iluminava seu rosto e avermelhava suas faces. Seu cabelo, cuja cor era indefinida, estava trançado e preso em círculo sobre sua nuca. Para Hirshl, essa não era a mesma Mina dos dias de calor e tampouco da noite de seu noivado. Tudo o que pensava sobre Mina, de repente, tornou-se incerto. Um respeito e uma sensação indefinida faziam-no considerá-la mais importante.

Contudo, não chegaram a conversar. Para Hirshl, era muito difícil juntar uma palavra na outra. Quem os vira na casa dos Guildenhorn e os visse agora, se surpreenderia, são as mesmas pessoas e não é a mesma coisa. Na casa dos Guildenhorn as palavras flutuavam e emergiam de seu coração, ali elas permaneciam em seu coração e não emergiam para sua língua. Mina percebeu o que estava acontecendo, mas pensou: "O que ele dirá? Porventura deveria recitar poemas de Schiller e Lessing?". Naquela época, quando um rapaz e uma moça se encontravam, costumavam ler livros juntos, ele falava sobre seu livro e ela falava sobre o dela, ou então, iniciavam com um poema de Schiller, como por exemplo, "O sino" ou "Um jovem sentado sobre a fonte". Ele declamava de cor uma estrofe e ela declamava de cor uma outra, antes que terminassem o poema todo já estavam saciados. Havia muitas anedotas sobre esse assunto e os próprios contadores de anedotas, quando jovens comportavam-se dessa maneira. "É estranho", pensou Hirshl, "há alguns dias, ela me livrou dos outros e, agora, eu quero me livrar dela". Hirshl sentia uma confusão angustiante. Não sentira uma angústia como essa desde o dia em que, por engano, entrara repentinamente no quarto dela, pensando que ali encontraria Bluma e encontrara Mina.

"Preciso apenas dizer algo impróprio e me livro dela para sempre". Mas seu amor próprio o impediu. Naquele momento tornou-se uma fonte transbordante, um rio inesgotável. Coisas que jamais havia pensado, de repente brotaram de sua boca. Mina o observava. Seus grandes brincos brilhavam.

Apesar de Mina viver em Stanislav, não sabia quando esta fora construída e não sabia que no ano de 1692 os tártaros a destruíram, nem é preciso dizer que jamais escutara os nomes dos sábios locais, os quais a tornaram uma cidade da Galícia, que superou, até mesmo, a importante cidade de Tisminits. Ela tampouco sabia que ali vivia um poeta hebreu que era o tradutor oficial do Imperador. É possível que essas coisas não sejam importantes para uma moça, mas Mina ouvia com entusiasmo, e a cada frase dizia: "Ah!". O entusiasmo de Mina o entusiasmava, e ele continuava a falar.

Há coisas que você sabe, mas não profundamente, você as ouviu, porém não o suficiente, ou as ouviu, mas não compreendeu por completo e não sabe onde terminam e, de repente, você tem a oportunidade de tornar a ouvir, conhecer e saber. Você fica agradecido a quem as fala e o põe a par do assunto. Por exemplo, você ouve falar de algumas famílias israelitas[2] que saíram da Romênia e foram para Stanislav. O administrador da comunidade não os deixou entrar na cidade, pois poderiam incomodá-lo. Assim sendo, eles com suas mulheres e seus filhos pequenos perambulavam fora da cidade, pelo lixo, até que suas súplicas chegavam aos céus. Se, naquela época, você era criança e não sabia perguntar acerca do que se passava, você sofreu todos os dias, até que apagou os fatos, ou apagou sem tê-los apagado. Então, vem esse Hirshl e lhe conta minuciosamente. Apesar do tempo ter passado, de você não ter podido ajudá-los quando necessitavam e, apesar de alguns já estarem mortos e, de outros terem emigrado não se sabe para onde, ainda que você não possa cobrar do administrador o sofrimento daquela gente, porque ele é rico e poderoso, o fato de saber, o acalma bastante, é como se você estivesse lendo num livro de história. Talvez esse fato, que é apenas um dentre outros daquela época, não atingisse Mina e, talvez, Mina não o percebera em sua infância e nem tampouco em sua juventude. Não pensara nisso, assim como não pensava nos outros problemas da vida. No entanto, enquanto Mina escutava e Hirshl falava, ela suspirava e o observava admirada e emocionada. Mina pensou: "É incrível, tantas vezes estive na casa das netas daquele administrador e não percebi que era impiedoso, pelo contrário, certa vez ele bateu carinhosamente em meus ombros. Na verdade, suas bochechas são azuis e alguns fios despontam de sua barba, mas essas coisas não são indícios de tal impiedade".

Hirshl ainda falava e Tsirl entrou com os olhos sorridentes e o rosto feliz. Hirshl parou no meio de sua fala. Seu coração, de repente, se enfureceu. Naquele momento não via em Mina aquela Mina com quem seus pais queriam que se casasse, mas uma mulher que ele amava, e sua mãe fora para separá-los. Estendeu imediatamente sua mão e pegou a mão de Mina, segurando-a como se agarrasse algo, quando tudo estava contra ele.

Não demorou até que a empregada foi chamá-los para a ceia.

XIII

"Você também por aqui?". Perguntou surpreso Yona Toiber a Hirshl.

Disse Hirshl: "É o que parece".

Baruch Meir esfregou suas mãos com prazer. Seu filho dera uma boa resposta a Yona. Uma resposta dessas não passou nem mesmo pela cabeça do condenado à forca, quando, no momento em que a corda estava pronta para ser colocada em seu pescoço, o carrasco lhe perguntou: "Você também por aqui?". Baruch Meir não se deu conta de que essa história não se adequava ao momento e, portanto, ficou contente.

Toiber fechou seus olhos como quem está tendo um lindo sonho.

Os presentes levantaram-se, lavaram as mãos e sentaram-se para comer.

A mesa estava posta. Havia pães trançados e três diferentes espécies de aguardente, uma simples, outra preparada com cominho e, para as mulheres, uma outra, feita com uma infusão de frutas. Havia também sobre a mesa cogumelos ao vinagre e folhas de louro. Brindaram e proferiram a bênção do pão e o repartiram.

Tsirl e Baruch Meir, que não estavam acostumados a comer cogumelos nos dias de inverno, provaram e não conseguiam mais parar de comer. Isso desagradou à dona da casa, pois se fartando com os cogumelos não iriam saborear o prato principal da ceia e, então, todo seu trabalho teria sido em vão.

Berta temia que o prato principal da ceia, molho e carne de uma certa ave chamada "galinha grega"[1], talvez não fosse apreciado o bastante. No começo os judeus temiam comer essa ave, pois era diferente em altura, comprimento e largura, ainda que seus ovos fossem pontudos numa extremidade e bojudos na outra, de acordo com as normas da lei alimentar judaica[2]. Finalmente, nossos grandes rabinos da Galícia permitiram seu consumo sem nenhuma restrição, pois essas aves possuem os três sinais tradicionais de pureza: papo, moela membranosa e esporas. Cruzadas com as nossas, essas aves melhoram a qualidade dos pintinhos que nascem dos ovos das nossas galinhas. Testemunhas idôneas comprovaram que na Terra Santa essas galinhas são consumidas com bastante freqüência e sem nenhuma hesitação. Apesar de liberadas para o consumo, não eram encontradas no mercado de Shibush. Somente os governantes criavam-nas em seus jardins. Berta queria, portanto, que os sogros de sua filha não se fartassem antes da ceia e que soubessem o que estavam comendo.

Disse Tsirl: "Vocês viram que milagre! No verão, quando os campos estão apinhados de cogumelo, eu nem os toco, e hoje não consigo parar de comê-los".

Disse Berta: "Sirva-se e farte-se consogra, coma e não fique com vontade, temos deles alguns vidros guardados".

Disse Baruch Meir: "Tenho um parente que não come cogumelos no dia em que amadurecem, pois podem ser venenosos. Ele aguarda um dia, se seu pai, sua mãe, seus irmãos e suas irmãs não morrerem, aí então, ele come dos cogumelos".

Disse Tsirl: "Você pensa que é por isso que eu não como cogumelos no verão?".

Disse Baruch Meir: "Não, você os come no inverno porque nesta época são mais saborosos".

Enquanto conversavam, a empregada entrou com uma grande travessa de porcelana no formato de um pato. Berta levantou-se, retirou a tampa e encheu as tigelas de molho. Ali estava estendida a ave de porcelana com seu bico furiosamente aberto, como a boca de um mendigo de quem a comida fora arrancada. Dele subia um vapor quente e denso que envolvia o lustre. Berta tampou a travessa.

Hirshl novamente estava comendo na casa dos outros. A primeira vez fora à casa dos Guildenhorn, quando, de repente, sem ao menos dar-se conta, participava da ceia. Agora, ele teve tempo para pensar. Parecia-lhe estranho que pessoas saíssem de suas casas para comer na casa de outros.

Guedalia via com satisfação seus convidados comendo e bebendo com prazer. Ele também comia e bebia com prazer, mas a cada bocado e a cada gole pensava se sobraria algo para o dia seguinte ou, se no dia seguinte, ele não teria o que comer.

Berta disse aos convidados: "Vocês que vivem na cidade conhecem comidas melhores do que a minha, mas, uma vez que nos honraram com sua vinda ao campo, espero que esta ligeira refeição que preparei para vocês lhes agrade". Berta sabia que o que servira era algo especial, contudo, estava agradecida por terem se dado ao trabalho de vir.

Tsira comeu apetitosamente e repetiu sua porção. A estrada e a alegria deixaram-na faminta. Mesmo as comidas mais corriqueiras pareciam-lhe mais saborosas do que em sua casa. A cada prato, perguntava como fora preparado. Berta jamais sentira-se tão contente com essa mulher como nessa ceia.

Yona Toiber, encolhido entre as tigelas, comia muito. Sua esposa, enquanto fora saudável, alimentara-o até saciá-lo, porém, desde que adoecera, diante de uma tigela, a alma dele recusava-se a comer até saciar-se, pois temia que faltasse alimento para seus filhotinhos. Porém, ao comer fora de casa, seus filhos e suas filhas não estando à sua frente, ele comia até se fartar. Seus olhos estavam semi-cerrados, como quem pensa. O que Toiber pensava naquele momento, quem é que sabe?!

Os comensais, sentados à vontade, comiam com prazer. A refeição prolongava-se porque comiam vagarosamente ou porque repetiam suas porções. Finalmente, descansaram os garfos e limparam a boca.

Baruch Meir torcia sua barba para trás e a acariciava de cima a baixo, enquanto pensava: "Uma vez que já comemos e bebemos, é conveniente que se comece a conversar". Percebeu que seu filho não comia. Disse a ele: "Você está jejuando por que pensa que hoje é o dia do casamento[3]?". E, enquanto falava, virou-se para Mina e disse: "A casa de vocês é bonita, senhorita".

Berta olhou-o surpresa e disse: "Pensei que um sogro costumasse chamar a nora pelo nome e não por senhorita". Yona abriu os olhos e observou Mina, que permanecia impassível, como se não estivessem falando dela. Baruch Meir esfregou as mãos e dirigiu seu olhar para Yona, esperando que este elogiasse a recepção. Yona agiu como se Baruch Meir não o estivesse olhando, porque não percebera ou então porque fizera que não percebera. Finalmente, começou a falar: "Vou contar-lhes um fato, e não é um fato qualquer, um fato que vale a pena ser ouvido. Certa vez, fui parar numa aldeia decadente como jamais havia visto antes. Para todo lado que se olhava não se via uma viva alma, com exceção de um bando de gansos a ciscar no meio do mercado. Era um dia de verão, o sol ardia como um forno e eu sentia muita sede. Levantei meus olhos e vi uma espécie de mercearia. Entrei e quis comprar um limão para fazer um suco. Olharam-me surpresos. Jamais haviam visto um limão. Pedi um copo de cerveja. Olharam-me surpresos. Por que é que você pede algo que não tem em toda a cidade? Finalmente, pedi um copo de água. E, é aqui, de fato, que começa toda a história. Não se pode dizer que não me deram água, mas o recipiente era incrível. Uma lata amassada, coberta de fuligem e cheia de bolhas de ferrugem. Enquanto pensava se deveria ou não beber, dei uma olhada e vi quem trouxera a água. Pensei, 'é uma princesa!'. Mas uma princesa viveria numa aldeia decadente?!".

O que essa história tinha a ver com a casa de Tsimlich? Se era uma alegoria, não era adequada para aquela realidade, pois as comidas e as bebidas eram excelentes, a louça era bela, e Mina, por mais bela e digna que fosse, não era uma princesa. Contudo, depois que Yona Toiber contou tal história todos sentiram-se aliviados. Quando a barriga está cheia o que falta à mesa é conversa.

Hirshl não comera quase nada. Observou os comensais que estavam cansados de tanto comer e beber, e sentiu ao mesmo tempo prazer e pesar. Pesar por estar com fome e prazer por sua barriga não estar cheia. Havia alguns dias chegara a suas mãos uma pequena brochura de vegetarianos que opunha-se à ingestão de carne, peixes, vinho e todo tipo de excessos. Hirshl, ao ver os comensais cansados de tanto comer e beber, apalpando o corpo para encher suas entranhas mais e mais, pensou: "Talvez o irmão de minha mãe se alimentasse de ervas e se abstivesse de carne e as pessoas de sua geração, não alcançando a profundeza de seus pensamentos, chamaram-no de maluco. Se o que está escrito naquela brochura é verdade, todas as desgraças advêm dos excessos na alimentação, pois o ser humano não se contenta com pouco, está sempre se agitando em busca de muitas coisas. Se minha mãe não corresse atrás do dinheiro, eu não precisaria estar sentado diante de carcaças de aves e peixes". Hirshl levantou a cabeça para ver o que restara daquelas coisas abomináveis, cujo odor incitava seus instintos, e viu Mina. Ela também parecia estar ali sentada contra sua vontade. É possível que ela também estivesse pensando na mesma coisa. Oxalá ele pudesse dizer a ela: "Seus pensamentos são meus pensamentos".

"Quem diz que o pessimismo vem do estômago vazio, mente. Pelo contrário, o estômago vazio torna a mente clara. Pois é justamente quando estou com fome que penso em consertar as coisas, porém, enquanto dependo de pai e de mãe, não tenho esperanças de consertar coisa alguma". Novamente, levantou a cabeça e viu Mina. "Mina não vê meus pensamentos?".

Mina estava contrariada. O espartilho que envolvia seu peito a atormentava e a afligia. Berta percebeu e pensou: "Pobre menina, apertou-se demais".

Tsirl olhou Mina com carinho e pensou: "Na nossa infância, não estávamos acostumadas a essa tortura".

A empregada entrou, novamente, trazendo uma torta grande feita de farinha de milho, moldada como a copa de um chapéu, cheia de ameixas e nozes sobre as quais haviam espalhado moedas feitas de açúcar. Todos os comensais, exceto Hirshl, estavam bastante satisfeitos, mas o bom cheiro abriu espaço em suas entranhas. Hirshl, que no início da refeição não tocara em nada, serviu-se de um pedaço grande e comeu com prazer.

Tsirl esticou seus lábios em direção a seu filho e disse: "Você concorda que a torta está gostosa?". O rosto de Hirshl enrubesceu. Pois ele, que no íntimo orgulhava-se de não ter se fartado naquela refeição, acabara flagrado como faminto. Mas isso não é o principal, o principal é que essa frase ele dissera num outro lugar. No dia em que Bluma, pela primeira vez, chegara a sua casa e trouxera consigo bolos apetitosos, ele dissera a sua mãe: "Você concorda, mãe, que os bolos dela são apetitosos?".

Depois de terem proferido *birkhat há-mazon*, os comensais levantaram-se e foram para o outro aposento, onde havia uma mesa cheia de confeitos e cigarros. Essa foi uma novidade que

Mina introduzira naquela noite, a exemplo do que vira em Stanislav. Quando há visitas, depois da refeição coloca-se à mesa confeitos e cigarros.

Berta olhou para o marido e disse: "Guedalia, por que você não conta de onde vieram esses cigarros?".

Guedalia olhou surpreso e disse: "O que há para contar?".

Disse Berta: "Conte, conte, essas coisas valem a pena serem contadas".

Tsirl envolveu Guedalia com seu olhar e disse: "E, então, consogro, de onde é que vieram esses cigarros?".

Guedalia, que temia que suspeitassem de ele ter sonegado imposto, respirou fundo e disse: "Nosso Duque tem um irmão menor, um grande perdulário, quando vem à casa de seu irmão, em Malikrovik, traz consigo muitos cigarros".

Berta exclamou ansiosamente: "Mas o cerne da questão você não contou, Guedalia!".

Disse Tsirl: "Mas ele está no meio da história!".

Guedalia enxugou a testa e disse: "O cerne da questão é que esses cigarros são feitos especialmente para ele. Há uma fábrica em Paris que produz cigarros para o Duque, quer dizer, para o irmão menor de nosso Conde, e não fazem iguais para ninguém mais no mundo. E como o Conde, ou seja, o nosso Conde, evita dar dinheiro para seu irmão, não lhe dá nem mesmo um centavo, para que não gaste dinheiro em bobagens, todo serviço que lhe prestam é pago em cigarros. O empregado tira-lhe o casaco, ele enfia a mão em seu bolso e lhe atira uma porção generosa de cigarros; o cocheiro o leva para passear de coche, atira-lhe uma porção generosa de cigarros. Ontem, o cocheiro de nosso Conde bebeu na taberna e pagou ao dono do bar com cigarros em lugar de dinheiro, o dono da taberna os vendeu para mim".

Baruch Meir esfregou as mãos e disse: "Vale a pena provar do sabor dos Duques. O que você acha Hirshl? Pegue um cigarro e fume. Eu e sua mãe renunciamos ao respeito paterno e materno, você tem permissão para fumar na nossa presença".

Toiber colocou a mão dentro da caixa, pegou um cigarro, examinou-o de todos os lados e enfiou-o em sua boca. Enquanto o acendia, repousou sua mão no ombro de Hirshl e puxou-o para si.

Hirshl gostou da atitude de Toiber, talvez porque não tivesse mais o que falar com Mina ou, talvez, porque depois de sentar por tanto tempo desejasse passear pelo recinto, o que não poderia fazê-lo enquanto conversasse com Mina.

De repente, Toiber olhou-o como um sonâmbulo e disse: "Ela é uma jovem culta". Essa fala continha todo elogio à cultura dela.

Olhou novamente para a frente, apertando os olhos como quem procura uma palavra que expresse toda a profundeza de seu pensamento, pegou a mão de Hirshl e disse: "Agora, Sr. Horovits, eu o deixo, pois sou um homem fraco e preciso dormir". Acendeu seu cigarro e saiu.

Toiber saiu e Hirshl ficou só. Suas mãos estavam quentes e suas orelhas pareciam ter sido friccionadas. Talvez fosse a sensação deixada pelo contato da mão e da voz de Toiber.

Ouviu-se o som do relógio. Baruch Meir tampou a boca com a mão, enquanto bocejava, e disse: "São dez horas".

Tsirl levantou-se e disse: "Chegou a hora de voltar para a cidade".

Berta perguntou: "Por que vocês estão tão apressados?".

Tsirl sorriu e disse: "Logo mais teremos que abrir a mercearia". Tsimlich, que tomou ao pé da letra, disse: "Mas para abrir a mercearia ainda faltam algumas horas. Onde está o Sr. Yona?".

Berta respondeu cantarolando: "Toiber foi dormir. Quem organiza sua vida como Toiber viverá cem anos".

Disse Baruch Meir: "Digo que viverá cento e vinte anos sem saber o que é doença".

O cocheiro atrelou os cavalos. Baruch Meir, Tsirl e Hirshl cobriram-se com as peles quentes de Tsimlich e de sua esposa e subiram no coche. Os cães ladraram alto e depois se calaram, ladraram novamente e depois se calaram. O cocheiro assobiou, brandiu seus chicotes e os cavalos começaram a puxar o coche.

Os cavalos iam em silêncio. A neve alva cobria os dois lados do caminho. A estrada que antes estava macia, encrudescera. Os cavalos batiam com suas patas e os sinos de seus pescoços acompanhavam, em alto som, suas passadas.

O cocheiro inclinou-se, bateu com seu chicote na barriga dos cavalos e cantarolou. Baruch Meir riu-se.

Disse Tsirl: "Do que você está rindo?".

Disse Baruch Meir: “Havia uma velha senhora dentre minhas vizinhas que, quando alguém batia num cavalo, suspirava e dizia: ‘Deixe-o em paz, não lhe basta ser um cavalo!?’ ”.

Hirshl, encolhido dentro de sua manta de pele, pensava: “Em que pensava antes de subir no coche? Na retidão de caráter e na pureza da vida? Sim, pensava na retidão de caráter e na pureza da vida. Como é macia a mão de Toiber! Bem, meu pai disse: ‘Quem organiza sua vida como Toiber, viverá cento e vinte anos’. Porém, enquanto meu pai e minha mãe forem os responsáveis por mim, não poderei modificar meu modo de vida”.

XIV

Shibush nada tinha a dizer contra tal *schiduch*. Pelo contrário, Shibush regozijava-se com a felicidade dos Horovits. Baruch Meir e Tsirl eram para Shibush o que a pimenta é para o peixe. Todos riam desse gracejo, não porque quisessem ridicularizá-los, mas para satisfazer o zombeteiro. Quando Deus acompanha um homem, até mesmo seus conterrâneos não o contradizem[1]. Baruch Meir começou como um simples empregado e hoje era um rico comerciante. Seus movimentos e sua barba denunciavam sua posição. Seus movimentos não eram apressados e nem tampouco desleixados, sua barba não era comprida e nem tampouco curta. Um homem como Baruch Meir podia freqüentar qualquer lugar, tanto Carlsbad como Shibush. Jamais provocava discussão e não atraía sobre si o ódio dos outros. Exceto uma vez, quando votou em Bloch, não apoiando Sebastian Montag, que vendera a alma por uma sopa de lentilhas[2] e queria que se votasse em Bik. Porém nisso Baruch Meir não estava só, toda Shibush apoiara Bloch. Então, como é que Bik acabou sendo o eleito e não Bloch? Bem, isso já é um capítulo à parte e aqui não é seu lugar. Muita água já passou pelo rio Stripa[3], Shibush já lavou sua sujeira e Sebastian Montag já se reconciliou com Baruch Meir. Acredite se quiser, algumas das iguarias que se encontravam à mesa de Montag eram da mercearia de Baruch Meir. Na caderneta de Baruch Meir havia uma folha específica, onde estava escrito: presentes para RZ. E eu lhe digo que RZ são as iniciais de *Reb*[4] Zainvil, ou seja, Sebastian é o mesmo que Zainvil[5]. E quando entrava em seu armazém Tsirl o recebia com comida e lhe servia doces e um copo de conhaque. E, quando era preciso, fazia um pacote, que era enviado para sua casa. E, quanto a isso, Baruch Meir e Tsirl merecem elogios, pois se não fosse por eles sua mulher já teria morrido de fome, pois Sebastian era um grande perdulário. Todo dinheiro que lhe chegava às mãos era gasto com o "baralho" e com as "coitadinhas". "Coitadinhas" é uma palavra carinhosa e piedosa com que Sebastian chamava as garotas com as quais se divertia. A mão de Sebastian Montag era aberta, jamais se fechava. Quando sua mão se esvaziava, os membros de nossa comunidade, por orgulho, a abasteciam novamente, para que outras comunidades não vissem o nosso administrador em situação decadente. As pessoas tratavam os familiares dele do mesmo modo como o tratavam. Pois, se não os tratassem com humanidade, poderiam se transformar em demônios. Além dos parentes do administrador da comunidade, também outras pessoas precisavam de sustento. Nem todos os oito mil israelitas que se encontravam em Shibush eram privilegiados com riqueza e propriedades. Havia ricos que moravam em casas grandes, comiam pão de trigo, bebiam cacau e, em contrapartida, havia pobres que não possuíam nem mesmo uma porção de farelo, uma cebola e um teto. Baruch Meir dava um trocado ao pobre que batia a sua porta e, ao ver um falido, não se esquivava. Quando exclamavam contra os miseráveis para que trabalhassem e deixassem de incomodar as pessoas, Baruch Meir dizia: "O mundo não vai melhorar se um miserável for trabalhar". E, quanto ao falido, dizia: "Pelo contrário, faremos um favor a esse azarado que deixou os negócios, pois não se sabe o dinheiro de quem ele acabaria perdendo".

A casa dos Horovits ficava no centro da cidade, num segmento de moradias e casas de comércio. Não era maior do que as outras casas da vizinhança, mas era conhecida pelo pombal destruído, pois antigamente seu sogro criava pombos. Na metade de cima, era uma habitação com muitos quartos e na metade de baixo era uma mercearia estreita e comprida. Três ou quatro pessoas bastava para que a mercearia parecesse lotada de fregueses. Lá, porém, nunca havia menos de cinco ou seis pessoas. As mesas, repletas de balanças, tinham os pratos cercados de mercadoria. Na balança da entrada, ficava Tsirl. Tsirl, na verdade, não se ocupava das vendas, pelo contrário, ela apenas conversava com os fregueses. Ela não era como seu pai, o qual dizia que um armazém não era um *beit ha-midrasch*, lugar onde se fala sobre coisas inúteis, nem tampouco como seu marido, que se ocupava de suas cadernetas, e também não era como Hirshl, que media e pesava, e nem como os empregados, que faziam pacotes. Enquanto conversava, ela acenava, o empregado se aproximava e atendia o freguês. O que Baruch Meir fazia era importante. Ele escrevia, marcava, apagava e encomendava cada mercadoria no seu devido tempo. O que Hirshl fazia era importante. Ele vendia, empacotava e pesava. Aquilo que os empregados faziam era importante. Eles carregavam, desembrulhavam, atendiam os fregueses e levavam a mercadoria até suas casas. Porém, mais do que tudo, era importante a conversa de Tsirl, com a qual ela avaliava as pessoas. Talvez no tempo de seu pai o mundo não fosse dissimulado e sabia-se quem era rico e quem era pobre. Talvez por isso não fosse preciso estender-se em conversas. Hoje em dia, porém, os pobres se fingem de ricos e os ricos de pobres, os primeiros para serem atendidos e depois falirem e os últimos para se esquivarem dos donativos. Não há nada mais útil do que a conversa, pois é por meio dela que se fica sabendo a verdade. Se você não é o que parece ser, sua conversa revelará aquilo que vai em seu coração, pois sua língua o denuncia. Mesmo que você se vista com uma roupa muito luxuosa, remexa no bolso como se este estivesse cheio de dinheiro, deixe migalhas de pão branco em seus bigodes e fique gemendo no mercado como quem acabou de comer uma farta refeição, seu lamento repentinamente se transformará num lamento concreto e a língua acabará anunciando que você deve mais do que valem suas roupas, que seu bolso está vazio e que sua barriga, Oxalá que nela entrasse um rabanete ou uma cebola. E também o contrário, uma pessoa vestida com roupas baratas, chapéu surrado, sapatos sujos, andando com o forro dos bolsos para fora, ao lhe pedirem um centavo geme: "Quem sou eu para me pedirem dinheiro", a língua diz: "Vocês ouviram seu lamento, é um lamento de alegria, pois as pessoas é que precisam dele, ele não precisa das pessoas". Se não fosse pela conversa que Tsirl entabulava com as pessoas, ela jamais saberia que Tsimlich valia uma soma maior do que vinte mil moedas. Sua aparência não denunciava sua riqueza e suas roupas não denotavam sua fortuna, no entanto, quando se analisavam suas palavras percebia-se que tinha dinheiro. O dinheiro tem voz, ele próprio denuncia aquele que o possui.

Desde o dia que Tsirl soube da verdade, aproximou-se de Guedalia Tsimlich o mais que pôde. Tratou de fazê-lo entrar em sua casa, de beber com ele um copo de café e de, quando fosse preciso, almoçarem juntos. Os degraus que levavam à casa dos Horovits eram gastos, estreitos, sujos de óleo, de querosene, de sementes de arroz, de torrões de açúcar, de fósforos quebrados, de passas esmagadas e de grãos de café espalhados. Assim também o corredor onde ficavam caixas de velas, de terebintina, de todo tipo de tinta, de pimenta e de sal, mas os aposentos estavam sempre limpos. Os olhos de Bluma estavam sempre atentos, e quando Bluma saiu e entrou outra em seu lugar Tsirl insistiu na limpeza. Tsirl aprendia com todas as pessoas, e aquilo que aprendia não era desprezado.

E Hirshl, claro, não tinha problema, era afável com as pessoas e não se vangloriava de sua riqueza. Os ricos são elogiados, dizem que sua riqueza deve-se à sua esperteza. É natural, pois, que um merceeiro, filho de um rico merceeiro, sendo um filho rico, dirá que na verdade é a esperteza dos comerciantes que lhes traz a riqueza, porém, ele não dizia isso. Ele dizia: "Quem possui mercadoria e a vende, onde está a sua inteligência?". Shibush sabia que não era bem assim, porém a teoria socialista parece boa na boca dos ricos.

Shibush gostava dos Horovits e também gostava dos Tsimlich. Guedalia Tsimlich seria incapaz de fazer mal, nem mesmo a uma mosca. Mesmo comendo pão com manteiga, ele não provocava a inveja dos outros. Desde o dia em que enriquecera, jamais vangloriava-se. Jamais deixara de fazer caridade, assim como jamais coagira ninguém, pelo contrário, doava discretamente e sua caridade era distribuída por outros. Havia ricos em Shibush que obtiveram fama de caridosos por meio do dinheiro doado por Guedalia.

As histórias de Tsimlich soam como milagre, mesmo que, ao que parece, sejam a recompensa recebida pelo esforço de quem trabalha muito, juntando cada centavo. Seu pai vendia leite e não teve uma vida boa. Naquela época, cada pai de família que se prezasse mantinha uma vaca leiteira em casa e não precisava comprar leite do leiteiro. Os irmãos de Guedalia e o resto de seus parentes também não tiveram uma vida boa. Por falta de sustento, foram para onde foram. Alguns morreram de fome, outros eram insignificantes como um morto[6]. Um deles foi para a Alemanha Ocidental procurar sua sorte e acabou sendo sepultado entre estranhos.

Guedalia não estava contente com o que tinha, não porque quisesse mais, mas porque temia que lhe tirassem aquilo que possuía e voltasse a ser pobre. Vejam, gente importante e boa não tinha o que comer e nem o que vestir, e ele tinha tudo o que necessitava. Morava numa casa espaçosa, comia, bebia e viajava de coche. Apesar de cumprir seus deveres para com Deus e não prejudicar ninguém, seu coração se sobressaltava todo dia ao pensar que não fora por merecimento que Deus lhe dera comida, bebida e o resto dos bens transitórios. Temia que lhe fora dado hoje para que perdesse amanhã. Amanhã virá o Senhor da dívida cobrá-la. Cada estranho que entrava em sua casa, Guedalia o via como se tivesse ido para tomar-lhe as chaves das mãos. Guedalia recordava-se de quando ele e seus pais dormiam sem jantar e saíam para o trabalho pela manhã sem a refeição matinal e almoçavam um pedaço de pão com cebola. As vacas davam bastante leite, mas o leiteiro não bebia, pois o leite era para ser vendido e não para o mimo. Apesar de tudo, Guedalia lembrava com amor daqueles dias em que perambulava com seus jarros. Era como se ainda dormisse ao relento e perambulasse junto de seu pai, com seus apetrechos sobre os ombros. Chegavam à cidade, entravam na sinagoga, rezavam com as outras pessoas e iam ao trabalho. Quando chegou a hora, Guedalia casou-se com Braindl, a filha do arrendatário da taverna da aldeia. Trabalhara com o sogro até sua morte, ocasião em que herdara o direito de arrendamento da taverna. E Guedalia ainda mantinha seu posto. Não costumava incomodar seu cliente cobrando demais, pelo contrário, era modesto nos gastos e contentava-se com pouco, e mesmo esse pouco via como uma dádiva do "Abençoado". Portanto, aparentemente, com a ajuda do "Abençoado" , juntou muito dinheiro, centavo por centavo. Não demorou muito até que arrendasse a aldeia. Ao tornar-se arrendatário da aldeia, temeu que seu sucesso fosse apenas uma "prova". Porém, quem poderia querer prová-lo? Quem sabe o "Santo Abençoado"? "Mas o que quer o Criador de todo o universo de mim, um ser tão pequeno? Será que não há judeus pios e sábios que saibam como administrar o dinheiro?". Certamente, deve ter sido o dono da aldeia que o colocara nesse negócio, elevara-o de repente, arrendando-lhe seus campos para rebaixá-lo depois. Quando Guedalia ainda morava com seus pais numa casa de madeira, as chuvas entravam por cima e as águas jorravam por baixo, a geada desenhava nas janelas todo tipo de formas engraçadas, seus irmãos e suas irmãs pediam pão e não havia, seu pai e sua mãe gritavam, os irmãos choravam, ele sentava-se e lia histórias sobre os *tzadikim*, como por exemplo a história do Baal Shem Tov[7], o Santo, que com sua sabedoria fez com que um judeu pobre recebesse de repente uma taberna de presente. Guedalia enchia-se de alegria pelo fato de "Deus" socorrer o povo de Israel. Porém, Guedalia jamais se atrevera a esperar que um milagre desses acontecesse com ele. E quando o dono da aldeia lhe arrendara seus campos, Guedalia não se atrevia a dizer: "Aconteceu-me um milagre, provavelmente, Ele viu meu sofrimento e teve piedade". Em vez disso, Guedalia dizia: "O senhorio quis me ridicularizar, engrandeceu-me para depois me expulsar".

Ao tornar-se arrendatário, seu coração não se vangloriou. Sua casa permaneceu aberta para os pobres e ele próprio os servia. Quando se desocupava de seus negócios sentava-se e lia os *Salmos.* E nas segundas e quintas[8] ia à cidade rezar com a comunidade. Apesar de jamais ter invejado alguém, invejava aqueles que usavam dois pares de *tfilin*[9]. Cumprir um mandamento Divino é importante, ainda mais em dobro, mas como outros judeus pios e sábios usavam um par, não teve coragem de usar dois pares. Mas cuidava de seus *tfilin* e os examinava freqüentemente[10], não proferia conversas vãs enquanto os usava, e a cada festa religiosa comprava um *talit* novo e o trocava pelo *talit* rasgado de um sábio erudito pobre. O silêncio dos *tfilin* e aquele *talit* rasgado eram a expressão do silêncio de seu dono que se cala e de seu coração dilacerado. O fato de ter modificado seu modo de vestir não foi por si, e sim pelos senhorios, para não se rebaixar com suas roupas gastas. Se não fosse por sua mulher, faria com as roupas o mesmo que costumava fazer com o *talit.*

Da mesma forma como se surpreendia com o freguês que se abastecia do melhor, também se surpreendia de sua esposa, que se comportava como se fosse rica e ralhava com os empregados de sua casa quando estes quebravam alguma louça ou faziam algo que não fosse de seu agrado. Pois, "amanhã o 'Santo Abençoado' os ergue e nós é que iremos servi-los. Será que se lembrarão que ela os fez sofrer?". Passava uma semana sem que algo se quebrasse e ele se preocupava, quem sabe, "Deus nos livre", era sinal de que estava recebendo tudo nesta vida e nada lhe caberia no mundo vindouro.

Quando Mina nasceu seu temor abrandou-se. Temia que a criança caísse, quebrasse uma mão, uma perna ou um cão a mordesse, assim, parou de pensar em si e não se preocupava com seu sucesso. Se o "Santo Abençoado" não reconhecia seu mérito reconheceria o mérito de sua filha.

Depois do compromisso firmado com Baruch Meir Horovits, voltou a preocupar-se. Toda sua alegria mergulhou em sofrimento. No princípio temia apenas por si, porém, comprometido com um homem rico e importante, passou a temer que arrastasse atrás de si o pai de seu genro. Cada dia que passava sem qualquer incidente deixava-o feliz, como se tivesse acontecido um milagre.

Um homem desses costuma esconder-se atrás da saia de sua mulher, mas não Guedalia. Berta, sua esposa, era uma mulher simples e não se achava superior a ele. Antes de seu destino ser traçado, seu caráter já estava formado. Tudo o que estivesse ao seu alcance ela o fazia e tudo o que estivesse ao alcance dele ele fazia. Era feliz com a ajuda do "Santo Abençoado" e não pensava muito nisso[11]. Empenhava-se e trabalhava dobrado, aumentando assim seus ganhos. Porém, não é pelo ganho que ela duplicava seus esforços, é que Berta costumava trabalhar muito, não fora criada para sentar com suas amigas e ouvir bisbilhotices. Desde pequena aprendera a trabalhar e, portanto, trabalhava. Antigamente ela obtinha pouco lucro de seu trabalho, e a essa altura tudo o que fazia recebia a bênção divina. Com essa bênção contemplava seus parentes e os parentes de seu marido. Guedalia descuidou de seus parentes. Quando vinham à sua casa dava-lhes, quando não vinham não lhes dava. Guedalia não sabia os endereços e não estava acostumado com o correio. Entretanto, Berta lhes enviava dinheiro e presentes. Se não fosse ela, teriam sido consumidos pela fome e ele teria sido consumido pelo sofrimento e pelo arrependimento.

Berta também não era arrogante com as pessoas e não dava motivos para que a odiassem. No começo, quando ela mudou seu nome de Brandla para Berta, os zombeteiros de Shibush riam-se dizendo: "Parece que a riqueza é uma espécie de doença que provoca a mudança de nome"[12]. Depois de alguns dias todos se habituaram e passaram a chamá-la de Berta. Outros se referiam a ela, em sua ausência, como a senhora da aldeia Malikrovik, e em sua presença chamavam-na de senhora Tsimlich.

Quanto a Mina, sua presença não era notada em Shibush. A maior parte do ano ela passava em Stanislav e não permanecia em Shibush. Quando seu vestido ou seu chapéu ou seu sapato servem de modelo para suas amigas, até que o artesão consiga aprontá-los, a dona do modelo já foi esquecida.

XV

Hirshl, de repente, viu-se querido por todos, como um noivo exemplar. Antigamente, nos bons tempos de Shibush, os moradores casavam-se entre si. Em Shibush, ainda havia famílias que se eram distantes, ao examinarem seus documentos, concluiriam que foram parentes em gerações passadas. Mais recentemente, em Shibush, os judeus começaram a se casar com pessoas de outros lugares. Quanto mais distante o lugar, mais importante era o *schidukh*. Esses noivos e noivas vindos de lugares longínquos costumavam andar pela cidade como príncipes e princesas. Seus gestos eram interpretados de mil maneiras. Cada uma de suas palavras ecoava, até que eles se integravam na luta pela subsistência diária e, então, passavam a ser como as outras pessoas de Shibush.

Cada família tem muitas histórias que gostam de contar e das quais se orgulham, sobre as jornadas matrimoniais e suas peripécias de percurso, com ladrões, com impostores, com sogros e com *schadkhanim*. Com o empobrecimento das gerações, tornou-se difícil encontrar um par ideal e passaram a aceitar qualquer arranjo. Porém, o *schidukh* de Hirshl reunia todas as vantagens. Se você quiser, a noiva é de fora e, se você quiser, ela é da cidade. Afinal, a distância entre Malikrovik e Shibush não chegava a uma légua.

Assim que os morangos amadureceram, Guedalia mandou buscar, com seu coche, o noivo e sua família para comer morangos direto do pé. As vacas voltavam do prado e as moças da aldeia as acompanhavam cantando, o sol retirou-se e se pôs, a lua e as estrelas surgiram no firmamento. Hirshl sentou-se sob uma árvore, junto a ele sentaram-se seu pai, sua mãe e sua noiva. À sua frente, uma porção de pão preto, cujo aroma despertava o apetite. Sobre a mesa estavam a manteiga, o queijo, a coalhada e os morangos vermelhos mergulhados em creme de leite doce. Berta o observou com muito carinho. Empregados e empregadas, exalando cheiro de alcatrão e de madeira, ficavam a sua disposição para servi-lo. Retiravam travessas, jarros e copos e traziam travessas, jarros e copos. Hirshl, ao ser mimado dessa forma, tinha a impressão de ser um doente que estava sendo tratado. Algo ali poderia tornar doente mesmo quem fosse saudável.

Hirshl e Mina não conversavam um com o outro. As tardes e as noites do início de verão não nos convidam a falar. Hirshl e Mina, sentados juntos, meditavam, ou talvez não meditassem. De vez em quando, Mina levantava seus olhos e observava essa ou aquela estrela. Antes de seu noivado, aprendera os nomes de algumas estrelas, agora os esquecera. Não que os houvesse esquecido, mas não sabia relacionar nenhuma estrela ao seu nome. Se o professor lhe perguntasse o nome dessa ou daquela estrela, hesitaria.

Hirshl não era professor e nem falava sobre os astros celestiais. Sentado displicentemente no banco de madeira, seus pés pairavam sobre o solo sem tocá-lo e seus ouvidos escutavam sem ouvir. Os sons da aldeia chegavam bastante entrecortados. Ao que parecia, as moças da aldeia entoavam uma cantiga sobre a filha de um rei cuja pele era recoberta de escamas, e o filho do rei, que sempre estremecia quando dela se aproximava. O que fez o príncipe quando se deu conta? As moças da aldeia estavam muito distantes de Hirshl e suas vozes chegavam até ele de longe, e não de perto.

Hirshl sentou-se com seus pais, ali na casa de Tsimlich, quando ainda era dia e, ao levantarem, ele entrou com seu pai na casa para rezar a oração vespertina. Tsimlich não os esperou para rezar, fez sua oração imediatamente após o aparecimento das estrelas, contudo, uma vez que eles entraram para rezar, acompanhou-os para observá-los durante a oração[1].

Baruch Meir abreviou sua oração e Hirshl prolongou a sua. Talvez seu coração estivesse pleno de reflexões e talvez pensamentos estranhos o confundissem. Ainda não proferira o *ossé schalom*[2] e o cocheiro já estava com seu chicote pronto para levá-los de volta para Shibush.

Uma hora depois de escurecer, voltaram para casa. Stach batia com o chicote na barriga dos cavalos e entoava canções doces e tristes. Às vezes, Hirshl refletia, parecia-lhe ter recebido tudo o que havia de bom, no entanto seu coração estava triste. Não é a boa comida, não é o ar agradável, não é a honra, não é a grandeza, não é a riqueza e tampouco é a propriedade que trazem a felicidade ao homem. Mesmo tendo tudo o que há de bom no mundo, basta que o coração seja privado de algo, para que não tenha paz e sua alegria não seja plena.

O que faltava a Hirshl? Se nem mesmo seu pai sua mãe sabiam, quem saberia?

Toiber já recebera o pagamento pelo *schidukh*, contudo, ao encontrar Hirshl, aproximava-se dele para conversar e falar sobre assuntos de seu agrado. Ninguém sabia se Tsirl perguntara a Toiber o que este dissera na primeira vez que esteve em Malikrovik, no entanto, o que ele falava com Hirshl todos sabiam. Vejam, em Shibush havia um cemitério muito antigo e, apesar disso, a cada nova escavação feita na cidade, outro túmulo era encontrado. Akávia Mazal[3] escrevera um livro sobre isso, que teve o privilégio de ser citado no *Neue Freie Presse* [4]. Contudo, Toiber também sabia de coisas que valiam a pena ser ouvidas. Quando Hirshl falou sobre isso a Toiber, este disse: "Lembro-me quando vieram reformar o *beit ha-midrasch* do rabino. Encontraram enterrados ali dois túmulos, e não só no *beit ha-midrasch,* mas por todo lugar onde escavaram foram encontrados túmulos. Imediatamente, questionou-se a possibilidade de um *Cohen* viver em Shibush". Mazal escrevera um grande livro, mas Toiber sabia o bastante para dois livros, porém o coração de Hirshl desejava ouvir mais. Talvez Mazal pudesse satisfazê-lo, pois nem tudo o que sabia escrevera em livro.

Entretanto, Mazal vivia no extremo da cidade e Hirshl vivia no centro. O "Santo Abençoado" não os colocara num mesmo lugar. Em contrapartida, aproximara Toiber de Hirshl. Aquele Toiber era um tesouro lacrado, era uma pena que Mazal não o conhecesse. Seria bom ouvir a opinião de Mazal sobre Toiber.

Toiber não se encontrava com Mazal. Se o pai de Bluma Nacht estivesse vivo, fosse rico e procurasse um rapaz de família rica para sua filha, poderia ser que Toiber fosse procurar Mazal, pois Bluma morava com ele. Mas Bluma era órfã e pobre, uma empregada doméstica. Antigamente trabalhava na casa dos Horovits, agora trabalha na casa de Mazal.

Toiber e Hirshl passeavam de cigarros na boca pelos mercados de Shibush e seus arredores; o primeiro, com a pequena metade de um cigarro aceso, e o segundo, com um cigarro inteiro que esquecera de acender. Hirshl admirava-se de Toiber, pois a brasa de seu cigarro chegava até seus lábios e este não o jogava fora. Antes que o alertasse, Toiber levantava a mão, tirava o cigarro da boca com dois dedos, atirava-o aos seus pés e, ao atirá-lo, observava-o como quem não estivesse bem convencido. Esse cigarro que Hirshl dera a Toiber não era tão especial quanto aqueles de Tsimlich, feitos especialmente para um conde, com sua insígnia gravada. Estando com Mina, Toiber falava sobre as glórias de Shibush; estando com Hirshl, sentia-se mais à vontade e expunha o que lhe ia no coração. Toiber não era sionista, tampouco Hirshl o era, mas ambos concordavam com os sionistas. Uma nação não podia viver do pequeno comércio, ou seja, uma parte devia dedicar-se ao trabalho da terra. Por isso, Toiber valorizava Tsimlich que era um trabalhador da terra, e via o fruto de seu trabalho. E quanto a Mina... Mina era uma jovem culta. Quando alguém dizia que Mina era uma jovem culta, não se sabia se na verdade a cultura é que tirava proveito de Mina ou se Mina é que tirava proveito da cultura, contudo, quando Toiber dizia isso, ficara claro que a cultura lucrara muito de sua ligação com Mina.

Quanto ao ideal sionista, Mina era importante por seus pais serem trabalhadores da terra e, quanto à cultura, Mina era importante por ser culta. Havia, contudo, algo mais no coração de Hirshl que não dizia respeito ao ideal sionista e tampouco à cultura. Entretanto, o ser humano jamais alcança todos os desígnios de seu coração, e o que Hirshl recebeu já era o bastante.

Hirshl estava atarefado com as roupas de seu casamento. Nem bem conseguia terminar sua refeição matinal, os alfaiates iam tirar suas medidas: mediam o comprimento e a largura de seu tórax, de seus ombros e de seu pescoço.

Tsirl mandou fazer para seu filho roupas para Deus e roupas para pessoas, quer dizer, roupas para o *Schabat*, roupas para os dias da semana, e outras ainda que poderiam ser usadas tanto no

Schabat como em dias comuns. Dessa forma, Hirshl poderia passear no *Schabat,* depois do almoço, diferentemente dos intelectuais de Shibush, que possuíam apenas roupas para o *Schabat* e roupas para os dias comuns. Com as roupas de *Schabat,* por serem muito formais, não podiam passear, e por causa da santidade do *Schabat,* não podiam passear com roupas do dia-a-dia. Portanto, no *Schabat* permaneciam presos em suas casas, como enlutados, que Deus nos guarde!

Naqueles dias, Mina estava ocupada com as roupas do casamento. Berta quis encomendá-las em Stanislav, Guedalia disse: "As pessoas de Stanislav não compram em Shibush, e se as pessoas de Shibush não comprarem em Shibush, de onde virá o sustento de Shibush?". Por fim, concordaram em comprar tudo em Shibush. A cada compra grande Berta consultava Tsirl, não que ela precisasse de sua opinião, mas para mostrar-lhe o quanto era generosa.

Berta e Guedalia não faziam economias, Berta com o casamento de sua filha e Guedalia congraçando-se por mais essa sorte. Todo dia lojistas traziam veludo e toda espécie de seda fina. Berta ficava eufórica e Guedalia surpreso: "Como essa criança de ossos tão finos, que mal sustentam sua pele, poderá suportar pilhas e pilhas de roupa?".

Mina evitava ir à casa dos Horovits, pois não ficava bem uma noiva freqüentar a casa de seu noivo. E quando ia a Shibush, hospedava-se na casa da senhora Guildenhorn.

Naqueles dias, Guildenhorn estava perambulando pelo país, e Sofia, que estava só em sua casa, sentia-se muito feliz com sua amiga. Durante o dia as duas visitavam as lojas com Berta e à noite, Mina dormia na cidade, na cama de Guildenhorn.

Guildenhorn perambulava pelo país, sua casa permanecia silenciosa e o cheiro dos vasinhos graciosos que ficavam nas janelas pairava no ar, e não o de tabaco, nem o de vinho e nem tampouco o de conhaque. Toda a louça permanecia imóvel e descansava do barulho das pessoas. Sofia também descansava de seu marido. Novamente vestia-se com as roupas de sua juventude ao deitar em sua cama de ombros encolhidos. Do outro lado, Mina deitava-se cansada. Muitas coisas lhe aconteceram durante o dia, experimentara muitos vestidos, xales e casacos. Ouvia-se o som do relógio. Desde o dia em que Guildenhorn viajara e as pessoas saíram de sua casa, o som do relógio tornara-se mais alto.

Sofia virou-se para Mina e disse: "Já passam das dez horas".

Mina disse: "Dez horas?".

Sofia disse: "Você não contou?".

Mina disse: "Não".

Sofia disse: "Você está ocupada com seus pensamentos".

Mina disse: "Não estou ocupada com pensamento algum".

Sofia disse: "Você diz isso para mim?! Eu até sei em que você estava pensando".

Mina disse: "Você sabe o que eu pensava?".

Sofia disse: "Eu sei que você pensava nele".

Mina disse: "Nele quem?".

Sofia disse: "Aproxime seu ouvido e eu lhe direi".

Mina disse: "Mas estou na sua frente".

Sofia disse: "Você está pensando nele".

Mina disse: "Isso você já disse".

Sofia disse: "O que eu disse é verdade".

Mina disse: "Mas você não explicou".

Sofia disse: "Você quer que eu explique? Então explicarei".

Mina disse: "Eu nem estava pensando nele".

Sofia disse: "Em quem você não estava pensando?".

Mina disse: "Em Heinrich Horovits".

Sofia disse: "Então em quem você estava pensando aquele tempo todo?".

Mina disse: "Deixe-me dormir".

Sofia disse: "Espere, quero mostrar-lhe uma coisa".

Mina disse: "Não pode ser de manhã?".

Sofia disse: "Cada coisa a seu tempo".

Mina deitou-se em silêncio em sua cama e olhou para sua amiga.

Sofia desceu de sua cama e vestiu uma outra camisola. Mina estranhou Sofia vestida com uma camisola de um modelo que jamais vira antes. Sofia, perdendo a paciência, revelou-lhe logo que aquela era a camisola que ela usava à noite, quando Guildenhorn estava na cidade. Mina olhava e não olhava, o que deu em Sofia? Tirava uma camisola e vestia outra?

Mas Sofia tinha a língua solta e costumava contar coisas que aconteciam entre marido e mulher.

Mina virou o rosto com raiva, enquanto Sofia ria surpresa. Ria de sua raiva e surpreendia-se de sua inocência.

Mina era dois anos mais jovem, mas sua amiga estava casada havia dois anos e sabia de coisas que Mina não sabia. Sofia nem sempre se sentia feliz com o que sabia e, por isso, gostava de observar sua amiga, para quem tal saber estava velado. Mina virou o rosto. O relógio continuava soando. Já passavam das onze horas. Mina não escutara o som do relógio, por estar dormindo, e Sofia não escutara por estar ocupada com seus pensamentos.

Aqueles pensamentos de Sofia estavam guardados em seu coração. Ainda muito jovem, casaram-na com Guildenhorn, que a arrastara de quarto em quarto. Tanto amara sua calça xadrez! Sua voz comovia seu coração! Agora sua voz deteriorara-se, usava-a em demasia para seduzir compradores de seguro de vida. E ao retornar à sua casa reunia os amigos. Sofia era uma boa esposa e fazia tudo o que ele desejava, mas ele não sabia o que queria. Parecia que nada lhe faltava e, de repente, parecia que lhe faltava tudo. Ela estava casada havia dois anos e ainda não tinha filhos.

Sofia não pensava só em si mesma. Às vezes, deixava de lado os seus assuntos para refletir nos dos outros. Às vezes, por sua vontade e, às vezes, sem querer. Às vezes, as idéias apareciam por si e, às vezes, estendia as mãos para alcançá-las, assim como uma mulher que, ao ver sua amiga comprando algo, estende a mão para comprar também. Foi o que aconteceu na loja dos Horovits, ao ver uma mulher comprando amêndoas com cascas, Sofia disse a Hirshl: "Dê-me amêndoas".

O relógio continuava batendo, de todos os utensílios da casa somente ele não descansava. Havia uma hora soara onze vezes e já estava soando novamente. Ela teria que se levantar dali a oito horas. Mesmo assim, não tinha sono. Gostava de seus pensamentos e não queria tirá-los do coração.

Mina dormia sossegadamente. Seu coração permanecia inviolável como uma virgem, e suas reflexões não a comoviam.

Mais uma hora se passou. Sofia olhou para a amiga. Mina dormia sossegadamente. Assim dormem as pessoas cuja vida está prestes a mudar e que não pensam como será essa nova vida.

Apesar de Hirshl ser considerado um jovem intelectual, o costume antigo foi mantido. No sábado anterior ao casamento vieram seus parentes e o conduziram à Casa de Oração, na hora da leitura da *Torá*, foi Baruch Meir que decidiu quem subiria ao púlpito e, quando chamaram o noivo para a leitura da *Torá*, todas as mulheres que estavam na sinagoga atiraram sobre ele amêndoas e passas[5]. O *hazan* e seu coral entoaram o *mi scheberekh*. E, depois da oração, os presentes dirigiram-se à casa do noivo para o *kidusch*. Após o almoço vieram seus amigos e ficaram até depois da *havdalá*. O *hazan* e seu coral entoaram canções e melodias de *Schabat*, até que os coletores apareceram para pedir *tzedaká* ao noivo. Depois vieram os mestres de Hirshl para saudá-lo e agradecer por ter se lembrado deles em sua alegria e por tê-los presenteado.

"Um contrato de casamento sem discórdia ainda está por ser escrito". Sobre o contrato em si não recaiu a discórdia, porém, esta recaiu sobre outros assuntos. No pequeno *beit ha-midrasch*, onde Baruch Meir e Hirshl rezavam, havia um lugar do lado direito que, no *Schabat* que antecede o casamento, ficava reservado para os noivos. Tal assento não era propriedade do *beit ha-midrasch*, pertencia a um velho senhor que se sentia feliz em ceder seu lugar aos noivos[7]. Quando Hirshl foi levado até lá, o velho senhor não o deixou sentar. Disse: "Ele não parece um noivo". Como Hirshl não usasse o *schtraimel* no *Schabat* que antecedia seu casamento, o idoso não cedeu seu assento. Havia lá uma pessoa vivaz e erudita que disse ao idoso: "Pois aprendemos que um noivo é como um rei, e que quando um rei transgride a lei, não há quem o repreenda!". Havia lá um *gabai* do *beit ha-midrasch* que dissera ao idoso: "Não leve em conta o *schtraimel*, pois o senhor Baruch Meir fará um novo *aron há-kodesch*." Baruch Meir anuiu com a cabeça e o idoso conduziu o noivo para o seu lugar.

Pior do que isso foi a controvérsia criada entre os pais dos noivos por causa da cerimônia do casamento. Era costume celebrar a cerimônia do casamento na casa da noiva e Tsirl insistiu em celebrá-la justo em sua casa. Algumas pessoas a ajudaram dizendo: "Neste dia serão celebrados muitos casamentos, e se formos ao campo não conseguiremos ir aos outros casamentos e os noivos ficarão contrariados conosco". O rabino e o *hazan* colaboraram dizendo: "É melhor que o casamento seja na cidade, serão celebrados alguns casamentos no mesmo dia e não conseguiremos ir ao campo". O *gabai* da Grande Sinagoga colaborou dizendo: "Temos apenas um pálio matrimonial na cidade e não é possível enviá-lo ao campo enquanto alguns casais o aguardam". Por fim, Berta e Guedalia compreenderam e concordaram em celebrar o casamento na cidade.

R.R.

XVI

No mesmo dia em que Hirshl se casou com Mina, outros casais também se casaram, no entanto, o casamento de Hirshl e Mina foi o mais comentado. Nos demais casamentos havia também músicos, percussionistas e parentes vindos de outras cidades, entretanto, no casamento de Hirshl e Mina compareceu um hóspede vindo de outro país. Em Shibush era comum vermos um hóspede de outro país, tanto mais vindo da Alemanha, contudo, um parente alemão vir para um casamento não é comum.

O dinheiro não rola pelas ruas, nem mesmo na Alemanha, no entanto, quem é inteligente, esforçado e determinado, por onde passa torna-se mais rico. O pai fora enterrado com mortalha alheia e o filho vestia-se com roupas caras. Ele possuía um grande negócio de aves e ovos, com filiais espalhadas por algumas cidades. Muitas vezes quis ir à Galícia observar o lugar, avaliar seu mercado e, finalmente, foi. No mesmo dia em que chegara em Shibush, soube que o senhor Tsimlich estava casando a filha. Pensou: "Esse Tsimlich deve ser meu parente". Vestiu uma roupa de festa e foi ao casamento.

Guedalia e Berta ficaram contentes com esse parente e não se envergonhavam dos demais. Berta providenciou para cada um dos parentes que se dispôs a vir ao casamento de Mina dinheiro para as despesas de viagem, roupa nova e até mesmo o presente de casamento em nome deles. Guedalia e Berta não se envergonhavam de seus parentes, apesar de serem pobres. Também do lado do noivo, nem todos eram ricos. Sem dúvida, Rotchild era mais rico do que eles! Os melhores presentes que Hirshl recebeu no dia de seu casamento foram dados por comerciantes e fabricantes, fornecedores da firma Horovits. Aquilo que os parentes de Baruch Meir e mesmo os de Tsirl trouxeram, se atados no rabo de um rato, não dificultariam sua fuga do gato. Com exceção de um presente, um papel moeda, uma nota comprida e verde chamada dólar, que valia mais do que alguns presentes reunidos. Na verdade, um dólar não valia mais do que cinco coroas austríacas, mas quem o enviou nele acrescentou alguns versos. Czares e reis cunham moedas e presidentes fazem dólares e o valor de qualquer moeda e nota é o mesmo, entretanto, quando um poeta a elas acrescenta duas ou três linhas, o valor dessas notas passa a ser maior do que as outras. Meshulam, o irmão de Baruch Meir, não tinha dinheiro suficiente para ir ao casamento de Hirshl. Pegou, portanto, um pedaço de papel, nele escreveu um poema e o enviou preso com um grampo à nota de um dólar. Baruch Meir e Meshulam eram irmãos, Baruch Meir possuía uma grande mercearia, Meshulam possuía uma pequena mercearia, Baruch estava o tempo todo ocupado, Meshulam estava livre a maior parte do tempo e passava o tempo em sua mercearia escrevendo poemas para cada data e evento. No *machzor*, as preces já estão determinadas, mas o coração israelita ainda não esgotou as suas. Quando a alma de um homem inspira-se e profere palavras na língua sagrada, os anjos e os serafins interrompem seus cantos, escutam-nas e as levam até o Trono Divino. O Santo Todo-Poderoso, então, as inclui em Seu livro de preces, as lê e enche-se de compaixão pelo povo de Israel. A mercearia de Meshulam não era como a mercearia de Baruch Meir, e suas balanças também não eram como as balanças, sempre carregadas, de Baruch Meir, tampouco suas medidas, sempre fartas, e também suas mãos não eram como as mãos de seu irmão. Envolto em sua alma, pesava seus versos, media vogais e sílabas e prendia-se à trama dos poemas. Seus poemas não se encontravam no *Hamaguid*[1], no *Otsar hasifrut* e tampouco no *Sifrei shaashuim*. Encontravam-se guardados numa cesta de vime debaixo de sua cama. Sua mulher, quando ia ao mercado comprar um vintém de verduras, retirava-os e colocava-os debaixo do travesseiro e, ao voltar, devolvia-os novamente à cesta. Entretanto, alguns de seus poemas, aqueles dedicados às saudações de *rosch hashaná*, eram lidos. Quem não entende de poesia, valoriza os cartões de *rosch haschaná* de

Baruch Meir, com suas letras e margens douradas. Quem entende um pouco de poesia prefere os cartões de Meshulam, ainda que sejam escritos com tinta simples, sobre um papel simples.

O que escrevera Meshulam, tio de Hirshl e enviara junto ao dólar? Seu tio Meshulam escrevera:

"Modesto presente pelo tio enviado
Em papel moeda, de um país distante sim.
Cheia de alegria sua alma tem estado,
Urge do seu âmago votos de felicidade sem fim.
Linda seja sua festa e o banquete apreciado
Ademais lhes peço docinhos para mim".

Tudo tem seu momento e cada coisa tem seu tempo. Tantos poemas Meshulam Horovits escrevera e jamais conseguiu que fossem publicados, e eis que esses poucos versos escritos em rima tornaram-no conhecido. E mais, passaram a interpretar cada um de seus versos, rima por rima, palavra por palavra. Por exemplo: por que o poema começa com "m"? Alguns diziam por ser a primeira letra do nome de Mina. Outros diziam por ser a primeira letra de "muitas felicidades" [2]. Havia, ainda, aqueles que não concordavam com nenhuma das duas interpretações e diziam que o "m" inicial era devido à intenção do autor em deixar seu nome registrado no início de cada verso. Entretanto, onde se encontra o "m" final de Meshulam? Será que é aquele registrado no final da saudação?

Hirshl não pensou em seu tio Meshulam, nem antes e nem tampouco depois de seu casamento. Quando pensava na família, era na família de sua mãe, como, por exemplo, no irmão de sua mãe, aquele que havia enlouquecido, e em seu avô, que usara um cálice no lugar dos *tfilin*.

Hirshl e Mina casaram-se. Parentes e não-parentes foram festejar sua alegria. Pessoas simples e importantes, pessoas usando *schtraimel* e pessoas usando cartolas, pessoas amigas e pessoas que se faziam passar por amigas. Todos os aposentos estavam abarrotados de gente e todas as mesas estavam abarrotadas de bolo e vinho. Até a sala grande, de móveis de veludo, fora aberta. As capas brancas dos móveis foram retiradas e o odor de naftalina misturou-se ao aroma dos bolos. Os empregados corriam de um lado para o outro, observavam os convidados, imaginando a gratificação[3] que cada um daria e a soma que lhes caberia. Diversos grupos sentaram-se ao redor das mesas e conversavam entre si. Guildenhorn sentou-se com o forasteiro no canto do sofá e conversavam sobre negócios importantes. O forasteiro de cartola ereta e Guildenhorn com um chapéu simples, porém, ao falar, o último se inclinava, pois era alto e o forasteiro não chegava aos seus ombros. Contudo, o forasteiro não parecia ser menor do que Guildenhorn. A Alemanha engrandece seus habitantes, fazendo os pequenos parecerem grandes.

Aizi Heler, sogro de Guildenhorn, que tinha a idade de Tsirl e, por alguns anos, fora vizinho de seu pai, disse: "O noivo tem o nome do avô. Lembro-me dele. Era um homem um pouco esquisito. Não era alegre e nem triste. Não olhava para ninguém e não levava amigos para dentro de sua casa, entretanto possuía muitas pombas. O pombal ficava sobre o telhado de sua casa. Cuidava delas e lhes dava amor. Certa vez, vi-o subir numa escada para levar água e comida para as pombas, e eis que uma pomba caiu do telhado. Tive pena dele, pois já era velho e era-lhe difícil subir e descer. Pensei em trazer-lhe a pomba, mas fiquei esperando que me pedisse. Finalmente, não consegui manter meu silêncio e disse-lhe: 'posso pegar a pomba e dá-la ao senhor?'. Observou-me e nada respondeu. Desceu, pegou a pomba, ajeitou suas asas e subiu com ela".

Chaim Yehoshua Blaiberg, que não estava se divertindo naquele momento, ouvindo as recordações de Aizi, interessou-se e disse-lhe: "Você tem certeza que foi assim mesmo que aconteceu?".

Disse-lhe Aizi: "Foi exatamente assim, como eu contei".

Disse Chaim Yehoshua: "Pensei que você tivesse sonhado".

Disse Aizi: "Por que justo um sonho?".

Disse Chaim Yehoshua: "Foi o que me passou pela cabeça".

Disse Aizi: "E só por que passa pela cabeça de alguém, sou obrigado a ter sonhos esquisitos?".

Disse Chaim Yehoshua: "E contar coisas esquisitas lhe parece mais adequado?".

Disse Aizi: "O que há de esquisito nisso?".

Disse Chaim Yehoshua: "Se sua história não fosse esquisita você não a contaria".

Disse Aizi: "Tudo o que eu disse é verdade".

Disse Chaim Yehoshua: "Verdade é que o noivo não tem cara de noivo".

Disse Motshi Sheinberg: "E a noiva?".

Disse Chaim Yehoshua: "Tampouco a noiva".

Disse Leibush Tshortkover: "Vocês viram que casal! Ele é filho único e ela é filha única".

Hirshl era filho único e Mina era filha única. Seus pais deram-lhes todo o amor. Todo o empenho foi feito para aquela festa de casamento. A cidade toda sabia do casamento e a festa era comentada por toda parte. A loja estava fechada como no *Schabat* e nos dias santos. A porta de ferro estava completamente abaixada e seus dois cadeados brilhavam ao sol. Todos que passavam pela loja sabiam que havia uma grande festa na casa de Baruch Meir e de Tsirl. Nesse momento, ninguém ia ao mercado. Aqueles que não tinham obrigação de ir aos outros casamentos foram ao casamento de Hirshl e Mina. Baruch Meir poderia ter deixado sua loja aberta com seus empregados, porém convidara-os para o casamento de seu filho, tratava-os como se fossem parentes. Baruch Meir convidou para o casamento de seu filho todas as pessoas com quem conversava. Guetsil Shtein estava vestido com a melhor de suas roupas. Mas não estava completamente feliz, por causa de Bluma. Esperava encontrá-la e ela não apareceu.

Bluma sabia que esse era o dia do casamento de Hirshl, apesar disso, ela não se amargurava e não suspirava.

Bluma estava na casa de Akávia Mazal brincando com o bebê, como fazia todos os dias, e talvez mais intensamente do que nos outros dias. Ela não pensava mais em Hirshl? Bluma gostava de Hirshl, porém, como ele se casara com outra, não mais pensava nele.

Hirshl, pálido e cansado, estava sob o pálio matrimonial. Ao seu lado estava sua noiva. Ela, pálida como uma vela leitosa, e ele, um reflexo dela.

Comparamos o rosto da noiva com uma vela e o rosto do noivo com o reflexo dela, por causa das velas que se costuma acender para o noivo e para a noiva.

Velas brancas com suas chamas vermelhas que irrompiam e surgiam como olhos que choram ao sol. De repente, soprou um vento e apagou uma vela. Uma vela que se apaga sob o pálio matrimonial é um mau sinal para o casal. Porém, os pais dos noivos não perceberam e Hirshl não imaginou nada. Seu pensamento vagueava por aí, disperso. Olhava para o sol, para o jarro de vinho e depois para as velas, que vertiam pequenas gotas que sujavam as fitas azuis presas a elas. Hirshl lembrou-se de uma seita hindu, segundo a qual um homem e uma mulher, quando desejavam se separar, entravam num aposento, acendiam duas velas, uma para o homem e uma para a mulher, e permaneciam diante das velas e aguardavam. Se a vela do homem se apagasse, imediatamente ele se afastava e saía, deixando a casa e seus objetos para sua mulher, e jamais retornava; se a vela da mulher se apagasse, imediatamente ela se afastava e saía, deixando a casa e seus objetos para seu marido, e jamais retornava. Hirshl inclinou a cabeça e observou a vela que se apagara. Deus do céu sabia a vela de quem se apagara.

A jovem que segurava a vela que se apagara acendeu-a na de sua amiga e enrubesceu. Hirshl tirou os olhos dela e pensou em outra coisa.

"Será que as jovens que prenderam fitas azuis nas velas brancas são sionistas? Talvez tenha sido apenas por acaso. Se houvessem amarrado fitas vermelhas, será que eu perguntaria se são socialistas? Ou talvez isso comprove que estou certo, uma vez que não usaram fitas vermelhas e usaram fitas azuis significa que são sionistas. De qualquer forma, na minha opinião, as vermelhas são mais bonitas do que as azuis".

O rabino terminou as bênçãos e os padrinhos encaminharam o noivo e a noiva ao salão grande, onde havia muitas cadeiras encostadas umas nas outras e nelas muitas pessoas sentavam-se lado a lado. Mina não as conhecia e tampouco erguia a cabeça para vê-las.

Os comensais fincaram suas colheres nas travessas. O ruído de suas colheres e o ruído de suas bocas se juntavam num som opulento. Quanto caldo ainda restava nas travessas e quando terminariam de tomá-lo? E depois que terminassem de tomar o caldo, trariam a carne, e todos aqueles que tomaram o caldo enterrariam seus garfos na carne e comeriam até que a carne terminasse e, então, trariam a sobremesa. Mina daria tudo por um cantinho livre de pessoas tomando caldo ou arrancando pedaços de carne, entretanto, ela sentava-se só e serena. Ela estava tão cansada dessa festa. Deus do céu sabe o quanto ela necessitava de repouso.

Mina era educada e não deixava de atender a todos que a chamavam. Violinos, rabeca e todos os instrumentos musicais tocavam e os convidados comiam, bebiam e se alegravam. O rabino deu início às loas matrimoniais e discursou para os parentes. A noiva, sentada ao lado de Hirshl, pensava: "Por que será que todas as gerações louvam o amor?". Deus nos livre pensar que ela tivesse algo contra Hirshl, porém, mesmo sem Hirshl, nada lhe faltava.

Depois de beber, comer e proferir as bênçãos, dançaram em homenagem à noiva. O rabino pegou seu lenço, segurou numa ponta, deu a outra para a noiva e dançou com ela a dança ritual. Depois dele, o pai do noivo pegou o lenço e segurou na ponta e dançou com a noiva. Depois dele, seu pai dançou com ela. Depois deles dançaram os anciãos e os demais convidados de honra. Cada qual dançou o tanto que suas forças permitiam e o tanto que julgavam importante tal ritual de dança. Guildenhorn e Kurtz dançavam do outro lado, pulando um por cima do lenço e o outro por baixo do lenço. Guildenhorn era alto como um mastro e Kurtz era baixo como um anão, e, ao dançarem, o baixo abaixava-se até o chão e o alto elevava-se até o teto. Depois, todos os convidados dançaram juntos. Quando o rabino retirou-se, os homens dançaram com as mulheres até o amanhecer. O mestre de cerimônia da festa improvisava versos e os instrumentos musicais tocavam alto. Kurtz e Guildenhorn, Motshi e Leibush, convidados e não-convidados, todos tramavam todo tipo de brincadeira.

Uma luz pálida e fria penetrava pelas janelas. Pouco a pouco, apagaram-se todas as velas e os convidados levantaram-se e se foram. Por fim, levantaram-se Mina e Hirshl. Antes que saíssem, o *hazan* e seu coral cantaram uma música de despedida[4], e o casal foi para sua casa, acompanhado de Sofia e Guildenhorn.

XVII

Em sua casa havia dois aposentos, além da cozinha onde a empregada dormia à noite. No aposento grande havia duas camas encostadas uma na outra e um grande espelho pendurado na parede sobre a cômoda, onde eram guardadas as roupas de cama. No meio do quarto havia uma mesa redonda com seis cadeiras à sua volta e havia também dois armários. Num dos armários ficavam as roupas de Hirshl e no outro as roupas de Mina. Todos os móveis eram de nogueira, exceto as cadeiras que, sendo de vime, eram chamadas de cadeiras vienenses. O outro cômodo não estava ocupado e fora reservado para o futuro, no caso de serem agraciados com filhos. Não era apenas esse cômodo que era supérfluo, pois poderiam morar com os pais de Hirshl, assim como Tsirl sugerira aos pais da noiva no dia em que conversaram sobre o compromisso entre seus filhos. Ela dissera: "A casa que abrigou Hirshl abrigará sua mulher e, na mesa onde Hirshl come, ela comerá". Sofia Guildenhorn estava presente e, sabendo que Mina não queria morar na mesma casa que sua sogra, dissera: "Quem casa quer casa". Tsirl aceitou o argumento de Sofia, saiu e alugou uma moradia para Hirshl e Mina.

Sete dias depois de seu casamento[1], Hirshl voltou para a loja. A aura de nubente ainda pairava sobre ele, e seu trabalho era displicente. Falava e bocejava, bocejava sem sentir, e as pessoas lhe sorriam e diziam o que diziam. Durante o dia, ele dizia: "Quem me dera fosse noite para que eu voltasse para casa". A noite chegava e ele se demorava, até que sua mãe o apressava para que se fosse e não deixasse sua mulher só. E, quando se ia,

Tsirl pegava alguns doces e lhe dava, dizendo que eram para Mina. Ela não dizia: "Dê a ela em meu nome", e tampouco dizia: "Dê a ela em seu nome". Dizem que as sogras sentem ciúmes de suas noras, no entanto, sua atitude nega essa afirmação.

Às vezes, Mina o recebia com amor e às vezes esquivava-se dele. O coração das mulheres não é constante. Quando ela estava feliz ele se surpreendia: "Por que essa alegria?!"[2]. E quando ela estava triste ele se surpreendia: "Por que esse semblante irado!". E seu semblante também se fechava. Nessas ocasiões, um silêncio fúnebre a envolvia. Hirshl pensava: "que se cale, até que deixe de se calar". Sentava-se e aguardava, ou então empurrava sua cadeira ruidosamente. Ela continuava calada, seu sofrimento e sua tristeza envolviam todo o aposento. Hirshl, assustado, começava a falar, ela respondia e falava como que forçada, depois passava a falar por vontade própria e acabava falando com amor. Não se levantavam de suas cadeiras até que a verdadeira paz os envolvesse[3].

Às vezes encontrava Sofia Guildenhorn. Quando ele entrava, ela se levantava e saía. E às vezes encontrava sua sogra. Berta se alegrava ao vê-lo e ele se alegrava ao vê-la. Perguntava e respondia, falava e conversava. A conversa de Berta não era interessante, mas a preocupação dela com seu bem-estar o estimulava e o fazia falar.

Guedalia ia pouco à cidade. Naquele verão, seus campos foram abençoados e ele trabalhava bastante para armazenar sua produção. Era com dificuldade que ele roubava de seu tempo para ver como sua filha estava passando.

Ao entrar ele dizia: "Salve!", e perguntava por Mina e por seu marido. Ficava um pouco e se ia. Ao sair, punha a mão na *mezuzá* e orava para que o Senhor concedesse uma bênção àquela casa.

Entravam dias e saíam dias. No mundo todo, um dia era diferente do outro, na casa de Mina e Hirshl todos os dias eram iguais. Suas idéias mudavam mil vezes por dia, mas os dias em si não mudavam. Hirshl, na mercearia, atendia seus fregueses, Mina, em casa, tricotava e bordava. Às vezes, vestia suas belas roupas e visitava sua amiga e, no caminho, entrava na mercearia e visitava seu marido. Não ia mais com o coche que baila e as pessoas não mais a ajudavam com seus pacotes. Deus do céu providenciou-lhe uma casa e não precisava mais da casa dos outros. Levava apenas uma bolsa e um guarda-chuva, objetos leves e fáceis de carregar.

Sofia estava livre a maior parte do tempo e recebia Mina com alegria. O que havia com essas duas amigas cuja conversa jamais se acabava? As mulheres são tagarelas[4]. Se queremos falar com elas não conseguimos. Ao que parece, a conversa de Sofia era melhor do que a conversa de Hirshl, pois, se ele lhe contava algo, por exemplo, sobre negócios da mercearia ou coisa que o valha, ela se surpreendia, o que acontece com Heinrich, que lhe conta esse tipo de coisa! E quando Sofia lhe contava algo, Mina não se surpreendia. Se Hirshl entendesse de roupas femininas, teria assunto, pois Mina tinha roupas bonitas e trocava de roupa algumas vezes por dia, no entanto, é uma pena, Hirshl não distinguia entre uma roupa e outra, para ele, qualquer vestido estava bem. Ou ainda que ele reparasse nas roupas, de nada adiantaria, pois Mina tinha muita roupa bonita, não que tivesse bom gosto, mas porque podia fazê-las com um alfaiate especializado e as fazia com um que trabalha lindamente.

E tem mais, entre os jovens, um lia um livro e o contava para o outro. Isso Hirshl fizera duas ou três vezes e não mais. Apesar de sua mulher ter aprendido sobre alguns assuntos, ao afastar-se dos professores removeu de si toda a sabedoria que deles adquirira. Às vezes Hirshl se surpreendia e às vezes achava graça, pois contava-lhe algo belo e ela não o ouvia, ou ouvia mas não compreendia. Por isso, guardava para si sua sabedoria e voltava a ler. Quando voltava a ler, ela o interrompia. Ele voltava a conversar, ela bocejava. Se não fosse pelo ardor da juventude, talvez não conseguissem viver um com o outro, no entanto, além de conversas intelectuais, havia algo mais entre eles.

Hirshl seguia sua rotina. De dia, permanecia na mercearia e, de noite, permanecia com sua mulher. O que sua mãe habituou-o a fazer tornou-se natural. Às vezes, ao voltar para casa, pedia em pensamento: "Oxalá não tenha que ficar a sós com minha mulher", mas seu desejo não se cumpria. Até mesmo Berta e Sofia pareciam ter conspirado entre si para deixá-lo a sós com sua mulher. Berta, devido ao seu trabalho no campo, e Sofia, Deus do céu sabe por onde andava aquela mulher, parece que a principal razão de sua vinda era fugir quando ele entrasse. Hirshl era obrigado a ficar a sós com Mina.

Essa proximidade o irritava por demais. Às vezes, discutia com Mina em pensamento, ela não percebia que essa proximidade lhes fazia mal?! No entanto, quando ela se afastava, ele se irritava. Mina também sentia que lhes faria bem não estarem tão perto um do outro, porém o hábito é mais forte do que a razão. Se a proximidade física levasse à proximidade do coração, talvez Mina ficasse contente, visto que as coisas não são assim, ela ficava triste.

Mina se perguntava: "Como os outros agem?". Se Sofia lhe desse chance de falar, talvez Mina abrisse seu coração, mas aquela Sofia, que antes do casamento de Mina a provocava com conversas, de repente tornou-se recatada e calada.

Uma mudança para melhor chegou de onde ninguém esperava. Os dias de compaixão e de arrependimento chegaram[5]. Hirshl, com exceção da primeira noite de *selikhot*, da véspera de *rosch haschaná* e do oitavo dia de *tischrei* não levantou cedo para ir à sinagoga recitar as preces de *selikhot*, contudo o sentimento de compaixão que pairava sobre a cidade, mesmo que inconscientemente, pairava sobre ele e sobre sua mulher. Querendo ou não, reconheceram que há coisas entre o céu e a terra que são mais importantes do que o relacionamento entre um homem e uma mulher.[6]

Os dias de verão se foram e metade da festa de *sucot* já havia transcorrido.

O sol se escondia entre as nuvens, que adquiriram várias tonalidades, incitavam a terra e desenhavam figuras no firmamento. As galinhas ciscavam nos campos desnudos, pêras amarelas e pesadas pendiam das árvores e, com seu néctar, adoçavam o universo. As moças do campo, sentadas à porta de suas casas, trançavam feixes de alho, réstias de cebola, de milho e os penduravam sobre os muros de suas casas para que secassem ao sol. Os pássaros preparavam-se para partir, examinavam suas sombras e observavam o ar, voavam um pouco, voltavam, voavam e não voltavam mais. As nuvens sobrepunham-se e se espalhavam sem deixar que a chuva caísse, em consideração aos israelitas, que ainda não haviam recitado a prece da chuva[7], e cumpriam o mandamento da *suká* com alegria.

Guedalia Tsimlich tivera um ano abençoado. Sua terra produzira e seu produto vendeu bem. A produção de aves e ovos também aumentara. Quando o Santo Bendito concede fartura, providencia o que há de melhor. Vejam, as aves que ciscam no lixo eram levadas para a estação ferroviária e, lá, um funcionário com chapéu imperial as enviava para a Alemanha. E o mesmo acontecia com os ovos. Jamais os ovos foram tão valorizados. Na verdade, os Tanaítas e os Amoraítas escreveram um tratado cujo nome é "Ovo". Há quem costume estudá-lo antes da festa de *schavuot*, pois, diferentemente das demais festividades, para esta nossos mestres não escreveram um tratado específico. E, assim, nossos sábios determinaram que o ovo seria uma medida de referência dentro do estudo da *Torá*[8]. Mas quem disse que se referiam aos ovos de então? Entretanto, os ovos eram o grande sustento de Shibush e eram muito bem vendidos. Arnold Tsimlich, aquele parente de Tsimlich que da Alemanha fora parar ali no casamento de Mina, contratou algumas pessoas em Shibush para lhe enviarem aves e ovos para a Alemanha, e pagava-lhes bem.

Havia quem maldissesse o estrangeiro por inflacionar o preço das aves e dos ovos, e havia quem o louvasse por dar trabalho a pessoas que não tinham o que comer.

Marceneiros e seus filhos faziam gaiolas para as aves e caixas para os ovos, meninas pobres envolviam os ovos com palha e cuidavam das aves, o funcionário da ferrovia colava papeletas sobre as caixas e sobre os galinheiros e os embarcava para a Alemanha. Na Alemanha, também havia aves e ovos, mas a ave e o ovo da Alemanha não tinham o sabor da ave e do ovo que vem da Galícia. Antes do estrangeiro ter aparecido, as crianças se amontoavam para pegar selos da Alemanha, agora não havia criança que não tivesse alguns deles.

Apesar dos ovos terem ficado mais caros, seu consumo não diminuiu. Os mais idosos de Shibush lembravam-se da época em que os ovos eram escassos e pagava-se muito caro[9] por um único ovo. Deixaram de usar gemas na preparação da *halá*. Hoje em dia as pessoas comem ovo qualquer dia da semana, sem se preocupar.

Hirshl e Mina foram passar a festividade com os pais, desfrutavam de tudo, comiam, bebiam e se alegravam. O quarto de Mina, que estava trancado desde seu casamento, foi aberto. O assoalho brilhava como um espelho e as paredes estavam brancas como cal. Guedalia ocupou-se com a construção da *suká*, Berta e suas empregadas ocuparam-se com o quarto. Varreram e lavaram, removeram as teias e limparam a sujeira. Um quarto desabitado necessita de muito trabalho para voltar a ser habitável. Apesar de haver *mezuzá* na porta, ninguém tinha permissão de lá entrar e, ainda assim, encheu-se de pó, porque Deus não fica satisfeito com o povo de Israel que deixa suas casas vazias, enquanto alguns de seus irmãos não têm onde recostar suas cabeças.

E, novamente, a cama de Mina estava arrumada e exalava um cheiro de colônia. Ao lado, havia uma nova cama, era a cama de Hirshl. Se não fosse pelo cheiro do perfume de Mina, o cheiro da madeira nova seria sentido. Vejam a grandeza do Criador! Benedit, o marceneiro que jamais se deitara numa cama, toda sua vida dormira no chão, mas sabia fazer uma cama bonita e maravilhosa para Hirshl, que fora ficar na casa de seus sogros por três ou quatro dias.

A cama de Hirshl era confortável para se dormir, mas Hirshl dormia pouco. Durante sua permanência no campo, todos os dias acordava e saía antes do amanhecer. Em todo lugar do país, a noite e o dia são divididos, porém não é em todo lugar que se vê quando um chega e o outro se vai.

Casas e barracas, estábulos e estrebarias, arbustos e árvores escondidos numa neblina branca, a lua e as estrelas iluminavam tudo, a luz clareava e escurecia, escurecia e clareava. E as pessoas saíam de suas moradias, iam tratar dos animais que se agitavam demonstrando-lhes sua alegria. Hirshl sentia-se um intruso invadindo o espaço alheio e voltava para Mina.

Mina dormiu até as nove, como de costume. E, ao abrir os olhos, estendeu suas mãos débeis e disse, surpresa: "Você já se levantou, Heinrich?". Hirshl acenou com a cabeça e não respondeu com palavras, para não atrapalhar a calma da manhã. Imediatamente, entrou a servente de Mina trazendo-lhe água quente para se lavar e um copo de café transbordando de creme com bolos de passas e queijo. Mina sorveu o creme com seus lábios, cortou um pedaço do bolo e perguntou: "Qual dia da festa é hoje?". Em seguida, seus pais entraram, Guedalia segurava as *quatro espécies*[10] e em sua barba havia folhas de salgueiro. Antes de amanhecer, Guedalia fora até o rio e colhera os galhos para seu feixe ritual. E Berta segurava uma tigela cheia de pêras amarelas. Berta perguntou: "Vocês dormiram?" Mina estendeu sua mão direita em direção à mesa, pegou o relógio, bocejou e disse: "O relógio mostra que dormi o suficiente, mas todas as noites não são suficientes para o meu sono". Berta respondeu: "Vire-se para o outro lado e feche os olhos, minha filha, o almoço ainda não está pronto". E, puxando Guedalia, disse: "Vamos sair e deixar nosso bebê dormir". E eles se afastaram e se retiraram.

Hirshl entrou na *suká*. O lugar era muito bonito e a *suká* estava enfeitada de frutas e trigo. O vento soprava nos lençóis desenhados[11] desvendando campos e jardins. O universo todo se renovava e as criaturas ocupavam-se com seus afazeres. Todos ainda tinham trabalho a fazer e não pensavam em cantar. Nem a canção da filha do rei, cuja pele é de escamas de peixe, e tampouco outra canção.

Hirshl, envolto em seu *talit*, recitou sua prece matinal. O Bendito Santo guardou durante a noite a alma de Hirshl, a qual sorveu a espiritualidade das alturas. Sua alma tendo sido devolvida a seu corpo, ele agradecia ao Abençoado. Uma pessoa volta a seu lar e encontra todos os cômodos em ordem, era assim que Hirshl se sentia em relação a seu corpo, tudo estava arrumado e em ordem. Recitou alguns Salmos e orou. A tranqüilidade e a paz envolveram Hirshl por todos os lados. Seu sogro saíra para uma volta em suas propriedades, sua sogra encontrava-se na cozinha, Mina estava deitada em sua cama e seu corpo repousava e não se queixava por ela não levá-lo para fora. Shibush ficava a uma distância de uma hora dali. Metade das lojas estavam abertas e seus donos, alguns de roupa de festa, outros de roupa comum, exibiam seus *etroguim*. Havia num *etrog* o que não havia no outro e havia no outro *etrog* o que não havia no primeiro, porém, cada qual valorizava o seu e cada qual estava contente com o que tinha. Ao observar a *suká* de seu sogro, Hirshl envolveu-se pela alegria do espírito festivo. Uma *suká* como essa não havia em Shibush. Shibush era muito apertada e suas ruas eram tortas, as *sucot* de Shibush eram como um fardo apoiado na corcova de um corcunda. Muitas vezes, Hirshl deixou de comer para não precisar entrar na *suká*. Talvez quem morava fora da cidade, como Akávia Mazal, fizesse para si uma bela *suká*.

Hirshl parou de pensar em Akávia Mazal. Antigamente, gostava de pensar naquele homem que amara uma moça cujo pai a casara com outro e, no final, veio a filha daquela moça e casou-se com Akávia Mazal. Ela se sentava com Bluma, sua amiga, e conversavam uma com a outra, esta contava sobre Akávia Mazal à sua amiga e a outra contava sobre ele, Hirshl Horovits, à sua amiga, porém, Hirshl analisou os fatos e percebeu que esses pensamentos não lhe faziam bem.

Guedalia voltou do campo e Berta preparou a mesa. Mina entrou vestida com uma roupa matinal. Pelo relógio, Mina havia dormido o suficiente; por ela, poderia dormir mais, porém, para não atrasar o almoço, saíra da cama e fora para a *suká*.

Mina acenou com a cabeça para Hirshl e disse: "Bom dia, Heinrich", e aproximou-se tanto que seu nariz quase tocou o dele. Hirshl não era Napoleão e, como não gostava do cheiro da colônia que Mina usava, afastou seu nariz. Mina olhou para a mesa e disse: "Enquanto trazem a comida, irei ao meu quarto e colocarei outro vestido".

Mina retirou-se e o perfume da *suká* voltou a ser sentido. As frutas que enfeitavam a *suká* se iam estragando e a melancia oca, transformada numa espécie de luminária presa a uma corrente de nozes com casca, balançava de um lado para outro. Hirshl não tinha fome. Desde que ali chegara com Mina, tinha se fartado de comer, no entanto, se pudesse, se contentaria com a decoração da *suká*, abriria uma noz e a comeria.

Hirshl e seu sogro estavam calados. Hirshl, mergulhado na tranqüilidade da *suká*, sentia preguiça de abrir a boca, e Guedalia evitava conversas profanas dentro da *suká*. Guedalia pegou seu livro de preces e orou para que Deus estendesse seu manto de paz e envolvesse seus seguidores com o esplendor de sua honra, abençoando os fiéis com prosperidade e longa vida para que pudessem servi-Lo. O vento revolveu a cobertura da *suká*, que exalou um agradável perfume.

Mina vestiu uma roupa apropriada para o almoço, sentou-se ao lado de Hirshl, mergulhou uma fatia de pão no mel e proferiu a bênção do pão[12]. A empregada trouxe uma travessa com peixe quente. Guedalia largou seu livro de preces e olhou surpreso. Berta disse: "Encomendei peixes para *Hoschaná Rabá* e os trouxeram hoje, vou conservá-los no vinagre e os deixarei para *Hoschaná Rabá*, eu disse. Porém, como não convém comer conservas em *Hoschaná Rabá,* decidi cozinhá-los para hoje".

Guedalia enfiou um guardanapo no colarinho e murmurou "Bendito seja, ó Senhor!" Mergulhou sua fatia de pão no molho, encharcou-a e a comeu. Hirshl comeu até se fartar. As comidas de sua sogra e o clima agradável abriam seu apetite. Hirshl já esquecera os ensinamentos dos vegetarianos, a proibição da ingestão de carne e peixe e também dos alimentos permitidos. Desde que se casara, suas entranhas abriram-se e passaram a absorver quantidades. Quando se serviu pela segunda vez, sua sogra disse: "Deste molho e destes bolinhos até sua mãe gostaria". Hirshl nada disse e comeu. À sua frente estava a galinha na travessa de porcelana com seu bico irado. Hirshl desviou os olhos da travessa e viu Mina. Num primeiro momento, surpreendeu-se: "Quem é essa mulher e o que faz aqui?!".

Mina estava pálida e magra, comia pouco e aquilo que comia não era absorvido. O que pensava aquela mulher? Pois o importante para ela era vestir uma roupa, para em seguida trocá-la. Não se pode dizer que Hirshl não sentisse prazer ao ver sua mulher vestida com uma roupa bonita, porém mais contente ficaria se ela comesse mais.

Hirshl era filho de gente abastada e nada lhe faltava. Nunca sentira fome e a vida toda comera até se fartar. Comida e bebida não eram o centro do pensamento de Hirshl. Era diferente daquele tipo de mulheres, cujo prazer era a comida e a bebida. Mas, quando Mina deixava mais do que comia, ele reparava em seu prato. Ela era sua mulher e ele queria que estivesse bem.

A empregada retirou os pratos e trouxe a sobremesa, torta de ameixas. Mina, que não comera nada, como comerá a sobremesa? É o cheiro de seus cosméticos que estraga seu apetite.

Caiu uma mosca em sua fatia de pão e ficou presa no mel. Ao safar-se do mel, pousou em sua sobremesa. Mina cobriu o rosto com a mão direita e com a esquerda empurrou o prato.

Os cachorros ladraram, havia visitas no pátio. Berta saiu e aquietou os cachorros e acomodou os visitantes, serviu-lhes algo e pediu que proferissem as bênçãos.

Via-se que eram eruditos pelo modo como aceitaram o que lhes foi oferecido. Não rejeitaram como nos outros dias, pelo contrário, comeram e beberam para que pudessem proferir a bênção da *suká* [13], apesar de haver quem pensasse que se devesse proferir tal bênção mesmo que não se comesse nada, entretanto, convinha comer algo e proferir a bênção. Coisas desse tipo, Guedalia já ouvira havia um ano, havia dois anos, havia três anos, porém, os ensinamentos bíblicos são preciosos e ouvidos com a mesma atenção como da primeira vez.

Quando os convidados acabaram de comer, elogiaram a hospitalidade, dizendo: "Feliz daquele a quem Deus Bendito dá tanta paz! Se não fosse pelos cachorros, seria um paraíso terrestre"[14].

Uma calma agradável pairava sobre a *suká*. Seu pátio, comparado com o paraíso, agradara à dona da casa. Guedalia baixou a cabeça, prendendo um meio suspiro e pensou: "Oxalá Deus me considere credor e não desça para o inferno". Novamente o coração daquele homem temia, pois talvez Deus lhe tivesse dado paz neste mundo para que a perdesse no outro. De qualquer forma, estava satisfeito com seus convidados, pois os ilustres visitantes[15] hospedavam-se à sombra da *suká* e se regozijavam com o israelita que dava de seu pão aos pobres.

O sol estava para se pôr e a sombra da *suká* projetava-se para o oriente, alongando-se mais e mais. Os convidados oraram, levantaram-se, olharam para as alturas e disseram: "Que bela festa! Uma bela festa como esta, enquanto o povo de Israel, mesmo longe de sua terra, cumprir a vontade de Deus, Ele não permitirá que nada a atrapalhe".

Os convidados retornaram à cidade e os agricultores ao campo. O canto das pessoas, dos animais e das aves vinham dos campos de verduras. As cegonhas punham-se a caminho e as moças da aldeia interromperam seus cantos e se calaram. No firmamento, as tonalidades tornaram-se opacas e escureceu.

Guedalia saiu, olhou para o firmamento e disse: "Não há sinal de chuva no firmamento, há muitos anos não temos uma festa como esta, todas as refeições pudemos fazer na *suká*. Quanta consideração Deus tem por nós". Pegou seu livro de preces e recitou sua oração vespertina. Trouxeram o jantar e sentaram-se para comer. Guedalia tornou a abrir seu livro de preces e recebeu a presença espiritual dos patriarcas sussurrando, como quem, ao receber convidados importantes, fica sem coragem de falar alto diante deles.

Alguns judeus da aldeia foram cumprimentar os hóspedes do arrendatário. Serviram-se de algo, permaneceram um pouco, levantaram-se e se foram.

Mina voltou para seu quarto e Hirshl passeou no pátio na frente da casa. Stach cuidava dos seus cavalos e conversava consigo mesmo. Ao sentir a presença de Hirshl, levantou-se e disse: "Eu só estava dizendo que Deus é bom para vocês, providencia dias e noites agradáveis durante suas festas".

"Por acaso o jovem senhor fuma?".

Hirshl tirou um maço de cigarros, deu um para o cocheiro, pegou um para si e olhou para o alto. O cocheiro inclinou-se, fez cócegas na barriga de seus cavalos e disse: "A lua está distante e nela não se pode acender o cigarro". Pegou um pavio e, batendo uma pedra na outra, acendeu o próprio cigarro e o de Hirshl.

Ouviu-se o som de passos femininos no pátio. Hirshl estremeceu e perguntou: "Quem está aí?". Stach sorriu e disse: "É uma daquelas que temem ficar sozinhas de noite, e por isso vai para onde seus pés a levam". A mulher, ao ver o jovem senhor com Stach, fugiu e se foi. Hirshl afastou-se e foi para o quarto de Mina.

XVIII

A festa de *sucot* terminou, Hirshl e Mina regressaram para sua casa. No mesmo dia em que voltaram, Guedalia lhes enviou lenha, repolho, beterraba, fava, feijão, frutas frescas, frutas secas e carne defumada. Bem disse Sofia que Mina precisava de uma casa só para si, pois, senão, onde colocaria os presentes de seu pai?

A casa de Hirshl e Mina era arrumada e seus utensílios eram bonitos. Sobre as janelas pendiam cortinas brancas com uma fita vermelha presa ao centro. O mundo, visto através de suas janelas, parecia um triângulo. Porém Mina não ficava na janela. Aquele que possui uma casa bonita por dentro não tem necessidade de olhar para fora. Hirshl e Mina moravam juntos, não se podia dizer que estivessem contentes e nem tampouco se podia dizer que não estivessem contentes, mas sua casa era arrumada e nada lhes faltava.

À noite, chegava Tsimlich. A luz da casa acesa, uma toalha estendida sobre a mesa e Mina, sentada, tricotava uma espécie de manto. Guedalia deu uma olhadela no manto ainda inacabado e pensou: "Ainda não se passaram nem três meses desde que lhe comprei toda espécie de roupas e ela se cansa fazendo uma roupa nova. Guedalia baixou a cabeça, como quem não tivesse saldado todas as suas dívidas e perguntou: "Falta-lhe algo?".

Mina descansou seu trabalho no colo, pensou e disse: "O que nos falta? Cacau, café, açúcar, arroz, cevada, óleo e querosene são trazidos do armazém, e manteiga, queijo, ovos, gordura e aves são trazidos da aldeia. O que mais uma pessoa precisa?".

Guedalia alisou sua barba para cá e para lá. Finalmente, ele não tinha pressa. Pouco a pouco, sua barba modificou-se e dividiu-se para cá e para lá como a barba do Imperador Franz Yosef, porém, a barba do imperador era aparada no meio e a barba de Tsimlich não era.

Muitos pensamentos passavam pela cabeça de Guedalia e ele não conseguia expressá-los. Quanto mais satisfação tinha de seus filhos, mais sofria e se preocupava. O Senhor da Dívida ainda não viera cobrá-la, amanhã ou depois de amanhã Ele viria e cobraria em dobro.

Tsirl, como de costume, fora ver o que as crianças preparam para comer, ao ouvir Mina dizer "O que mais precisa uma pessoa?", disse: "Precisa, e como! É preciso colocar cadeados nos armários, por causa da empregada e por causa de seus amantes".

Quando Guedalia estava para ir embora, Hirshl chegou com sua sogra. Hirshl quis que sua sogra e seu sogro comessem com eles, também Mina quis que sua sogra e seu sogro se juntassem a eles para a refeição. Mandaram chamar Baruch Meir, este veio e comeram juntos. Desde então, quando as sogras apareciam na casa de suas crianças, não saíam de lá sem que seus maridos chegassem e juntos comessem e se divertissem.

Aquelas refeições eram boas. Os pais, cujas casas tornaram-se vazias, de repente agregaram-se. Sentavam-se juntos nas cadeiras novas, comiam e conversavam. Talvez as cadeiras de veludo da casa de Baruch Meir fossem mais confortáveis para se sentar do que as cadeiras de vime trançado da casa de Hirshl, entretanto, as cadeiras de vime possuíam uma vantagem, podiam ser levadas para qualquer lugar que se quisesse sentar.

Baruch Meir enfiou os dedos no assento de sua cadeira e disse: "Geração que gosta de economia! Fazem cadeiras trançadas com mais buracos do que assento, não me surpreenderei se em breve fizerem cadeiras sem assento nenhum". Guedalia balançou a cabeça para seu consogro, Baruch Meir sempre tinha algo a dizer!

Hirshl acendeu um cigarro e fumou diante de seus pais, como faria um senhor de casa, e Mina dispersava a fumaça com as mãos. Baruch Meir pegou um cigarro de seu filho e o acendeu, deu duas ou três tragadas, jogou-o e zombou dos prazeres que não dão às pessoas nem um pouco de satisfação, e verificou se sua barba não escurecera nesse meio tempo por causa do fumo.

Tsirl perguntou ao seu consogro: "Como vai o jovem conde?".

Guedalia olhou surpreso por estarem perguntando sobre uma pessoa a quem jamais faltava algo.

Tsirl continuou e disse: "Aquele para quem são feitos cigarros em Paris".

Disse Berta: "Os irmãos se desentenderam".

Disse Tsirl: "Uma briga entre condes?".

Disse Berta: "Uma briga entre irmãos. O jovem conde acendeu um cigarro com um fósforo, quando havia uma vela acesa à sua frente. O conde mais velho irritou-se com o irmão, pois este poderia ter acendido com a vela e desperdiçou, à toa, um fósforo. Com raiva, jurou que legaria seus bens à igreja".

Baruch Meir enfiou novamente os dedos no assento de sua cadeira e disse: "Parece-me que a cadeira foi feita primeiro de um pedaço só e, depois, a furaram".

Disse Tsirl: "Baruch Meir gosta de falar. Se os irmãos não fizerem as pazes, uma parcela gorda acabará caindo nas mãos dos padres".

Disse Berta: "Fazendo as pazes ou não, os padres acabam lucrando. Não se preocupe com eles".

Disse Tsirl: "Consogra, graças a Deus, tenho minhas próprias preocupações. Mina, quando sua empregada trará algo para comer? Irei lá ver o que ela está cozinhando".

Naquele dia, a empregada fizera bolinho de batata. Mil vezes Tsirl já havia comido bolinhos como aqueles, porém, quando os trouxeram, pareceu-lhe nunca ter visto comida tão saborosa.

Tsirl perguntou à empregada como os havia feito, e esta lhe explicou. Tsirl olhou atentamente para a empregada, para não perder nenhuma palavra, e sua boca estava aberta como se esperasse por mais comida. Depois que a empregada explicou como os havia feito, disse: "Esses bolinhos são os de que o senhor Guildenhorn mais gosta". Tsirl suspirou e disse: "Aquele Guildenhorn anda por todo o Estado e a cada dia come comidas novas". Seus olhos tornaram-se sombrios. "Há muitas coisas boas no mundo, mas nem todas as pessoas têm o privilégio de usufruí-las".

Baruch observava Tsirl com muito amor. Parecia que seu rosto havia se modificado de repente, suas faces estavam cheias e morenas e nelas pairava uma nuvem rosa. Cada vez que a olhava, ela parecia ser uma nova pessoa. Finalmente, olhou para Hirshl. Hirshl não engordara, continuava magro como antes do casamento.

Berta entendeu o que Baruch Meir estava pensando e disse: "Se nosso Hirshl morasse em Malikrovik, engordaria". Hirshl corou, envergonhado[1]. Não notara que sua sogra observava o que comia ou bebia em sua casa. Olhou para Mina e disse: "Conheço um homem que nasceu em Malikrovik, uma formiga é mais gorda do que ele".

Baruch Meir riu e disse: "Ainda não inventaram uma colher que traz a comida do prato para a boca. Quem não tem preguiça de levar sua colher à boca não sai com fome da casa de sua sogra".

Tsirl comeu e disse: "Sua empregada é uma excelente cozinheira. Criatura maravilhosa. Mina, cuidado com ela! Cuidado com ela, pois essas criaturas costumam roubar".

Mina comoveu-se. A vida toda cuidaram dela, e agora vinha sua sogra e dizia: "Cuide dos outros".

Novamente a empregada entrou. Tsirl, sendo-lhe gentil, perguntou: "Você traz algo mais saboroso para comer?".

Disse a empregada: "O senhor Kurtz quer entrar".

Exclamou Tsirl com entusiasmo e disse: "Entre, senhor Toiber, entre".

Disse Berta: "A moça falou Kurtz".

Disse Tsirl: "Se não fosse Toiber, não iríamos permitir que entrasse, pois hoje temos uma festa familiar, mas o que posso fazer se todos gostamos de Toiber como se fosse um dos nossos?!".

Kurtz saiu e disse para a empregada: "Virei outra hora".

Disse Berta: "O infeliz saiu humilhado".

Disse Tsirl: "O que é isso, consogra, pois eu não disse que nos alegramos em recebê-lo?".

Disse Hirshl: "Você se referiu a Toiber e aqui estava o Kurtz".

Disse Tsirl: "E por acaso o Toiber não merece que nos alegremos por ele?".

Disse Hirshl: "Mas nós estamos falando de Kurtz".

Disse Tsirl: "Bendito aquele que lembra os esquecidos! Você está falando daquele que dançou debaixo do lenço?".

Disse Hirshl: "Debaixo do lenço, em cima do lenço! Não me lembro".

Disse Tsirl: "Ele é incrível, incrível! Não deve haver outro como ele".

Depois do fato consumado, Berta também ficou satisfeita que Kurtz se fora. Era bom ficar entre familiares, sem estranhos, ainda mais nas noites de *markheschvan*, quando já fazia frio e o lareira ainda não era acesa. Estando juntos não se sentia o frio, somente quando entrava alguém de fora é que esfriava.

Guedalia ficou de ouvido atento e disse: "Estou ouvindo o barulho das patas de nossos cavalos".

Berta colocou a mão esquerda na boca, bocejou e disse: "O que deu em Stach para apressar-se tanto?".

Disse Tsirl: "Não estou ouvindo nada".

Disse Baruch Meir: "Não ouço o barulho de cavalos e nem tampouco o barulho do coche. Não é que um cavalo está mesmo relinchando?!".

Disse Tsirl: "E ainda devemos esclarecer de quem é o cavalo que relinchou. Como é que o consogro sabe que foram os seus cavalos que relincharam?".

Disse Mina: "Meu pai conhece seus cavalos, assim como seus cavalos o conhecem".

Guedalia acenou-lhe com a cabeça e olhou-a com amor.

Disse Tsirl: "Isso acontece quando ele os vê e eles o vêem, mas quando ele está aqui e eles estão lá fora, como é possível que reconheça a voz deles? Não, Mina, não acredito no que você disse".

O cocheiro parou os cavalos e desceu o coche. Bateu uma mão na outra para aquecê-las. O inverno ainda não chegara, mas o fez por costume. Contudo, o inverno não tardou a chegar. O sol, que costumava iluminar e esquentar, esfriou e escureceu, as pessoas que costumavam perambular contentes permaneciam tristes em casa. Chuva e neve misturavam-se numa confusão e ventos fortes sopravam sem parar. Feliz daquele que tinha luminária acesa, lareira repleta de lenha e amigos para fazer companhia.

Hirshl transformara-se numa nova criatura. Alegrava-se com as pessoas e relacionava-se com todos. Até pessoas aparentemente diferentes de Hirshl iam procurá-lo. Havia os que iam por iniciativa própria e havia os que eram levados por amigos. Até Kurtz, de quem Hirshl não gostava e Mina detestava, costumava ir. Por que ela o detestava? No entanto, ele fora o primeiro a cumprimentá-la no seu noivado. E porque ele arrancava um pedaço de pão e o amassava em seus dedos, merecia ser odiado? E uma vez que Mina o odiava, o dono da casa era obrigado a recebê-lo bem?

Hirshl tranformara-se numa nova criatura. Alegrava-se com as pessoas e aproximava-se de todos. A Sofia, a amiga de Mina, chamava apenas de Sofia, sem a menor cerimônia, assim como, sem a menor cerimônia, ela o chamava de Heinrich.

Sofia estava sempre na casa de Mina. A casa dos jovens alegrava seu coração. Sofia era mais velha que Mina apenas dois anos, mas, como se casara antes de Mina, considerava-se velha ao lado da outra. Assim que Hirshl chegava do armazém, ela se retirava e se ia. Deus do céu conhecia suas razões. Certamente para dar espaço para Hirshl e Mina.

Mina abraçava Hirshl e sussurrava-lhe coisas. Talvez o que dizia fosse interessante, porém o coração de Hirshl estava oprimido e não desejava escutar. Quando o coração está apertado, não se quer ouvir nem mesmo canções. Hirshl perguntava-se: “Ela se importa comigo?” E ele próprio respondia: “Não mais do que qualquer outra pessoa. Porém, como uma roupa que envolve o corpo e que não o aquece, sinto-a por demais”.

XIX

Deus do céu sabe o que se passava com Mina. Às vezes ela estava contente e às vezes triste, e de um jeito ou de outro, a Hirshl não dava sossego. Ao vê-lo, parado, andando ou lendo, imediatamente o interrompia e dizia: "Jure que não dirá a ninguém e lhe contarei algo que me aconteceu antes de me casar com você". Ele jurava e ela contava. Ela se surpreendia por ele não se emocionar, pois lhe revelava os seus segredos e os segredos de suas amigas, e ele se surpreendia por ela perturbá-lo com coisas sem importância. Por fim, queixava-se por ele não a amar, pois, se a amasse, daria importância às suas histórias. Para Hirshl, as manhãs eram por demais penosas. Assim que ela acordava, queria contar-lhe o que sonhara à noite. Tão logo começava a contar, esquecia-se do sonho. Ele queria sair, ela lembrava que não tivera apenas um sonho, e sim muitos sonhos, bocejava e contava, contava e bocejava. Seus sonhos não eram longos, entretanto seus relatos o eram. Quando via formigas em seu sonho, falava de cada uma delas tão detalhadamente que todo corpo dele chegava a tremer, como se todas as formigas que ela vira no sonho se pusessem a penetrar-lhe a carne, e o cheiro delas o impregnava como o cheiro dos cremes de Mina. Quando arregaçasse a manga para colocar os *tfilin*, todo *beit ha-midrasch* sentiria aquele cheiro.

Mina talvez tivesse encolhido, talvez inchado. Jamais fora forte, agora sua fraqueza a tornava delicada. Alimentos e bebidas habituais a enjoavam. Às vezes sentia desejo de comer algo que jamais comera antes. Às vezes vomitava, às vezes desmaiava, às vezes sentia dor de cabeça e às vezes sentia dor de dente. Sua barriga inchava e crescia, seu corpo se enchia. Mas ela lutava com seu corpo e amarrava-se com faixas que o comprimiam e escondiam do olhar dos outros o feto que estava em seu ventre. Havia uma mulher redonda e alegre à disposição dia e noite na casa de Mina. Ela aquecia a água, preparava-lhe pequenos banhos, cuidava dela e falava com ela sussurrando e lhe dizia para não se irritar, pois todas as emoções, Deus nos livre, punham em perigo a mulher e o seu feto.

Tsirl estava contente. Ontem, um bebê brincava com seus seios e, hoje, ela era avó. E o mesmo acontecia com Berta. Quanto tempo fazia que ela tinha dado à luz Mina, e agora essa criança estava para dar à luz. Sofia alisava-lhe as mãos e dizia coisas que Mina jamais ouvira. Ela também desejava filhos, porém, enquanto seu marido borboleteasse pelo mundo, era impossível pensar em filho. Certa vez, pareceu-lhe ter engravidado e certa vez realmente engravidara, e por fim um alarme falso, uma esperança perdida. Mina inchava e crescia, Mina parecia uma caixa de algodão mergulhada em água de colônia.

Berta instalou-se na casa da filha. Permanecia mais na cidade do que no campo. Berta não deixava passar um dia sem que fosse à casa de sua filha e, quando ia, ficava o dia todo e, quando era preciso, preparavam-lhe uma cama no outro quarto. Naquele quarto que fora reservado para um futuro, quando, se Deus quiser, dois se tornariam três. Por enquanto, Berta dormia ali e, se Deus quiser, quando chegasse o momento e a hora, seu neto ou sua neta ali dormiria.

Desde o dia em que sua sogra passara a morar com eles, o lugar tornara-se mais amplo para Hirshl. A maior parte do dia Mina ficava deitada em sua cama cochilando e, ao acordar, estendia suas mãos para sua mãe e bocejava. Sua mãe parava imediatamente e a escutava, como se todas as sete sabedorias falassem pela garganta de Mina, e ele não precisava ficar diante dela escutando o que ela falava.

Mina repousava encolhida entre travesseiros e cobertas num quarto quente impregnado do cheiro de água de colônia, sua mãe ficava à sua disposição e concentrava o olhar em sua boca. Mina parecia um bebê, cujos membros eram fracos e chegavam feiticeiros que aqueciam bastante o quarto, faziam-na dormir com essências, defumavam-na com ervas e, quando ela despertava, corriam para ouvir suas palavras, como se nelas houvesse uma grande profecia.

Mina tinha os olhos bem abertos[1]. Mesmo não tendo provado o sabor do amor, sabia que isso não era amor. Certa vez, enquanto esperavam pela senhora Guildenhorn e esta não chegava, Mina disse a Hirshl: "Eu sei em que você está pensando, você está pensando em Sofia".

Disse-lhe Hirshl: "De onde você tirou que estou pensando em Sofia?".

Disse ela: "É isso mesmo, você está pensando nela e quer que ela venha".

Disse ele: "Para que preciso que ela venha?".

Disse ela: "Para quê? Para que você não tenha que ficar sozinho comigo, pois o aborreço".

Disse ele: "Aborreço-me com você?".

Disse ela: "Então o quê? Você quer que eu morra?".

Disse Hirshl: "Por que quero que você morra?".

Disse Mina: "Assim, à toa".

Disse Hirshl: "Assim, à toa, um homem não deseja a morte de sua mulher".

Disse Mina: "É assim quando ele a ama".

Disse Hirshl: "E se ele não a ama, deseja sua morte?".

Disse Mina: "Era isso que eu queria escutar, meu caro".

Disse Hirshl: "O que você queria escutar?".

Disse Mina: "Que você não me ama".

Disse Hirshl: "Que eu não a amo?".

Disse Mina: "E então, você não disse com todas as letras, 'e se ele não a ama, deseja sua morte?'".

Disse Hirshl: "Eu disse isso, mas isso não quer dizer que não a ame".

Disse Mina: "Se me amasse, não diria isso".

Disse Hirshl: "Então o que eu diria?".

Disse Mina: "Se me amasse, este tipo de coisa não teria passado pela sua cabeça. Talvez eu esteja errada, talvez você não me odeie. Você é um rapaz esperto, Heinrich, e sabe que não sou a pior dentre as mulheres. Se eu morrer, você não encontrará outra melhor do que eu. Escute aqui, meu querido, não é por mim que não desejo morrer, e sim por você, pois sei que não vai encontrar alguém para me substituir. Talvez Sofia seja melhor do que eu, mas você se engana. Sofia sabe ser amável com as pessoas, mas quem a conhece como eu a conheço sabe que toda sua amabilidade é da boca para fora. Aizi Heler, seu pai, é vendedor de bilhetes de loteria, ela costumava ajudá-lo e habituou-se a conquistar as pessoas. Eu não preciso disso, sou filha de um homem trabalhador que se alimenta do fruto de sua labuta e não se alimenta do fruto da impostura. Quando penso que meu pai era vendedor de leite e andava com seus apetrechos e seus jarros, orgulho-me. Estou segura de que meus filhos não irão atrás de dinheiro fácil, esforçar-se-ão para ganhar o seu pão, não por meio de humilhação e de degradação. De repente, sinto-me triste. Essa conversa sobre a morte entristeceu-me. Venha, Heinrich, e beije-me. Não na minha testa, meu querido, não precisa mostrar que me respeita, beije-me na boca. Por acaso, você tem apenas um beijo em sua boca? Quem o vê assim pensa que cada beijo lhe custa uma moeda[9] de ouro".

Como todos os filhos de burgueses, também Hirshl se orgulhava de sua família. Apesar de ser um Horovits qualquer e não descender do santo *Shlah*[2], seu nome era conhecido na cidade. Apesar de orgulhar-se de sua família, não conversava sobre ela com outros. Contudo, tendo Mina contado as virtudes de seu pai, contou as virtudes de sua família.

Porém, sua conversa não lhe acrescentou respeito e grandeza. Uma vez que mencionou o caso do irmão de sua mãe, e tendo Mina ficado surpresa, pois jamais ouvira falar sobre tal fato, Hirshl disse: "Digo que meu tio era equilibrado e se fazia de tolo, pois, se seu comportamento fosse saudável, seu pai, ou seja Shimon Hirsh, meu avô, cujo nome carrego, o casaria com uma mulher à qual não amava e desperdiçaria toda sua vida ao lado dela. Seria uma história triste! Faria negócios, teria lucros, enriqueceria e as pessoas o respeitariam. Isso aparentemente é bom? Ui! Eu diria que, na verdade, seu coração estaria vazio. Se meu tio tivesse tido sucesso, seria considerado sábio, como não teve sucesso, foi considerado um tolo. Uma pessoa não se transforma por si. O poder dos outros está acima de nós, Mina, fazem conosco tudo o que desejam. Você se comporta da sua maneira habitual e faz tudo como de costume e, de repente, não mais estão satisfeitos com você. O que teria ocasionado isso?! Afinal, você continua agindo como de costume. Na verdade, as pessoas não são julgadas por seus atos. O poder dos outros está acima de nós. Ontem, desejavam assim e, hoje, desejam de outro modo, e tanto de um modo como de outro, tem-se a impressão de que os outros é que estão certos, desprezamo-nos tanto quanto somos desprezados. Sobre isso, pensei bastante e sei bastante, porém já é tarde e chegou sua hora de dormir. Mas lhe direi uma coisa, o coração dele estava vazio. E, quando meu coração está vazio, que importância têm meus atos?! Mina, você está triste, juro que não tinha a intenção de entristecê-la. Na verdade, também fiquei triste, apesar disso ter acontecido há muitos anos. Agora vou contar a você algo alegre. Você vê aquele livro grosso no armário, é um livro de palavras. O autor desse dicionário, na sua juventude, seu pai o casou com uma mulher, sem perguntar-lhe se a queria, como faziam nossos antepassados que não perguntavam a seus filhos se um queria o outro. O que fez o filho? Quando cresceu, quis separar-se de sua mulher, foi e vestiu os seus *tfilin* no gato. Mina, se você tem imaginação, imagine como o caso terminou, o quanto os pais daquela mulher se assustaram e o quanto ela se apavorou. Depois de se ter divorciado daquela com quem seus pais o casaram, casou-se com outra escolhida por ele, com quem mora em paz e com quem desfruta a vida. Não sei se coloca os *tfilin* todos os dias, mas supõe-se que não os coloca no gato".

Hirshl estava errado em pensar que iria alegrar o espírito de sua mulher com sua história. O interesse intelectual de Hirshl não era igual ao interesse intelectual de Mina. Mina fora educada num pensionato e, antes disso, estudara com professoras cristãs no campo. Aquele dicionário e seu autor, sobre os quais Hirshl contara, não eram do interesse de Mina. Quando ela tirou um livro da estante para ler, suas mãos esbarraram no livro das palavras e este se deslocou e caiu, ela empurrou-o com o pé para debaixo do armário.

Hirshl começou a enjoar de seus convidados. Depois de seu casamento, alegrava-se em receber visitas, de repente, desinteressou-se delas. No início, os convidados faziam-no sentir-se dono de sua casa, como perdera o interesse por sua casa, perdera o interesse por seus convidados.

Porém, mesmo quando recebia convidados em sua casa, seu coração ficava dividido, quem lhe agradava não agradava a Mina, e vice-versa. Na verdade, ele também não os apreciava, nem por sua inteligência e nem tampouco por suas virtudes, no entanto, como Mina não os recebesse com simpatia, via-se obrigado a dobrar sua gentileza. Mina irritava-se por seu marido cair de joelhos por qualquer jovem, por isso portava-se desse modo. E como ela se portava com seus convidados de forma inadequada, ele tratava os convidados dela de forma inadequada. Com exceção de Ytschak Guildenhorn, que quando ia era tratado por ambos com grande cerimônia. A empregada fazia bolinhos de batata, Hirshl lhe oferecia boas bebidas e bons cigarros. Sofia também era recebida por Hirshl com simpatia. Não se podia dizer que gostasse dela e tampouco se podia dizer que dela não gostasse. Para que sua mulher não dissesse "Você tem ciúme de minhas amigas", demonstrava-lhe simpatia e lembrava que seu noivado fora na casa deles e que eles foram os seus padrinhos.

As visitas diminuíram e, no final de algumas semanas, não entrava ninguém na casa de Hirshl. Primeiramente, desapareceu Leibush Tshortckover. Aquele que só sabia falar em comida e bebida, portanto, é lógico que tinha que freqüentar a casa onde não faltavam coisas doces, e justo ele afastou-se primeiro. Não sabemos o que vai na alma das pessoas. Leibush Tshortckover era do outro lado da Galícia e fora parar em Shibush. Era um *hassid* de Bobiv e em Shibush não havia *hassidim* de Bobiv. Leibush não encontrara um amigo sequer, pois os outros *hassidim* provocavam a ele e a seu Rabi. Desejava juntar-se a um grupo de amigos, quando encontrou Guildenhorn e, em sua casa, encontrou um copo de bebida, cartas para jogar e gente alegre, apegou-se a ele, ao encontrar Hirshl não se apegou a ele. O copo não é o mais importante, o mais importante é o que se diz entre um copo e outro.

Depois dele, foi a vez de Motshi Sheinberg. Disse Motshi Sheinberg: "Quero ir à sua casa, Hirshl, porém minha perna de pau está envelhecendo e não consegue subir as escadas". Na verdade, dizem que o motivo era outro, Leibush e Motshi, um barbudo e outro bigodudo, onde você encontrava a barba de Leibush, você encontrava o bigode de Motshi, para que a imagem de Deus estivesse completa, foi-se a barba de um, foi-se o bigode do outro.

Os passos de Kurtz também começaram a rarear. Enquanto a casa estava cheia, Kurtz sempre tinha o que fazer ali, estando a casa vazia, Kurtz sentiu-se um intruso e afastou-se.

Kurtz era filho de gente abastada, se não tivesse abandonado os negócios de seus pais, chegaria onde eles chegaram, porém afastou-se do caminho certo por ter estudado Schiller demais. Mas os sábios gentios eram companheiros preguiçosos, e o deixaram no meio do caminho. Se não fosse o pouco de *Torá* que estudara em sua infância, habilitando-o como professor de crianças na escola do Barão Hirsh, não teria como se sustentar neste mundo. No entanto, não o respeitavam. Kurtz sabia que aulas de religião eram dadas apenas para que não dissessem que o Barão Hirsh opunha-se ao estudo da *Torá*, portanto, que importância tem nossa *Torá*? E, ao perceber que sua profissão era supérflua, passou a ser considerado e a considerar-se como tal. Se sua postura fosse um pouco mais ereta, talvez o respeitassem um pouco mais. Entretanto, Kurtz considerou sua altura e pensou que um metro a mais de respeito não valia o esforço de se pôr ereto.

Ninguém mais ia à casa de Hirshl. Exceto seus parentes, ninguém aparecia. Silencioso, o mundo externo era visto através das cortinas triangulares. Às vezes, Hirshl ficava numa janela e Mina na outra. Talvez olhassem para fora e talvez olhassem para dentro de seus corações.

Hirshl acusava Mina de tê-los afastado e Mina respondia: "Se você quisesse eles viriam". Hirshl sabia que Mina tinha razão, porém, era mais fácil provocá-la do que trazer de volta as visitas. E, para compensar, dobrou sua amizade por Sofia, como se ela fosse somente por ele. Quando não ia, queixava-se com ela e, quando ia, ele pegava um livro e punha-se a ler.

Assim como uma dona de casa destampa a panela de sua vizinha e sabe o que está sendo cozido, Sofia sabia tudo o que se passava. E, quando Sofia falava, convinha escutá-la. Às vezes falava alto e às vezes sussurrava. Quando levantava a voz, seu olhar era profundo e, quando sussurrava – seu coração e o de sua amiga aprumavam-se e enlevavam-se.

Hirshl olhava por cima de seu livro e via Sofia. Sofia era mais velha do que Mina dois anos, mas parecia dois anos mais moça do que ela. Sofia parecia uma virgem que ainda não amadurecera.

Sofia sentava-se diante de Mina e falava. Todo tipo de coisa saía da boca de Sofia e penetrava os ouvidos de Mina. Aparentemente, Sofia não sentia prazer no que dizia, mas falava para acalmar sua amiga e sua amiga escutava. Seus lábios abertos, seus olhos nublados, suas orelhas vermelhas e seus brincos brilhantes. O Criador dotara essa mulher de uma natureza estranha, para que ela pudesse sentar-se e escutar.

O Criador dotara também Hirshl de uma natureza estranha, irritava-se hoje com o que o alegrara ontem. Havia meio ano, quando Mina ficava na casa de Sofia e a escutava falar, observava o rosto de Mina e ficava feliz, hoje, observava-a e não ficava feliz. Olhá-la tornava-se cada vez mais difícil. Num primeiro olhar, suas faces eram brancas como algodão e, num segundo, eram como um algodão, porém amarelado.

Nenhuma das comparações era lisonjeira para Mina, mas havia algo a ser pensado, essa situação era mais difícil para quem? Para a mulher cujo marido a compara com algo feio, ou para o homem que comparou sua mulher com algo feio? Tanto de um modo como de outro, não era bom para ambos.

Mas não era sempre que Hirshl permanecia diante de Mina e tampouco a comparava o tempo todo com isso ou aquilo. A maior parte do dia ele permanecia no armazém e, pela manhã, ia à Grande Sinagoga. Hirshl gostava dessa construção alta com uma abóbada ornada com desenhos bonitos como o firmamento. Gostava especialmente do teto que não se apoiava em colunas e, portanto, era como se flutuasse no ar. Eram bonitas suas doze janelas, segundo o número das tribos de Israel. Gostava especialmente da janela oriental que lançava a luz multicolorida de suas vidraças, que acariciava a cortina do *aron ha-kodesch*. Ele gostava dos degraus frios por onde se descia. Gostava muito do púlpito central de pedra britada, onde ficava um livro de preces muito antigo escrito em pele de cervo. Era utilizado pelos primeiros *hazanim*, que morreram em nome de Deus. Ali ainda se orava como antigamente, não se conversava sobre coisas vãs e se respeitava o horário da oração. O costume dos antepassados era mantido. Nenhuma oração ou melodia era substituída por outra, nada se acrescentava nem tampouco se retirava. Mazal escrevera um capítulo especial em seu livro, sobre a sinagoga. Pode ser que Toiber soubesse mais do que Mazal, porém Hirshl não procurava Toiber. Hirshl sentia-se bem quando estava só com seus pensamentos e não tinha vontade de falar com Toiber. Havia mil pensamentos no coração de Hirshl. Deus do céu conhecia os seus pensamentos.

XX

Desde o dia em que Bluma deixou sua casa, não mais a vira. Todo dia, Hirshl esperava que ela fosse à mercearia, pois a família de Mazal costumava comprar em sua mercearia, porém toda sua espera foi em vão. Bluma não ia e Hirshl não parava de pensar nela. Quando estava desocupado, desenhava em pensamento sua imagem, quando ocupado com alguma mercadoria, dizia em pensamento: "Darei a ela desta mercadoria". Apesar de passados muitos dias sem que ela fosse, não perdia a esperança de vê-la. Dizia: "Se não vier por si mesma, vou atraí-la contra sua vontade. De que forma? Quando se pensa em alguém sem parar, acaba-se atraindo a pessoa. Não afastarei meu pensamento dela e ela virá." Entretanto, todos os seus pensamentos de nada adiantaram, pensou muito nela e ela não apareceu. Mesmo assim, não perdeu a esperança de vê-la e disse: "Talvez não tenha pensado nela o suficiente, pensarei nela em dobro e ela virá". Portanto, enfadava-se com tudo que o afastasse de Bluma. Entrava um freguês e o requisitava, Hirshl parecia possuído pelo demônio, falavam com ele, respondia com meias palavras. Hirshl, que havia se modificado depois de seu casamento, voltou a ser como no princípio. Sua casa, que vibrara com os convidados, estava silenciosa. Uma pessoa não pode modificar sua natureza, e, se a modifica, certamente voltará atrás. Exceto a senhora Guildenhorn, não se viam fisionomias novas na casa. E uma vez que ela ia lá por causa de Mina, Hirshl não se sentia obrigado a se ocupar com ela, portanto, sentava-se num lugar isolado e pensava no que pensava.

Aquele dia era o aniversário de Bluma, e Hirshl dizia para si mesmo: "Há no mundo uma pessoa na qual toda formosura está contida e não mereço vê-la". Hirshl, que estava para ser pai, ainda portava-se como um jovem.

Tsirl viu que Hirshl não estava feliz e aconselhou-se com Baruch Meir. Uma vez que Hirshl estava casado, não lhes passou pela cabeça que ele sentisse saudades de Bluma, e decidiram levá-lo para Malikrovik.

Hirshl foi com Mina para Malikrovik e de nada adiantou, pelo contrário, a calma do campo e as refeições de sua sogra o aborreciam. Seu corpo enfraqueceu e suas pernas pesavam. Permanecia diante da lareira, revirando à toa o livro de preces, ou então sentava-se diante de Mina e bocejava. Se saísse e andasse pela neve se recuperaria, porém, permanecia em casa enquanto a neve caía lá fora.

No inverno, os dias são curtos e as noites longas. No campo, o dia também é longo e a noite, ah, a noite! Longa em dobro, ainda mais para quem não encontra o que fazer. Os pais de Hirshl cometeram um grande erro ao mandá-lo para Malikrovick. Malikrovik era um lugar belo, mas não para Hirshl. Decidiram levá-lo para onde havia mais pessoas, uma conversa agradável poderia acalmá-lo.

Novamente, Hirshl começou a freqüentar a sede do grupo sionista. A sede modificara-se por dentro e por fora. Antigamente, possuía uma sala e agora possui duas, uma para leitura e outra para entretenimento. Assim, ninguém atrapalhava ninguém. Você quer conversar ou jogar xadrez, fique nesta sala, você quer ler jornais, entre na outra. Mais uma boa inovação fora introduzida na sede do grupo, uma pequena cantina para uma rápida refeição. Bastava chamar Yossele e imediatamente vinha Yossele, filho de Benedit, o marceneiro que fora contratado para cuidar da sede do grupo. Ele trazia tudo o que você desejasse, chá, bebida alcoólica, chocolate, petiscos apimentados ou doces em geral.

Todos os amigos de Hirshl o receberam bem. Na verdade, Hirshl não era sionista, mas não fazia mal, por acaso todos que freqüentavam a sede do grupo eram sionistas? Eles iam porque iam, ou porque não queriam ir ao *beit ha-midrasch* ou porque não queriam misturar-se com socialistas.

Hirshl era querido por todos os seus amigos. Tudo voltou a ser como antes. Pagava em dia a mensalidade e, quando uma contribuição especial era necessária, colaborava. Uma grande desgraça recaía sobre os israelitas e necessitavam de ajuda. O cruel reino da Rússia declarava guerra ao Japão e seu governo cruel enviava rapazes israelitas para serem mortos, quem conseguia fugir, fugia, e quem fugia escapava nu, descalço e faminto. Não havia cidade da Galícia onde os refugiados da Rússia não tivessem chegado. Quem tinha Deus no coração dava um centavo, mas nem todos que tinham Deus no coração possuíam um centavo no bolso. Havia os que desejavam dar e não tinham. Hirshl tinha e dava. Jamais Hirshl deixou de atender a seus amigos. Tudo o que lhe pediam, atendia.

Hirshl possuía mais uma bela qualidade, não competia com seus amigos e não ambicionava cargo de chefia. Faziam uma festa de *Hanucá,* não se levantava para subir ao palco. Sua humildade se percebia por seu silêncio. Shimon Hirsh Klinger, o avô de Hirshl, cujo nome Hirshl carregava, se calava, porque não levava ninguém em consideração, Hirshl se calava, pois ele próprio não se levava em consideração. Ninguém dizia que Hirshl Horovits fosse orgulhoso, exceto os dois jornalistas que escreviam artigos para dois jornais, que viam seu silêncio como reflexo do orgulho.

Novamente, Hirshl convivia com seus primeiros amigos, aqueles com quem estudara desde pequeno e que abandonaram a *guemará* para dedicar-se aos negócios. Alguns trabalhavam com seus pais e alguns trabalhavam por conta própria. A maioria despira suas longas vestes tradicionais e usava roupas curtas. Shibush deixou de ser uma cidade pequena de moedores de grãos e de agiotas para tornar-se um centro de comércio. Shibush estava cercada por noventa aldeias ricas em trigo, cevada, aveia e leguminosas que abasteciam a cidade. Os aldeões deram-se conta de que não precisavam desperdiçar suas noites em rocas de fiar, iam à cidade e compravam roupas prontas. Havia também cidades e aldeias que compravam mercadorias em Shibush. Shibush deixou de ser considerada uma cidade pequena e entrou no rol das cidades grandes. Às vezes, encontrámos até um estrangeiro da Alemanha. Esse estrangeiro, quando ia a Shibush não ia conhecer a Grande Sinagoga, com o sol, a lua e os signos gravados, o *Tanakh* com os comentários do Cardeal, nem o retrato do filósofo e tampouco todas as belezas de Shibush. Comia, bebia, divertia-se e negociava em Shibush. Quando terminava seus negócios, entrava na sede do grupo sionista e lia, nos jornais, os anúncios e as notícias do dia, enquanto os intelectuais de Shibush liam principalmente folhetins e discursos parlamentares. Alguns rapazes de Shibush espelhavam-se em tal estrangeiro, como por exemplo, os atacadistas de aguardente. Aquele que não era invejoso podia orgulhar-se deles. Antigamente, vários grupos assistiam a uma só cantora, hoje, cada jovem podia assistir a algumas comediantes e cantoras ao mesmo tempo. O que significam os cigarros do irmão do General de Malikrovik? Mesmo sendo exclusivos, quanto custam? A soma que se gasta numa noite com uma cantora, a Sociedade de Auxílio a Noivas não arrecadava durante um ano todo. O que significam todas as "coitadinhas" de Sebastian Montag, representante de nossos cidadãos, gordas e de membros cheios? Nada, se comparadas com as atrizes que até os jornais comentavam.

Não se podia dizer que Hirshl sentisse prazer na companhia desse grupo, porém, para Hirshl era bom, pois lhe fora dado um espaço entre a mercearia e sua mulher. E, quando Mina não lhe pedia que voltasse para casa logo que a mercearia fechasse, passava pela sede do grupo sionista.

Com o passar do tempo a sede do grupo transformou-se. No começo poucas pessoas a freqüentavam, agora, muitas pessoas a freqüentavam. No começo a maioria dos freqüentadores era jovem e, agora, a maioria é de adultos de barba e casados. O sionismo está se difundindo ou então aqueles jovens envelheceram.

Desde a difusão do sionismo, a poesia fora banida da sede do grupo. Aqueles jovens, antigos freqüentadores que, ao entardecer, sentavam-se e derramavam seus corações em poesias e canções, casaram-se e tiveram filhos e filhas, suas mentes não estavam livres, devido aos seus problemas. Os jovens, atuais freqüentadores, não gostavam de música. Dentre eles, havia aqueles que discutiam política e aqueles que jogavam xadrez.

Às vezes, Yona Toiber aparecia. Ao entrar, colocava seu chapéu sobre uma cadeira à sua frente e pegava um cigarro, dividia-o, colocava uma metade na dobra de seu chapéu e a outra introduzia na piteira e observava os rapazes que jogavam xadrez. O próprio Toiber não jogava, nem tampouco palpitava, apesar de saber de cor o *Sefer hakrav*[1], de Jacob Eichenboim.

Yona Toiber não agia mais como antigamente. No começo, quando chegava a hora de um rapaz se casar, seu pai falava com Toiber: "Quero a filha de fulano para meu filho", e Toiber levava o filho a aceitar a opinião de seu pai. Agora, o filho dizia: "Fulana, a quero", e Toiber levava o pai a aceitar a opinião de seu filho.

Entretanto, não é surpreendente?! Quando Tsirl falou sobre seu filho, quem teve que ser convencido não foi o filho?! Talvez o mundo tenha mudado há pouco, ou talvez o mundo já fosse assim, no entanto, Hirshl é que era um caso à parte. Hirshl novamente lia jornais e, nas noites de quinta-feira, quando o armário de livros estava aberto e o bibliotecário emprestava livros, Hirshl pegava emprestado, como de costume, três livros, mas não os lia. Intocados, descansavam em casa e se enchiam de pó. Quatro velas eram acesas nas noites de sábado na casa de seu pai, uma vela para Baruch Meir, uma vela para Tsirl, uma vela para Hirshl e uma vela para Mina. Duas velas Mina acendera em sua casa, porém o quarto de Bluma não estava iluminado. A nova empregada, que ocupara o quarto de Bluma, depois de lavar a louça se ia, e a vela de Bluma queimava em outra casa. Lentamente, Hirshl fez o que os outros intelectuais faziam quando jovens, quando jovens liam livros, ao casarem, deixavam de ler. Mina, às vezes, remexia nos livros, mas Hirshl não conversava com ela nem sobre o autor e nem tampouco sobre seu livro. Hirshl permanecia em silêncio, como aquele quarto onde os passos de Bluma não eram ouvidos.

Pouco tempo depois, cansou-se da sede do grupo sionista. Quando se está no meio de gente, tem-se que conversar, pois senão parecerá estranho. Isolava-se novamente, pensava em seus assuntos. Quando lhe falavam, assustava-se como se tivessem descoberto seus pensamentos.

O mundo é feito de conversa. A pessoa está na mercearia, os fregueses o consultam, ao voltar para casa sua mulher lhe fala, quando está no meio de gente, essas conversam com ele. Sendo esperto, está a salvo. De que forma está a salvo? Levantava-se bem cedo e ia ao *beit ha-midrasch*, cobria-se com o *talit* e se calava.

Por força do hábito ia duas ou três vezes por semana à sede do grupo, pegava um jornal e lia, pegava outro jornal e lia. Não notava que o que lia em um, lia no outro. E, na mercearia, quando contavam as notícias do dia, admirava-se e dizia: "Parece-me já ter ouvido isto". Na cabeça de Hirshl não passava que já havia lido aquelas coisas em dois jornais.

Finalmente, sua freqüência no grupo tornou-se esporádica. Algumas vezes, ao dirigir-se para lá, voltava a meio caminho, até que por fim deixou de ir.

XXI

Pessoas entendidas, com quem Tsirl conversava, diziam que havia pessoas que se sentiam tranqüilas no meio de gente e havia pessoas que se sentiam tranqüilas justamente quando passeavam isoladamente, em jardins e pomares, lugares onde o ar era agradável, portanto, necessitavam fixar um horário para passear. Foi isso o que disse a mãe do novo médico, que era uma das freguesas de Tsirl. Ela contou o caso de um homem, que não era mais velho e nem mais novo do que Hirshl, que fora consultar seu filho médico, e seu filho lhe dissera: "Todas as receitas que poderia lhe prescrever nada representam se comparadas com uma pitada de ar puro". Tsirl, convencida do que ouvira, falou com Hirshl.

Hirshl não disse nem sim nem não. Ela sabe falar bem, porém, na prática, como fará para passear? "Na casa de Guildenhorn havia um quadro pendurado com a figura de um rapaz magro, vestido com um casaco colorido cuja borda o vento agitava. Tinha uma cartola rosa na cabeça e uma bengala espanhola debaixo do braço. Uma de suas pernas estendia-se para dar um passo. Sob o quadro estava escrito "passeio". "Se isto é o passeio sobre o qual minha mãe falou, continuo sem saber quando é tempo de passear e onde é que se deve passear".

Tsirl não esqueceu o assunto. Quando o dia escureceu, colocou a bengala na mão de Hirshl e disse-lhe: "Hirshl, esta é uma boa hora para passear, vista o casaco, saia, encha seu pulmão de ar puro e você terá apetite para comer". Hirshl vestiu o casaco, segurou sua bengala e saiu. Daí por diante, todo dia, próximo ao horário de fechamento da mercearia, Tsirl colocava a bengala em sua mão e lhe dizia: "Vista seu casaco e faça uma boa caminhada".

Seus passeios eram difíceis. O caminho o aborrecia e seu corpo estava sensível. Ao sair, doíam-lhe os pés ou os ombros ou a barriga ou tudo ao mesmo tempo. Quem está acostumado a ficar em casa, não sente prazer em caminhar. Ainda mais quando se arrasta sem ter um objetivo. Depois de alguns dias, encontrou um objetivo. Ao sair de sua mercearia, dirigia-se a um lugar no extremo da cidade, ia até lá e lá passeava. Às vezes começava dando uma volta por toda a cidade e depois ia até lá, e às vezes ia direto até lá. Se alguma pessoa se juntava a ele, tratava de afastá-la imediatamente, e se a pessoa não o largava, voltava com ela até o mercado, livrava-se dela e, então, retomava o seu caminho. E uma vez chegando no tal lugar, como um bêbado que enche seu copo e teme que o tirem de sua mão, escondia-se para que não o vissem.

O lugar para onde Hirshl acostumara-se a ir era conhecido como rua da Sinagoga, apesar de não haver ali nenhum vestígio de sinagoga. Havia uma tradição antiga, segundo a qual a Igreja ocupava o lugar onde ficava a Grande Sinagoga. Ainda se podia ver um dos muros inclinados, que era mais antigo do que os outros. Supunha-se que fosse um dos muros remanescentes da sinagoga que teria se curvado devido ao sofrimento e que nas noites de *9 de Av*[1] vertia lágrimas, assim como o Muro das Lamentações.

Shibush era uma cidade antiga, habitada por israelitas desde o início de sua colonização. Fora destruída no ano de 1648[2], e a Grande Sinagoga fora queimada e toda a cidade fora morta. O Conde Pototski[3] tornou a construí-la, trouxe os israelitas de volta e isentou-os dos impostos territoriais e administrativos por um período de doze anos. Passado esse período, cada proprietário israelita passou a pagar-lhe um *Táler*[4] ao ano por moradia e meio *Táler* por chaminé de fumaça, taxa cobrada por um fiscal judeu. Os açougueiros não eram obrigados a sacrificar porcos, mas toda sexta-feira levavam ao governador uma cesta de gordura e uma boa porção de carne. Adquiriam propriedade, refinavam sal, fabricavam cerveja e aguardente e negociavam como bem entendessem. Não eram sujeitos ao tribunal dos cidadãos, e sim ao tribunal do palácio, nomeavam rabinos e líderes, segundo a lei de Moisés[5].

Certamente, a chamada Rua da Sinagoga fora habitada por israelitas. Ali havia um velho palácio que os tártaros[6] destruíram. Abaixo, corria um rio. Temendo os tártaros, nossos antepassados construíam suas casas entre o rio e o palácio, pois se viessem por terra a muralha os protegeria, se viessem de barco, os israelitas subiriam na fortaleza e lá se esconderiam. Antigamente, moravam ali muitos israelitas, hoje, nenhum israelita morava ali, exceto Akávia Mazal. Todas as casas eram pequenas, baixas, poucas, afastadas umas das outras, seus telhados cobertos de palha, cercados de vegetação e de árvores. Ali moravam professores e pequenos funcionários. Alguns, Hirshl conhecia e outros, não. Mesmo aqueles que conhecia, conhecia e não conhecia. Ainda que comprassem em seu armazém, sua compra não era significativa. Nas festas cristãs, não recebiam comida e bebida de presente, a eles os presentes eram entregues pessoalmente. Pequenos funcionários não são subornados da mesma forma como o são governantes e ministros. Aos pequenos funcionários basta a moeda que lhes introduzimos nas mãos. Durante o dia, todos estavam em seus gabinetes e, quando chegava a noite, voltavam para suas casas e, quando Hirshl perambulava por lá, não havia ninguém na rua, exceto uma mulher que saía para pegar água de uma fonte, ou sua filha, cujo amado a esperava.

O sossego que reinava à noite nessa rua fazia medo a qualquer cidadão que perambulasse por ali, porém Hirshl não o sentia. Um casal ia em sua direção, virava o rosto para o lado, e eles viravam o rosto para o outro lado, eles, para que não os visse, e ele, para não ser visto. No começo, os cães das casas ladravam ruidosamente para ele, ao se acostumarem com sua presença, emitiam apenas um uivo.

Hirshl perambulava silenciosamente pela rua. O que pensava Hirshl durante toda sua caminhada? Muitas coisas aconteceram com nossos antepassados naquela rua, quem pertence ao povo de Israel tem muita coisa para pensar ali. Alguns anos antes do avô de seu avô ter nascido, o tirano jogara no rio uma carroça cheia de judeus que foram para a cidade recitar as *selikhot*, as águas ainda não se acalmaram. Quando as noites de *selikhot* chegam, as águas aumentam de volume e quase inundam a cidade e, então, os israelitas vão para recitar a oração do *taschlikh*. Do outro lado, no bosque, fica o convento de freiras, que fora destruído. Os soldados daquele perverso cruel, oxalá seu nome se apague da face da terra, violentaram seiscentas freiras numa só noite. Ali, o capim ainda nasce vermelho. Hirshl às vezes pensava nessas coisas e às vezes não. Afinal, Hirshl não tinha habilidade para escrever sobre essas desgraças. Isso quem fazia era o Mazal, era o Akávia Mazal, em cuja casa Bluma vivia. O que Bluma fazia na casa de Mazal? Desde o dia em que ela deixara seu quarto, não mais conseguira falar com ela.

Hirshl não falou com Bluma, e era razoável, pois ele morava num lugar e ela, em outro. Isso era razoável por um motivo determinado, no entanto, havendo um outro motivo, outra coisa seria razoável. Agora que Hirshl se encontrava na casa de Bluma, não havia nada razoável que impedisse Hirshl de falar com Bluma.

Todas as noites, antes do fechamento da mercearia, Tsirl colocava a bengala em sua mão, apressava-o para o breve passeio e ele obedecia sua mãe. Sua caminhada não mais o cansava. O hábito tornara-se natural. Às vezes, rodeava a cidade até entrar naquela rua e, às vezes, ia andando direto, até chegar na casa de Mazal. Observava-a e a rodeava, rodeava-a e a observava. Jamais entrara naquela casa, jamais a vira por dentro. Entretanto, seu coração lhe dizia que aquela luz que saía pela janela da frente era a luz de Bluma. Hirshl se punha diante da janela de Bluma, como uma pessoa que, na noite de 9 de *Av*, levanta os olhos para pedir piedade aos céus que se abrem[7]. Qual o desejo de Hirshl? Hirshl desejava que Bluma abrisse sua janela para que a visse.

Era bom andar só pelas ruas silenciosas nas noites de verão. A mercearia ficava para trás, as caixas e os caixotes não lhe furavam os olhos, os fregueses não o bajulavam e seu hálito não o alcançava; Tsirl, sua mãe, não se sentava à sua frente bajulando quem tinha que ser bajulado e você não precisava correr para casa e ficar diante de Mina. Na verdade, a sede do grupo sionista também era um lugar especial, liam-se jornais e conversavam uns com os outros, ou seja, cada um fazia o que gostava. Hirshl gostava mesmo é de passear só quando o sossego do silêncio dominava a rua, as casas mergulhavam nas árvores e as estrelas pendiam no alto. Um vento leve passava e acariciava suas faces, as águas corriam sossegadamente e o bosque exalava seu cheiro. Às vezes, quando a chuva caía e varria todos os prazeres, Hirshl não lhe dava atenção, ainda que caísse com fúria não cancelava seu passeio.

Tsirl estranhava que Hirshl passeasse em noites de chuva, mas, como sabia que agia assim por hábito, e que se o impedisse iria interromper completamente, não lhe dizia nada.

Nas noites de chuva, Hirshl vestia seu capote, levantava o colarinho acima de seu queixo, protegia sua cabeça com um guarda-chuva e caminhava como de costume. Eram adoráveis as noites de chuva! Quando a chuva caía vagarosamente, acompanhava a cadência de seus pensamentos, silenciava os outros sons e você podia pensar sem parar. Hirshl dizia: "O pensamento é poderoso, ainda mais sendo constante, atrai duas pessoas uma para a outra, não paro de pensar em Bluma e ela aparece". Na verdade, já experimentara tal estratégia e de nada adiantara, porém disse: "Na mercearia, os fregueses interrompem os pensamentos, o que não acontece aqui, ainda mais em noites de chuva, quando nada interrompe meus pensamentos".

Porém, apareceu-lhe um novo obstáculo em seu passeio. Por duas vezes encontrara Guetsil Shtein parado na casa de Mazal. Mesmo não desconfiando que este o estivesse vigiando, deixou de ir até lá.

XXII

Guetsil Shtein, sobre o qual iremos falar, trabalhava no armazém dos Horovits, e Bluma era o seu sonho maravilhoso. Entretanto, era um sonho triste, como todos aqueles que não se realizam. Os que trabalhavam no comércio deixaram de ser chamados de empregados e passaram a ser chamados de comissionados. Comissionado nada mais era que empregado, mas, até que você se desse conta do significado dessa palavra, você conferia àquela pessoa uma aura de especialista. Talvez os demais empregados necessitassem ser assim chamados, porém Guetsil Shtein não, ele possuía méritos próprios, pois era bem relacionado e ambicioso. Ainda não realizara grandes feitos, mas seu nome já estava associado a uma grande obra. Você descobre que Guetsil, por ocasião da fundação, em Shibush, da Sociedade *Poalei Tsion*, trabalhou ativamente como um dos organizadores. Auxiliaram-no estudantes e burgueses sionistas, uns para evitar de filiar-se ao Partido Polonês Socialista e outros para evitar de serem vistos em companhia de seus empregados. Shibush reprovava as novidades e zombava de pessoas ativas, porém nem toda Shibush zombava de Guetsil. Surgiu uma nova geração em Shibush que buscava um ideal. Alguns filiaram-se ao PPS e outros apenas gostariam de filiar-se e não o fizeram. A *Torá* e os mandamentos aprendidos na sua infância, a boa conduta de seus pais, o bom caráter de seus mestres, a caridade e a benevolência que encontraram nos burgueses israelitas, histórias contadas sobre os *tzadikim* e sobre a Terra de Israel influíram na sua juventude e não se afastaram de seus irmãos. Alguns dentre eles apoiaram os *Poalei Tsion* e alguns a eles se filiaram. Deus do céu planejou seus sonhos e aperfeiçoou suas ações.

Os estudantes que demonstraram seu apoio ao *Poalei Tsion* não se ativeram apenas às palavras, também criaram uma comissão e convidaram um orador. O tal orador poderia ser, até mesmo, o líder dos sionistas, porém não tinha essa intenção, e tornou-se dirigente do *Poalei Tsion*. Era parente da família Montag, é essa a família Montag da qual descende Sebastian Montag, o representante da comunidade de Shibush. Não apenas convidaram um orador, como também prepararam uma festa. Quando ia um orador à cidade, aquele que tinha prestígio juntava-se ao grupo, e aquele que não tinha afastava-se dele. Quando havia uma festa, isso não acontecia. Havia aquele que se satisfazia apenas com a presença do orador, porém, aquele que possuía grandes aspirações enfeitava o salão ou cuidava da ordem ou participava do coral. Aquele que prova do sabor da política, dela não se afasta tão rapidamente.

Guetsil trabalhava dobrado, na mercearia e com seus companheiros. Se negligenciasse a mercearia, a ira de seus patrões se levantaria contra ele e, afinal, Bluma era parente deles. Se negligenciasse fora, na Associação, o que seria dela?! Ele também preparou-se para aquela festa e decorou alguns poemas para declamá-los diante do público. Poemas que expressavam a solidariedade para com as desgraças da nação e dos pobres. Tantos anos Guetsil perambulou como um animal sem rumo até descobrir que sua vocação era a arte de declamar. Acabou por desistir da declamação, pois disseram-lhe que isso era para moças. Entretanto, isso era um problema. Uma moça de família, seus pais não permitiam que andasse em companhia de operários, e uma moça pobre não tinha possibilidade de subir ao palco e apresentar-se. Por recomendação de Guetsil, convidaram Bluma Nacht, pois era empregada doméstica e sabia ler.

Deus do céu sabia por que os ouvidos de Bluma estavam tapados. Mil vezes Guetsil expôs-lhe seu desejo e ela não deu atenção às suas palavras. Por que razão Bluma afastava Guetsil? Por acaso ele não era um rapaz especial? E por acaso ele não ganhava para seu sustento? Toda empregada doméstica o admirava, e ela, além de não o aproximar, afastava-o. Será que seu coração ainda era de Hirshl? Mas Hirshl estava casado e todos os seus portões estavam trancados para ela. Nem mesmo fora ao casamento dele, mas Guetsil comparecera como convidado ilustre. Apesar de tudo, Bluma recusava Guetsil e ainda lhe sorria com aquele seu sorriso maravilhoso que transforma seu modo de ver o mundo e a você mesmo, reduzindo você a nada.

E se Guetsil nada possuía, não é por sua causa e sim por causa de sua casa. Seu pai tinha uma questão pendente com a comunidade, referente à *schekhitá* de aves, e andava atrás de cada chefe de família, enrolando seus cachos e mastigando sua barba, não ganhava um centavo. Sua mãe tinha uma banca no mercado e não via lucro. Todos os afazeres domésticos recaíam sobre sua irmã corcunda, cuja maldade entortara-lhe o corpo. Suas outras três irmãs vieram ao mundo apenas para fazê-lo sofrer. Eram bonitas e frívolas. Quando voltava da mercearia, perguntava onde estavam as irmãs, ao que a corcunda respondia: "Estão onde é bom para elas". Guetsil sabia onde estavam. Todas as noites, quando o Santo Bendito fazia escurecer o seu mundo, elas íam ao encontro de Victor, o representante de máquinas Singer, um solteiro que morava num cômodo. Mas se Guetsil não perguntasse, quem perguntaria?! O pai não via mal no fato de as crianças quererem se distrair um pouco. Porém um coração que não tinha prazer na vida, que queria ter prazer e não podia, sabia o que suas irmãs estavam fazendo. Esse vendedor, que hoje estava aqui, amanhã estaria em outra cidade, certamente não haveria quem denunciasse seus atos e, mesmo que houvesse, não se casaria com três mulheres ao mesmo tempo.

Miseráveis são os filhos dos pobres! Trabalham a vida toda e jamais têm sossego. Com o aluguel e a alimentação que Guetsil pagava a seus pais, poderia montar uma casa para si. Porém, cada centavo que ganhava era engolido pela casa; e a casa, para ele, era como o inferno. A mãe brigava com o pai, a filha se levantava contra a mãe e a irmã contra o irmão. O quanto invejava seus dois irmãos mais velhos que fugiram para a América! Quando o pai lhes escrevera que tivessem piedade e o auxiliassem no momento de dificuldade, responderam que Colombo exigira que todos que foram para a América esquecessem sua antiga pátria.

Como se estivesse de castigo, Guetsil sentava-se só e comia seu jantar enquanto lia seu folhetim. Reconhecia que sua cultura era pouca e queria adquirir conhecimento e sabedoria. No *heder* não estudara muito e o que aprendera, esquecera. Tudo o que lia lhe parecia novidade. Os seus folhetins não saciavam sua alma, mas havia neles sabedoria.

A pequena lamparina mal se mantinha acesa. O pavio não estava reto, expelia fuligem. A corcunda, sentada diante da máquina de costura, cosia roupas de baixo para si. De dia trabalhava para os outros, mas à noite era senhora de si mesma e costurava para si. A máquina mal funcionava e a roda arranhava e rangia. Guetsil colocava as mãos nos ouvidos para não se atrapalhar em sua leitura, a corcunda percebia e movia rapidamente seus pés e a máquina rangia ainda mais. Enquanto isso, a mãe mexia nas panelas, tirava as botas aos berros, estendia seus trapos úmidos, e a casa se enchia de um frio desagradável. Nem bem terminava de arrumar a louça, o pai chegava. Quando estava de bom humor dizia: "Eis o senhor socialista! Vamos, senhor socialista, monte uma sociedade que abata suas aves comigo, ou será que todos se alimentam de comida impura e, portanto, não necessitam de um *schokhet?*".

Como era difícil para Guetsil ficar num inferno desses, daria tudo para ter um canto isolado, onde as pessoas se sentassem juntamente para ler jornais e livros e respeitassem umas às outras.

Como num sonho, Guetsil Stein via chegar o dia em que ele e seus companheiros juntos se sentariam e conversariam como gente. E ia para o seu canto, escondido por uma cortina e examinava suas roupas. Dizia a corcunda: "Por acaso você está procurando sua gravata nova?". Ele dizia: "Sim, estou procurando minha gravata". Ela lhe respondia: "Você não precisa procurá-la". Dizia Guetsil: "O que quer dizer, não preciso procurá-la?". Ela respondia: "Se você quer procurar, não o impedirei". Gritava Guetsil: "Onde está ela?". A corcunda respondia e dizia: "Está com Victor. Saltshi quis mostrar a ele que você tem bom gosto e colocou sua gravata. Meio masculina!". Naquela hora, seu pai estava sentado na cabeceira da mesa e comia sua refeição diária, enquanto sua mãe, no fogão, cozinhava para si uma espécie de xarope medicinal. Ela jamais comia e bebia como todas as pessoas, tudo para ela era em nome da saúde. E, enquanto preparava, olhava o marido com raiva. Mas ele comia com prazer e não se preocupava com ela. Isso a irritava ainda mais. Se ela deixasse escapar de seu íntimo um grito forte, se sentiria melhor. O Santo

Abençoado, em sua piedade, lhe dera uma vida difícil. Vendia argolas, botões, agulhas e canutilhos, tinha muito trabalho, porém ganhava muito pouco. O coração daquela mulher era tão amargo, que se começasse a gritar não conseguiria parar e, no entanto, tinha que poupar sua garganta para atrair fregueses. Permanecia como se muda fosse, misturando com raiva seu cozido que não ficava pronto, pois a lenha estava úmida e crepitava no fogo, como batatas em óleo quente. Acima dela, sobre o degrau de frente para a janela, estava a corcunda sentada diante da máquina de costura olhando, com um estranho prazer, a lenha que se negava a fazer a vontade de sua mãe. Aquela ali sentia raiva por sua mãe não comer da refeição que outros preparavam. No mesmo instante, a boca daquela mulher se contraiu para gritar. O pai percebeu imediatamente e, pretendendo distraí-la, disse a Guetsil: "Não seria melhor que você estudasse um capítulo da *Mischná*, em vez de se ocupar com coisas vãs?". E, ao falar, examinava os folhetins, enquanto restos de comida e bebida caíam de sua barba e a sujavam. Olhou para sua mulher como quem diz: "Eu estava pensando no seu bem". A mãe respondeu e disse: "Você está com medo que ele não saiba estudar um capítulo da *Mischná* depois que você morrer. De qualquer forma, você está acabado tanto em vida como em morte. Guetsil, deixe esses assassinos e fuja para a América, assim como fizeram seus irmãos, assim sua vida não será prejudicada, como a minha vida o foi. Já viram uma coisa dessas, quer abater aves e abate a mulher e o filho". A mãe sabia bem o que era ficar no mercado e sabia o que ia na alma de Guetsil. O dia todo, ficava no armazém trabalhando duro e, ao voltar para casa, seu pai e suas irmãs atiravam sal em suas feridas. Assim como a mãe sabia o que ia na alma do filho, o filho sabia o que ia na alma da mãe. Todo dia, a via encolhida no mercado com seus trapos, esperando por compradores. Tão miserável quando não havia fregueses, e tão miserável quando havia fregueses e iluminava seu semblante enrugado e lhes sorria num suspiro. Guetsil devia seguir o conselho de sua mãe e fugir para a América, mas sentia piedade de sua mãe. O que seria dessa pobre criatura?! Talvez Deus o ajudasse e, quando se casasse, montaria uma casa para si e lá reservaria um canto para sua mãe.

Porém, enquanto as meninas não casassem, sua mãe não descansaria. Da corcunda, não havia o que temer. Sua feiura e sua maldade a salvariam do pecado e, se aparecesse um viúvo ou um desquitado, não faria um mal negócio. Seu baú estava repleto de vestidos e dinheiro. Trabalhava o tempo todo por dinheiro e à noite trabalhava para si. Mas que fim teriam suas outras irmãs?!

Esse era o Guetsil Shtein que Hirshl encontrara na casa de Akávia Mazal. Hirshl não suspeitou que ele o estivesse seguindo a pedido de sua mãe, contudo fez bem de ir embora. Guetsil, se não estava ali a mando de Tsirl, então estava a mando de si próprio. Estava interessado em Bluma, e não convinha que Guetsil visse Hirshl guardando a casa de Bluma à noite.

XXIII

Depois de alguns dias, Hirshl voltou para onde voltou. O mundo encolhera e, para Hirshl, nada restou senão aquela rua onde Bluma morava.

Novamente, Hirshl rodeava a casa de Mazal e não tirava os olhos da janela frontal, onde ardia uma vela. Deus do céu sabe a quem pertencia essa luz. É quase certo que fosse a luz do dono da casa que, sentado à sua mesa, escrevia e apagava. Porém, o coração de Hirshl lhe dizia: "É a luz de Bluma", e vá você discutir com uma pessoa cujo coração está partido.

Hirshl ia e voltava para trás, ia e voltava para trás, respirava fundo e encurtava seus passos. Apertava seus passos e respirava fundo. Não era possível que Bluma se fechasse para sempre. Afinal, ela teria que sair.

Deus do céu fez com que Bluma saísse, mas Bluma não fez Hirshl feliz com sua saída. Naquele momento, Hirshl rodeava a casa como de costume e escutou um portão que se abriu. Bateu o vento e abriu o portão, era o portão do jardim que Hirshl rodeara e, depois do vento, o som dos pés de Bluma, que descera para fechar o portão. Bluma viu uma pessoa ali parada e perguntou para aquela pessoa: "Quem está aí?". Hirshl respondeu: "Estou aqui". Ela deu um salto para trás e voltou.

Triste, muito triste estava o coração, triste, triste e envergonhado. O tempo todo segurava a cabeça e gritava: "O que foi que aconteceu, o que foi que aconteceu?". A chuva batia em seu rosto e o suor brotava de seu corpo, e não saiu do lugar. Não que esperasse que Bluma saísse e o tranqüilizasse, mas estava parado, como uma pessoa que conquistara um lugar e o guardava.

Silenciosamente, muito silenciosamente, a chuva caía. Um xale cobre o mundo e você não enxerga nem a si mesmo. Porém, a imagem de Bluma irrompia e surgia à sua frente como no dia em que ela acariciara sua cabeça, quando ele entrara no quarto dela, e ela fugira e tornara a voltar. Hirshl descansou a cabeça na maçaneta e se pôs a chorar.

E assim ficou parado na porta e chorou. Toda a água da chuva encharcou seus sapatos, o guarda-chuva soltou-se de sua mão e caiu. A chuva molhou-o e a suas vestes. Finalmente, a chuva cessou e a lua apareceu. Enxugou os olhos e pensou em voltar para casa, mas como estava aguardando, continuou esperando.

Deprimido e molhado, Hirshl ficou parado na frente da casa de Bluma. A casa cintilava à luz da lua e o quarto frontal iluminou-se, era aquela luz que Hirshl erroneamente pensara ser de Bluma. Porém, a luz não permanecia acesa a noite toda. Enquanto a observava, apagou-se. Hirshl lembrou-se da vela que se apagara em seu casamento e lembrou-se daquela seita, quando um homem e uma mulher desejam se separar, acendem duas velas, uma vela para o homem e uma vela para mulher, aquele cuja vela apagar primeiro se afasta e se vai. Quando a vela se apagou debaixo de seu pálio nupcial, Hirshl não ficara tão triste quanto ao lembrar-se do fato.

Desde o dia em que se habituara a caminhar até aquela casa não sentira tamanho sofrimento. Sua garganta apertada, seus lábios inchados, não sabia se sentia frio ou calor, porém sabia que certamente adoeceria. E ele temia não pela doença, e sim por sua cama ser próxima à cama de sua mulher. A chuva cessou e ainda persistia sua umidade, seus cheiros agradáveis, de céu e terra, de água e de mato. Finalmente, Hirshl voltou para casa. O galo cantou e o relógio soou doze vezes. Na soleira da porta de sua casa, Hirshl parou e pensou: "O que responderei a Mina quando ela perguntar 'Onde você esteve?' Responderei a ela: 'Na casa de Bluma' ".

"Quem é Bluma?"

"Você não a conhece?"

"Aquela que foi empregada de vocês?"

"Aquela que foi nossa empregada."

"E o que tem você com ela?"

"Bem, ela é minha amante."

"Estou surpresa por não ter escutado nada sobre isso."

"Você não escutou nada sobre isso?"

"Não escutei."

"Então terei que lhe contar desde o início."

"Não estou interessada em escutar o início, quero escutar o que ela significa para você hoje."

"O que ela significa para mim hoje?"

"É isso. O que ela significa para você hoje."

"Mas venho da casa dela."

"Você vem da casa dela?"

"Sim, Mina, venho da casa dela."

"É a primeira vez que você foi à casa dela?"

"Mas o que você pensa, Mina, vou à casa dela toda noite."

"Você vai à casa dela toda noite?"

"Sim, vou à casa dela toda noite. Quando estou acordado vou com meus próprios pés e, quando estou dormindo, sou levado à casa dela."

"Heinrich, você não se transformou no Rabi Yossef De La Reina[1], que toda noite era levado por Satã à casa de Helena, a rainha da Grécia?"

"Não, Mina, eu não me transformo em ninguém, Rabi Yossef De La Reina é um, e eu sou outro. Mas, já que você me pergunta se me transformei em Rabi Yossef De La Reina, perguntarei a você onde foi que você escutou falar de Rabi Yossef De La Reina, pois no pensionato não se estudam assuntos judaicos."

"Onde escutei? E, então, porque minha professora trocou de religião, você pensa que não sei nada sobre judaísmo?"

"Sua professora trocou de religião?"

"Foi por isso que meu pai me tirou do pensionato."

"Será que foi por isso que a casaram comigo?"

"Não sei."

"Você sabe, Mina, e não quer me contar a verdade."

"Não escondo a verdade. Tudo o que acontece comigo eu lhe conto."

"E eu?"

"Você, Heinrich, não é assim. Você se cala e não diz nada."

"Você se refere ao caso de Bluma?"

"Caso de Bluma? Que Bluma?"

"O tempo todo estamos falando sobre Bluma e no fim você me pergunta quem é Bluma?"

"Se não me contam, eu não pergunto."

"Se não lhe contam, você não pergunta?"

"Não pergunto."

"Então por que comecei a falar sobre esse assunto?"

"Com certeza é porque você precisou."

"Precisei? Como assim, precisei?"

"Isto, você sabe melhor do que eu."

"Estou admirado de como você sabe que eu sei, quando eu mesmo não sei. Mas vejo que você quer dormir, então também me deitarei."

Hirshl tirou os sapatos e as meias molhadas e foi entrando silenciosamente até chegar em sua cama. As janelas estavam fechadas e um cheiro quente e embotado exalava da cama de Mina. Fazia algumas horas que Mina estava mergulhada no sono e era quase certo que toda sua conversa se dera em sonho. Deus do céu sabe de sonhos e interpretações. Hirshl despiu suas roupas e cobriu-se com a coberta, o sono chegou e ele cochilou.

Hirshl poderia dormir por mil anos. Deus do céu o fundira à cama. De repente, escutou uma voz e despertou. E nem assim levantou a cabeça, pelo contrário, aninhou-se no travesseiro, nas cobertas. Sua cabeça sobre o travesseiro, como se assim estivesse desde os seis dias da criação e, quando a cabeça está assim, depois de você não ter dormido até meia-noite, certamente não convém movê-la. Mas havia um espelho na casa de Hirshl e, de dentro do espelho, o rosto sorridente de sua sogra espiava seu genro que ainda dormia.

Ele estava satisfeito. Era como se tudo o que lhe acontecera naquela noite não tivesse acontecido. Hirshl esqueceu de dia o que fizera à noite. Seu sono era doce e fazia de seu corpo uma unidade agradável. Se pudesse dormir mais uma hora, voltaria a ser uma pessoa como outra qualquer.

Finalmente, acenou para sua mulher, que acenou para sua mãe. Berta saiu e Hirshl levantou-se para se lavar, vestiu outras roupas, pois aquelas que vestira na noite anterior estavam molhadas. Finalmente, bebeu chá quente e foi rezar no *beit ha-midrasch*. Desde o dia em que sua mulher engravidara, habituara-se a fazer lá suas orações matinais, pois assim tornava mais breve sua permanência ao lado de sua mulher.

A caminho, disse: "O que fará uma pessoa para se salvar de suas aflições? Dormirá bastante". Naquele momento, Hirshl dedicava cada um de seus pensamentos somente ao sono. De repente, lembrou-se de Bluma, que fugira dele, e entristeceu-se.

Quão miserável é o homem! Dorme para acordar e acorda para dormir. E entre o acordar e o dormir, desgraças, sofrimentos, ferimentos e humilhações.

Bluma usava um vestido cinza que apertava seu coração e ocultava sua beleza. Onde Bluma vira um vestido assim? Seu coração mostrou-lhe o vestido.

O vestido de Bluma era cinza e justo. Porém, aquele que tem olhos para ver e coração para sentir vê e sente que nem tudo que é cinza por fora é cinza por dentro. O vestido de Bluma era justo e cinza, mas o coração de Bluma era amplo e belo. Deus do céu sabe por que Hirshl não tivera o privilégio de casar-se com Bluma. Quanto mais Bluma dizia que não se parecia com seu pai, mais e mais com ele se parecia. Ela tinha muito de Chaim Nacht, que se enterrou e se recolheu entre as paredes de sua casa. Entretanto, quando tudo desmoronou, ele sentou-se e queixou-se, ao passo que ela não se queixava e não protestava. Sua base ainda estava firme. Havia, na força azulada de seus olhos que não riam e nem choravam, algo que obrigava toda pessoa a admitir que ela não era como as outras jovens. Guetsil Shtein parou de mandar-lhe cartas. Não porque sua letra fosse disforme, comprida ou estendida, mas porque, cada vez que lhe escrevia uma carta, via Bluma e, imediatamente, sua coragem desaparecia e rasgava a carta. E não era apenas Guetsil, mas até mesmo o doutor Knabinhut, quando encontrava com Bluma, não lhe falava da mesma maneira como falava com as outras jovens. Bluma não se filiara aos socialistas, apesar de que, pela lógica, deveria filiar-se a eles. Mas, de tempos em tempos, ela aparecia com o doutor Knabinhut, aquele doutor Knabinhut que dedicava todas as suas horas e minutos para o bem geral. Porém, quando via Bluma, deixava de lado o geral para falar com ela. Enquanto falava, por um instante tinha os olhos e a atenção da moça voltados para si, de repente ela balançava a cabeça como se estivesse negando tudo que ouvira de uma vez. Bluma parecia um nadador que estava se afogando no rio e o tiraram, ao expelir a água da boca e dos olhos, sua coragem retorna e, imediatamente, dispensa seus salvadores. O que Bluma desejava para si? Guetsil Shtein, ela afastou e Knabinhut não a atraía.

Ela não esperava casar-se com um rapaz de família abastada, não é?! Bluma, tendo sido afastada do regaço de seu destino, afastava-se dos rapazes que se alimentavam da mesa de seus pais, fossem eles sionistas sonhadores, fossem eles transformadores de mundo. Tempos atrás, ela interessara-se por um rapaz, filho de gente abastada, Hirshl Horovits era o seu nome, não porque ela quisesse ou ele quisesse. Entretanto, chegada a hora, diante de si, encontrou Hirshl, aquele Hirshl que era como que seu gêmeo. Quem conhecia Hirshl e conhecia Bluma perguntaria o que havia em comum entre um e outro, assim como Tsirl perguntara. Contudo, quem não era tão esperto quanto Tsirl, sentiria piedade dos dois parentes que foram afastados à força. O que aconteceu com Hirshl, sabemos, o que aconteceu com Bluma, não sabemos. Quando uma pessoa falava com Bluma, despontava a marca de um sorriso em seus lábios, como se dissesse: "Mesmo tendo sido afastada do regaço de meu destino, minha base ainda é firme".

XXIV

A comissão militar de recrutamento deveria chegar em *nissan,* porém sua chegada foi sendo adiada de uma semana a outra e de um mês a outro. Deus do céu sabe se a intenção desse adiamento era aliviar Shibush ou tirar-lhe alma com a espera[1].

Hirshl sentiu uma grande transformação no relacionamento das pessoas com ele. Não o tratavam como antes. Parecia-lhe que as pessoas de sua casa estavam contentes com o seu sofrimento. Sua sogra, que costumava elogiar seu belo porte, passou a olhá-lo com maus olhos, como se tivesse vindo ao mundo apenas para trazer desgraça. Todos que olhavam para Hirshl pareciam olhá-lo com inveja. Havia um ano ou dois, Hirshl não precisava temer o exército, esse ano teria que temê-lo, pois a comissão militar que estava para chegar não mais aceitava suborno, e era quase certo que Hirshl não conseguiria livrar-se do serviço militar.

Hirshl fez como todos os seus amigos ao chegar sua hora de servir o exército, não comia, não bebia e não dormia, até que perdeu as forças e tornou-se pele e ossos. Seus pais, temendo que adoecesse, voltaram a insistir para que comesse e dormisse, uma vez que nem ao menos se sabia quando aquela comissão chegaria em Shibush.

Mas Hirshl já estava com os nervos abalados. Colocavam comida à sua frente, não comia o suficiente, deitava-se para dormir, não cochilava e, quando cochilava, acordava antes que seu sono o fortalecesse.

Hirshl começou a ter dores no corpo. Seu sono não era tranqüilo e, ainda que dormisse, seu sono não o fortalecia. Ao levantar, sua cabeça pesava, seus braços e suas pernas estavam fracas, seu corpo estava quente e mesmo assim tremia como quem sentia frio.

Quando uma pessoa dorme sem que seu sono a fortaleça, certamente é ruim. Pior ainda quando não dorme nada. Muitas noites, Hirshl deitava em sua cama e o sono não chegava. Muitas vezes deitava e não fechava os olhos.

Os olhos de Hirshl ficavam abertos e ele escutava cada suspiro de sua mulher. Às vezes, deitava-se de lado e não se movia para não acordá-la, pois se ela acordasse começaria imediatamente a conversar com ele. À noite, sua voz soava dura como o som de uma estaca que se finca numa parede de pedra.

Estranha foi aquela noite em que não conseguira dormir pela primeira vez. Tenso, deitado em sua cama, seus pensamentos estavam fragmentados e desordenados, a noite alongava-se. Duas ou três vezes emocionara-se repentinamente, como se tivesse ocorrido um fato importante, tentava lembrar-se do ocorrido e percebia que nada ocorrera. Quando o galo cantara Hirshl quisera verificar se era meia-noite, antes que verificasse, o galo cantara novamente. Dissera Hirshl: "Entre o primeiro e o segundo canto, todo mundo dorme e as pessoas renovam as energias, exceto eu, que permaneço acordado. Amanhã, bocejarei na loja, o que dirão os empregados? Aquele homem teve uma noite de volúpia, por isso está cansado".

Levantara-se pálido e fraco na manhã seguinte. Poderia permanecer deitado por mais uma ou duas horas, porém seus nervos estavam à flor da pele e sua cama, desconfortável. Ao sair, surpreendera-se, o céu parecia se ter estendido, a terra se alargado e os homens que iam rezar seguravam suas *talitot* e seus *tfilin,* seus rostos brilhavam como que renovados. Seguira-os inconscientemente e fora rezar.

Aqueles que madrugavam já haviam terminado suas preces e um segunda *minian* preparava-se para rezar. As janelas estavam abertas e a brisa da manhã soprava de fora. Hirshl abrira uma *Guemará* e nela encontrara uma dobra. Era a dobra que fizera no dia em que assumira a mercearia. Tentara ler, mas não entendera nada. Anos atrás, entendia perfeitamente aquela questão talmúdica, mas já nem mesmo o significado das palavras ele sabia.

Hirshl não consultou médicos, falta de sono não é doença e, por isso, não se consultam médicos. Não consultou médicos, médicos é o que não lhe faltava. Quem o via lhe dava um conselho. Um aconselhava-o a colocar conhaque no chá e no açúcar e beber na cama, outro o aconselhava a beber aguardente pura. Às vezes seguia o conselho deste e às vezes seguia o conselho daquele, outras vezes seguia o conselho de ambos. Bebia chá com conhaque antes de dormir e aguardente pura no meio da noite, quando despertava de seu sono. No dia seguinte, sentia-se mal por causa dos remédios. Se não fosse pelo café da manhã e o café da tarde, não conseguiria manter-se de pé.

Quem não dorme, à noite escuta muitas coisas. Cães ladrando, bêbado cantando, carroça rangendo na rua, pessoas voltando de festa e falando em altas vozes. Porém, à certa altura, todos os sons cessam, exceto o som do canto do galo, que se repete. Quando Hirshl entrava em sua cama, mesmo que estivesse estendido como morto, ao lembrar daquele som hostil, perdia o sono imediatamente.

Estendido sobre a cama, sem dormir, Hirshl sentia as horas e os minutos passarem. E ele fechava os olhos com toda sua força, talvez cochilasse, talvez dormisse. Naquela hora, todos os galos de crista empertigada soltavam suas vozes, enquanto a cama de Mina exalava um cheiro quente, o cheiro que deveria adormecê-lo, porém Mina pegara para si todo o sono, nada lhe deixando. Onde foi que aprendera a dormir tanto, no pensionato?!

Estendida de costas e vestida com uma camisola rosa, amarrada com laço de cetim, como aquelas camisolas que Sofia vestia quando seu marido se encontrava na cidade. Seu peito subia e descia e seu ventre estava amplo. Mina, cuja cama ficava encostada na de seu marido, deveria ser motivo de satisfação para ele. Mas se o coração não se sente atraído, a razão de nada vale.

E Deus viu que Léa era odiada por Jacó. O patriarca Jacó possuía duas mulheres, uma amada e outra odiada. E aqui cabe questionar a razão de Deus Santo ter feito uma amada e outra odiada e também a razão de Jacó se ter unido primeiro à odiada. Será que foi para odiá-la ainda mais? Pois se ela não se houvesse ligado a ele, não a odiaria. Entretanto, passados sete anos, Jacó conseguiu que lhe fosse concedida também a amada. Agora, vejamos o que fez a amada por um maço de mandrágoras: cedeu o amor de Jacó à odiada.

E a Chana dará sua porção em dobro. Elkaná conseguiu favorecer Chana com uma porção dupla, e o que fará aquele que não tem condição de dar nada à amada e tudo dá à odiada?

Esses pensamentos eram bons e maus, maus para Mina e bons para Hirshl, pois, ao concentrar-se em um assunto, deixava de lado todos os outros pensamentos. Mas já estava determinado que a insônia não lhe daria sossego, e que de repente, com o som do canto do galo, seu pensamento se esvaía. Quanto mais você se cobre com a coberta, tanto mais aquela voz penetra e perfura. Hirshl observava sua mulher, seu peito subia e descia, e sua cama exalava um cheiro quente, aquele cheiro que deveria provocar o sono, mas que não faz você adormecer, porque Mina pegara para si todo o sono e nada deixara para você.

Mina estava estendida em silêncio ao lado de Hirshl. Ela numa cama e ele noutra cama. As camas, encostadas uma na outra, não eram largas, e ele ouvia toda a sua respiração. Mina não perturbava o sono dele, mas o sono dela perturbava os pensamentos dele. Pois, quando estava pensando em algo, de repente, ao ouvi-la respirar, era desviado para outro assunto, a história dos sócios que partiram e um deles foi encontrado morto e não se sabia quem o matara. Acusar seu amigo não se podia, pois era rico e *hassid*. Por algum tempo, permanecera na hospedaria e, ao escrever uma carta para sua mulher, um galo pulara sobre a mesa e sujara o papel. O *hassid* levantara-se e dilacerara o galo com raiva. Encontrava-se ali um policial que prendera o *hassid* e dissera: "Você matou seu sócio". Investigaram-no e descobriram que ele o matara.

A pessoa não se controla quando está com raiva. De repente, pode levantar-se e matar todos os galos do mundo. Bem fazia Hirshl, que escondia sua faca de noite. Quando esquecia de escondê-la, levantava-se e a escondia. Convinha evitar as desgraças.

O chá com conhaque, que Hirshl bebia na cama, não o fazia dormir, a aguardente pura, bebida aos poucos ou a garrafa inteira, tampouco era útil.

Olhos fechados e coração aberto, corpo silencioso estendido como uma pedra sobre a cama, enquanto o cérebro vagueava pelo mundo. Em sua cama, à noite, pensava em tudo o que via e ouvia durante o dia. Fatos que lhe haviam ocultado lhe eram revelados. Em toda sua vida, jamais vira uma fotografia do irmão de sua mãe que perdera a razão, e tampouco de seu avô que costumava beber chá pelos orifícios do torrão de açúcar e usava um cálice no lugar dos *tfilin*, porém, à noite, ao deitar-se em sua cama, Hirshl via perfeitamente as imagens, como uma pessoa que está acordada.

Uma grande tempestade armava-se no firmamento. As árvores da floresta se agitavam. Pássaros e animais escondiam-se, insetos e répteis não eram vistos, apenas uma pessoa andava sozinha pela floresta, por não ter outro lugar no mundo. E essa pessoa quem era? O irmão da mãe de Hirshl, o qual fora expulso de casa por seus pais, por ter perdido a compostura.

Nem todas as noites o sonhador agita a floresta. Às vezes, as árvores não se moviam, permaneciam em silêncio, o sol descansava sobre elas, pássaros voavam e gorjeavam, mato e cogumelos exalavam um cheiro agradável e seu tio, irmão de sua mãe, deitava-se e olhava à sua frente, contente por estar só com ele, sem nenhum contato com as pessoas. Quando tinha fome, juntava frutos silvestres e comia, quando tinha sede, bebia água da fonte, diferente de todos os outros homens que inventaram casas, armazéns, fregueses e mulheres.

Quando Hirshl se debatia e se queixava com um "ui" profundo, Mina esfregava água de colônia em sua testa. Esses perfumes o acalmavam, porém o cheiro era muito forte. Hirshl dizia: "Napoleão se lavava com água de colônia", mas sua admiração por Napoleão não o levou a gostar de seus perfumes.

Berta e Tsirl, ao verem o sofrimento de Hirshl, que não dormia, examinaram sua cama e elas próprias a arrumaram. Quem não as viu afofando seus travesseiros e suas cobertas, jamais viu o amor feminino. Porém, tudo o que fizeram de nada adiantou. Somente Bluma sabia arrumar bem uma cama, pois, enquanto Bluma os servia, ele dormia, desde que ela se fora, seu sono o abandonara.

Hirshl fazia mais uma coisa, molhava o algodão no óleo e tapava com eles os ouvidos. Se com os ouvidos não escutava, escutava com todo o corpo. Quando uma carroça passava, ou quando o galo cantava, seus joelhos tremiam, como se o Criador neles tivesse fixado o sentido da audição.

As pernas e os braços estavam fracos, desejava mover-se e eles pesavam. Cada movimento lhe era muito penoso, nem mesmo uma pequena vértebra estava sob seu controle. E, todo o tempo, suas têmporas o espetavam como se fossem espinhos.

Por muitos dias assim sofreu, até que foi ao médico.

XXV

A sala de espera do médico que Hirshl foi consultar era uma espécie de corredor comprido com uma janela cujo batente estava quebrado, e lá havia pendurado um grande quadro de um doente com o ventre inchado, rodeado pelo médico e seus auxiliares, uma mesa redonda no centro, sobre a qual havia alguns prospectos ilustrados de hospitais na Alemanha, deles emanava um cheiro de fenol. Naquela hora, estavam ali sentadas três mulheres que cochichavam entre si, ao seu lado, um homem magro e irritado, que esmagou um toco de cigarro apagado na mão e cuspiu dentro de seu lenço. Todo tipo de doenças que ouvira falar, Hirshl via naquele homem, sentiu até um cheiro de mofo. Hirshl pegou um cigarro para eliminar o cheiro e o recolocou no bolso, para que o outro não fosse acender o dele no seu.

E, então, o doente arrotou. Hirshl tapou sua boca, soltou o ar pelas narinas e pressionou a garganta para que o cheiro daquele homem não lhe penetrasse o estômago. O doente o olhou como quem diz: "Você viu minhas dores?! Você viu o que é desgraça?!".

O consultório do médico se abriu e saiu uma mulher bonita que estava contente. Parecia que fora curada de uma doença grave. Hirshl disse: "Aquele que curou esta mulher irá me curar". O médico tirou os óculos do nariz, limpou-os na barra de seu avental branco, e perguntou: "Quem está na frente de quem?". As mulheres levantaram-se juntamente. O médico perguntou às mulheres: "Quem chegou primeiro?". Levantou-se o doente, olhou-as com raiva, apontou para o seu peito e disse: "Eu cheguei antes delas".

Depois que o médico trancou a porta, Hirshl se perguntou: "O que é que eu queria fazer? Eu queria fumar um cigarro". Tirou tabaco e papel para fazer um cigarro, pois o primeiro amassara-se. Antes que terminasse de enrolar o cigarro, pensou: "Talvez as mulheres não suportem cheiro de tabaco e, por isso, o doente segurava na mão metade de um cigarro apagado, pois elas o teriam repreendido para que não fumasse e precisara apagá-lo ou, quem sabe, era apenas porque não encontrara fósforo. Às vezes você quer fumar e não encontra fogo. As pessoas devem carregar fósforo consigo. Sentira-me ridículo aquela noite na casa dos Guildenhorn, quando quis fumar e não encontrei fósforos. Se Mina não chegasse... O que é que eu estava dizendo? Todo homem moderno deve ter fósforo. Assim como o homem primitivo cuidava do fogo, devemos cuidar dos fósforos. O fósforo é como o fogo do homem primitivo".

A porta se abriu novamente e o doente saiu. Seu semblante estava cerrado. Em seu rosto não se percebia sinal algum de alegria. Isso significava que não teria cura. O médico em nada aliviara sua situação? Porém, esse médico não mente, nem para um doente grave. É melhor que o doente saiba da verdade. "Que bom ter vindo, o médico me dirá o que devo fazer. Ai! Quando chegará minha vez de entrar?! Três outras mulheres aguardam o médico, três mulheres, cada uma delas será atendida por dez minutos, terei de aguardar por meia hora".

Enquanto pensava, o médico saiu de sua sala, ajeitou seus óculos e perguntou: "Quem chegou primeiro?". Todas tornaram a levantar-se juntamente, pois todas foram por um mesmo motivo, uma estava doente e duas eram suas parentes.

O médico sorriu para Hirshl e disse às mulheres: "Entrem". Hirshl corou sem entender o sorriso do médico. Passado algum tempo, duas saíram e uma ficou com o médico. De repente, ouviu-se um grito de dentro. "Ou o médico pressionou a mulher onde lhe doía, ou revelou-lhe a verdade sobre a doença. Mulheres não conseguem ouvir a verdade, mesmo que seja para curálas. E eu, se o médico me julgar doente, não aceitarei com calma?! Como é difícil esta espera, a atmosfera provoca sono. Sono não, pois já me esqueci o que é sono, meus cílios é que estão se juntando. Talvez aqui haja alguma espécie de droga que faz com que meus olhos fechem. Não durmo, são meus cílios que se embaralham uns nos outros". Uma espécie de ronco suave saiu da boca de Hirshl. Despertou assustado e tornou a fechar seus olhos. "Médico bom! Até sua sala faz dormir. É possível uma pessoa sonhar durante o dia? Isso se dá quando ela dorme, mas se ela não dorme, como é possível sonhar? Ao refletir sobre essas coisas, pareceu-me ter sonhado".

"Sobre o que eu refletia? Refletia sobre um botão que caíra de minha roupa e Mina o prendera enquanto eu, de pé, mascava linha. Será que eu mascava linha, por que mascar linha faz bem à memória? Então, cuspi a linha. Mas ela não se soltou e o ruído de um ronco saiu de meu nariz. Certamente estava cochilando e, enquanto isso, veio outro doente, e depois deste virá outro e depois outro, afinal, o médico irá embora e não perceberá que estou aqui. Se eu gemer, perceberá que estou aqui". Quando quis gemer, seu gemido transformou-se num ronco.

O médico ouvia as palavras de Hirshl como quem ouve coisas que jamais ouvira antes. Não o interrompera uma só vez. No final, aconselhou-o a passear muito no ar puro, pois o ar puro alegra o coração, fortalece o corpo, aumenta o apetite, melhora a digestão e estimula o sono. Recomendou também que esfregasse água fria no corpo antes de dormir, que bebesse leite quente e que evitasse os medicamentos, pois aqueles que se habituam não mais dormem sem eles e acabam envenenando o corpo, perdendo as forças e fragilizando sua força de vontade.

Sua salvação não chegou pelos conselhos do médico. Tantos foram os passeios que já fizera e de nada serviram, tanto leite já bebera e de nada servira. "Parece-me", dizia Hirshl, "que a sala do médico é melhor do que seus remédios, pois essa me fez dormir e aqueles de nada servem".

O médico que foi ver Mina em casa viu o sofrimento de Hirshl e prescreveu-lhe uma droga para dormir. Disse: "O corpo dele esqueceu como se dorme, é preciso trazer-lhe de volta o sono. Tomará uma ou duas vezes a droga do sono, até que se acostume a dormir, depois dormirá sem o medicamento. Uma noite sem dormir prejudica o corpo bem mais do que uma pequena dose de medicamento".

Assim como no começo obedecera a esse médico, continuara a obedecê-lo. Logo que escurecia, deixava suas ocupações, ia para sua casa e preparava-se para dormir. Antes mesmo do início da noite, estendia-se na cama. Às vezes, sua mãe ia verificar se a cama havia sido arrumada adequadamente, dava-lhe o sonífero, desejava-lhe um sono bom e doce e ia para sua casa. Mina apagava a vela.

Sobre as janelas, as cortinas estavam descidas até o chão e o quarto escurecido como um túmulo. Hirshl fechou os olhos e disse: "Estou cochilando, estou adormecendo. Nesta noite, nada atrapalhará meu sono". A luz não estava acesa, Mina estava deitada, as cortinas estavam abaixadas e o quarto estava escuro. De repente, teve a sensação de que ficara cego e, portanto, seu quarto escurecera. Abriu os olhos assustado, para todo lado que olhasse: escuridão. Hirshl, assustado, levantou-se e olhou à sua frente, até que o vidro das janelas e o corpo do lustre brilharam de dentro da escuridão, e então soube que não estava cego. Mas como se mexera de seu lugar, não mais conseguiu adormecer.

Hirshl pensava no seu íntimo: "Eu, que me abalo por qualquer coisa real ou imaginária, não posso dormir no escuro. Então, descerei e levantarei a cortina. Enquanto descia, o brilho dos objetos da casa aumentava, e não apenas dos objetos de sua casa, mas também de tudo o que passava pela rua: pessoa, lanterna, cavalo e carroça".

Os dois soníferos em pó que Hirshl engolira estavam parados em sua garganta, nem os engolia e nem os expelia. Finalmente, dissolveram-se e foram engolidos. Mina, deitada em sua cama, restringia seus movimentos para não acordar Hirshl, e Hirshl, deitado, pensava no seu íntimo: "Quando o medicamento produzirá seu efeito?!". Às vezes arrependia-se de ter tomado o sonífero, porque um médico o prevenira para que não tomasse, e às vezes arrependia-se porque era difícil esperar até que adormecesse. Se não fosse por esses dois pós, pegaria um livro e leria. Quem sabe quando produziriam efeito! O sonífero que Hirshl ingerira dissolvera-se nos intestinos e não restava senão esperar por seu efeito.

Passou-se aproximadamente meia hora e ele não adormeceu. Aparentemente, a droga ainda não produzira efeito algum. Ou talvez ele não estivesse acordado e pensasse que estava acordado, assim como acontecera no médico, quando estava certo de estar acordado enquanto dormia.

Para Hirshl, era bom lembrar do sono que dormira na sala do médico, pois, graças a ele, percebeu que ainda não esquecera o que era sono. Dormir, dormir e dormir, essa é a meta, dormir e esquecer todas as mágoas do dia. Mas ele não conseguia dormir. A noite toda permanecia acordado. Ainda que seus olhos se fechassem, ele continuava acordado. O relógio batia, entrava hora e saía hora. Se não tivesse tomado a droga do sono, desceria e silenciaria o relógio que o provocava a noite toda.

Porém, havia uma coisa boa com o sonífero, quando ele o tomava, Mina reprimia suas palavras e se calava. Mais uma hora se passou. "Não pensei em nada e uma hora já se passou. De qualquer forma, estou contente, pois tenho uma hora inteira até que o relógio volte a bater e, entrementes, dormirei e fortalecerei meu corpo. Quem disse que temos que dormir a noite toda?! O pouco que dormi na casa do médico foi o suficiente por muitas noites". Antes mesmo que fechasse os olhos, o galo cantou.

Seus braços e suas pernas pesavam e sua garganta parecia uma massa quebradiça sobre a qual caíra areia. Talvez fossem as sobras do pó que se moviam na garganta, ou talvez tivesse transpirado e tivesse se resfriado. Só um copo de café poderia vitalizar sua alma. Ao lembrar do café, lembrou de seu cheiro, ao lembrar de seu cheiro, lembrou de sua aparência no copo, em fava, antes da debulha e depois dela, lembrou dos sacos de café que são carregados da estação de ferro até o armazém, dos sacos vazios e dos ratos que roem os sacos. Eis que um rato correu e escondeu-se num saco. Hirshl abriu o saco e o rato pulou em sua boca. Hirshl fechou a boca e o rato ficou dentro. Seu rabo mexia-se por fora e acariciou as narinas de Hirshl, até que este adormeceu.

Hirshl levantou pela manhã como se nele tivessem aspergido ópio. Uma cúpula pesada pressionava sua cabeça e cobria seus olhos. Se falavam com ele, não escutava, ouvia somente um eco. Se não bebesse um copo de café bem forte, não haveria esperança que acordasse. Mas quem providenciaria o copo de café? Chamam de café, leite com a cor de café. Certa vez, depois de seu casamento, estava em Stanislav e entrou num café e bebeu um café de verdade. Também em Shibush não faltavam cafés, mas uma pessoa decente não os freqüenta.

Hirshl disse para si: "Está na hora de ir à sinagoga e eu aqui pensando em cafés. Mas não há pecado algum em sentar num café, isto é uma questão de costume. Em Shibush, uma pessoa de família decente não freqüenta cafés, e em outra cidade freqüenta e muito!".

Hirshl cometeu um grande engano ao dizer que em Shibush não existe um café de verdade. Sofia Guildenhorn sabia como preparar um café cujo cheiro fazia até um morto despertar em seu túmulo. Ela ensinou Mina, Tsirl, Berta e a empregada para que fizessem café para Hirshl, e elas faziam a todo o momento, a toda hora.

O café é escuro e quente, agita o coração e desperta o pensamento, você, estando pesado como chumbo, bebe um copo de café e fica leve como um pássaro. Se Bluma visse Hirshl, ficaria admirada. Mas Bluma não via Hirshl. Ela não era como Hirshl, que pensava nos outros, ela não pensava nos outros, e muito menos em Hirshl. Não se pode dizer que ela esquecera Hirshl, porém tirara-o de seu coração. E não apenas ele, mas toda a família de seu pai, inclusive seus empregados. De fato, Guetsil Shtein escrevera-lhe e ela não lhe respondera. Ao encontrá-la, este lhe perguntara: "Qual é a sua resposta?" Ela respondera-lhe: "Não há o que responder".

O que Bluma queria? Talvez quisesse um príncipe?! Bluma não procurava príncipes, nem tampouco procurava o doutor Knabinhut, que a cumprimentava de maneira especial. Bluma não procurava Knabinhut e Knabinhut não procurava Bluma. Knabinhut já renunciara a ela por si e pelo bem de todos, e estava para casar com uma mulher, filha de ricos, para que não continuasse dependendo dos outros e para que tivesse tempo livre para os assuntos do Partido. Bluma também renunciara por si mesma, a prova disso é que dizia que nem toda mulher precisa se casar. Nem toda, ela inclusive.

Mina permanecia deitada na cama. Mina crescia na medida em que seu feto crescia. Não se pode dizer que Mina estivesse feliz por ele. Na tristeza que emanava de Hirshl, não havia nada que pudesse alegrar sua mulher. Não falavam muito sobre o bebê que deles nasceria, ainda que o corpo todo de Mina servisse apenas de moradia para essa criança. Hirshl tampouco se perguntava: "Este bebê, o que será dele? Será uma pessoa iluminada, inteligente e rica?".

Desde o dia em que começara a tomar café como o que a senhora Guildenhorn fazia, Hirshl permanecia sóbrio o dia todo e, à noite, mais desperto do que nunca. Essa lucidez o fazia saltar de sua pele. Já deixara de deitar-se no início da noite e retomara o hábito de passear. Não como fazia antes e nem pelos lugares de antes. A caminhada de Hirshl era para livrá-lo de sua cama que não queria acolher seus ossos e não lhe dava descanso. Hirshl já perdera a esperança de dormir. Para ele, o importante era encurtar o período durante o qual deveria deitar-se.

Mina deitava de roupa, cochilava e acordava. Naquela noite, estava muito fraca e não comeu. Hirshl comeu sua refeição sozinho e rezou. Finalmente, levantou-se e colocou um copo de água diante de sua cama, cobriu-o com um prato e colocou sobre ele uma porção dupla do sonífero. Colocou seu casaco, apagou a luz e estava pronto para sair.

Mina perguntou a Hirshl: "Aonde você vai?". E respondeu a ela: "Aonde eu vou? Mas você sabe, vou passear, já que você e todos os que desejam o meu bem querem e dizem que preciso passear. Portanto, vou passear".

Acenando para que ele fosse, ela disse: "Vá e aproveite, porém, eu lhe digo que assim não é possível, sei que viverei mais do que você, Deus me livre aborrecer-me com você, mas eu lhe digo para que saiba que não se livrará de mim tão rápido e, portanto, quero saber como você vê nossa vida futura. Estou pronta para ouvir qualquer coisa que você fale, mas fale, o seu silêncio me mata. Você tem alma e deve saber que assim não é possível. Eu já quis falar com você sobre este assunto, mas eu disse: 'talvez você mude de atitude'. Como vejo que você não muda, preciso revelar o que penso. Você vai passear, vá com Deus. No caminho, vai ter tempo para pensar nas minhas palavras. Por favor, Heinrich, diga à empregada que não precisarei dela hoje. Eu mesma tirarei minha roupa. O que houve que minha mãe não apareceu hoje?! Tenha uma noite de descanso, Heinrich. Você não precisa reprimir seus passos quando voltar e pode aumentar a chama da lamparina. Eu durmo, graças a Deus, o suficiente. Oxalá você dormisse como eu".

XXVI

Hirshl acordou cedo, como de costume, para a oração matinal. Sua alma estava mais desperta do que em qualquer outro dia e seus olhos brilhavam de felicidade. Até pelo modo de lavar o rosto e as mãos e vestir suas roupas, sua felicidade era percebida. Assim como aqueles que são felizes aceitam sua felicidade e não questionam o motivo da mesma, Hirshl também não questionou de onde vinha sua felicidade. Sentia dor de cabeça e aceitava sua aflição com amor, pois sua aflição lhe provava que, apesar de seu corpo estar doente, sua alma estava sã, pois, se sua alma não estivesse sã, não sentiria nenhuma aflição física.

Quando estava para sair, Mina despertou de seu sono. Quando viu que não poderia escapar dela, parou. Mina abriu os olhos, bocejou e perguntou: "Você dormiu, Heinrich?". Imediatamente, sua felicidade se foi e seus olhos avermelharam-se de ódio. Se o tivesse visto, teria se apavorado. Imediatamente, controlou sua raiva e foi gentil com ela.

Mina perguntou a seu marido: "Você tem dor de cabeça, Heinrich?".

Hirshl respondeu e disse: "Faça-me o favor, Mina, o que sou eu sem dor de cabeça! É através de minhas dores que sinto que estou vivo".

Mina estendeu sua mão para o frasco de água de colônia e disse: "Você não quer esfregar em sua testa, Heinrich?".

Hirshl olhou-a com carinho e disse: "Posso esfregar, mas não agora, pois vou à sinagoga, e aquelas pessoas que vão orar não estão habituadas ao cheiro de água-de-colônia e, se esfregar minha testa, meu cheiro exalará. E o que dirão as pessoas: 'Veja, o cheiro dele é diferente do cheiro de qualquer outra pessoa'. Você não precisa de nada? Estou a seu dispor".

Disse Mina: "Tudo bem, tudo bem, Heinrich, não me falta nada".

Disse Hirshl: "Então posso ir?".

Disse Mina: "Vá em paz, Heinrich".

Disse Hirshl: "Então, fique em paz".

Disse Mina: "Até logo. Por favor, Heinrich, diga à moça que estou levantando".

Disse Hirshl: "Veja, Mina, você diz: 'Não me falta nada'. E acaba dizendo isso. Quem sabe o que você pensou dizer no meio. De tanto falar, esqueci o principal. Mina, você não ficará aborrecida comigo se lhe disser que esqueci o que me pediu para dizer à empregada?".

Disse Mina: "Diga a ela, por favor, que estou me levantando".

Hirshl olhou para Mina com uma estranha emoção, como alguém que ouve uma novidade e se emociona. Novamente, seus olhos brilharam com uma luz maravilhosa, e disse: "Você está se levantando, Mina, você está se levantando? Prometo a você que direi à empregada tudo o que você me ordenou, porém, estou admirado por você ter resolvido levantar-se cedo. De qualquer forma, não omitirei nada do que você disse. Apesar de ter me esquecido no começo, agora não esquecerei, no entanto, disse que não me esqueceria e, afinal, esqueci o principal. Uma pessoa vai orar e esquece seu *talit* e seus *tfilin*! Já que estamos falando de esquecimento, direi uma coisa que me lembrei. Aquele que canta 'cocoricó' não me deixa dormir. Parece-me que chegou a hora de nos livrarmos dele. De que forma? Levamo-no ao *schokhet* e o *schokhet* faz 'chik chik' e ele não tornará a berrar". Hirshl apontou para sua garganta e riu.

Disse Mina: "Você quer que abatamos o galo?".

Disse Hirshl: "Por Deus, Mina, você desceu fundo no meu pensamento".

Disse Mina: "Mas foi você mesmo quem disse".

Disse Hirshl: "Por favor, Mina, como eu disse? Nem mencionei seu nome. Eu estava gaguejando e você diz: 'Pois foi você mesmo quem disse isso!'. E foi só isso que eu disse? Pois eu disse muitas coisas e ainda não encontrei quem as entendesse, e você entende uma coisa a partir da outra. Agora chegou minha hora de ir. Talvez você saiba que horas são? Meu relógio está parado. O relógio anda, dispara e de repente pára".

Disse Mina: "São sete e meia".

Disse Hirshl: "Sete e meia? Parece que chegou minha hora de ir, sempre me admiro do otimismo das criaturas, pois uma pessoa deve estar numa hora determinada num lugar determinado e confia em seu relógio, de repente, o relógio toma uma resolução estúpida e pára de andar. Você o olha e ele se cala. Você o vira do avesso e ele não o ouve. Você o sacode e ele não desperta. Você fica assustado e ele nem lhe dá atenção. Você confia nele assim como confia em seu pai e sua mãe, você o carrega consigo no bolso, você lhe faz uma corrente de ouro, no final ele zomba de você. Ou talvez não esteja satisfeito por você tê-lo escondido em suas roupas e tê-lo pendurado em correntes, ainda que sejam de ouro. Mas tudo isso é apenas um exemplo, pois por acaso o relógio pensa? Ele não é um galo que sabe as horas e os minutos e canta no momento certo. Talvez você diga: 'assim sendo, precisamos de dois relógios, pois se um pára, o outro lhe anuncia a hora', eu lhe aviso que nem todas as pessoas podem lidar com dois relógios, pois ocupando-se de um esquece-se do outro. Não tenho dois cérebros para pensar em duas coisas ao mesmo tempo. Então, até logo, Mina, direi já à empregada que você quer levantar-se, mas, se você me consultasse, eu a aconselharia a dormir. Se eu pudesse dormir, dormiria até o fim da última geração".

No caminho, sua felicidade voltou. Tudo o que seus olhos viam emocionava sua alma. Viu empregadas que conversavam entre si no mercado, viu crianças que lavavam seus rostos na porta de suas casas, viu uma pomba colorida sobre o dorso de um cavalo e divertiu-se.

Yona Toiber passou e o saudou. Hirshl corou, gaguejou e disse: "Estou indo à sinagoga. Bonito dia, não é, senhor Toiber?".

Toiber o olhou de soslaio, pegou um cigarro enrolado e disse: "Por que seu sogro não aparece?".

Disse-lhe: "Quando minha sogra está na cidade, meu sogro não pode vir, pois precisam cuidar da propriedade. Não é assim, senhor Toiber?".

Toiber balançou a cabeça,. estendeu-lhe a mão, afastou-se e se foi.

Depois que se afastou de Yona Toiber, Hirshl perguntou-se: "Não é uma vergonha? Tive vontade de beijar sua mão, quando segurou a minha. Em que eu estava refletindo antes de Yona Toiber chegar? A pomba não sabe que o cavalo está preso, e ainda assim o subestima e deita-se sobre ele. Como são lisas as mãos de Yona!".

Hirshl esquecera de transmitir aquilo que Mina o encarregara de dizer, e ela também se esqueceu do que havia pedido. Acordava assustada e tornava a refletir sobre aquela conversa. Desde o dia em que conhecera seu marido, nunca o vira assim. Na verdade, nada acontecera, porém seu coração estava angustiado.

Berta achou sua filha triste e disse: "Aconteceu-lhe algo?".

Mina respondeu dizendo: "A mim não aconteceu nada, é que hoje Heinrich me pareceu estranho. Toda sua conversa estava estranha".

Berta, apavorada, perguntou: "O que quer dizer sua conversa estava estranha?".

Disse Mina: "Não sei explicar, mãe, uma felicidade estranha faiscava de seus olhos. E, na verdade..."

Sua mãe a interrompeu e disse: "O que isto significa na verdade? Na verdade, ele está feliz por que vai ser pai".

Disse Mina: "Não é isso, mãe, não foi essa felicidade que vi em seu rosto".

Disse Berta: "Não faça isso, minha filha! Você está se preocupando com coisas que não são importantes. Às vezes uma pessoa é assim e às vezes é de outro jeito. Até mesmo uma pedra costuma transformar-se. Quando o sol brilha, ela parece feliz; uma nuvem aparece, ela fica triste. Será que a pedra se transformou?! Não, sua transformação é apenas aparente, tanto mais em se tratando de uma pessoa que tem vida.

Mina pensou no que pensou. Berta suspirou e disse: "Toda desgraça se deve apenas ao enfraquecimento da fé. As pessoas estão ocupadas com si mesmas e esquecem de seu Criador. Uma mulher jovem olha-se no espelho para agradar seu marido. Depois olha para seu marido, para saber se está satisfeito com sua aparência, e em seguida torna a olhar no espelho para certificar-se de que a imagem que seu marido vê é bela. Olha ou para seu marido ou ao espelho e, assim, afasta sua atenção de seu Pai lá do céu. E ela não sabe que o estado de espírito de uma pessoa costuma modificar-se, às vezes, agita-se como um salgueiro num vendaval e, às vezes, pousa como uma andorinha cansada. Na verdade, pergunto: 'que diferença faz se seu marido olhou assim ou assim', vocês estão casados. Deus os uniu, para que ficar examinando seu olhar? Se eu perseguisse todos os olhares de seu pai não chegaríamos aonde chegamos.

Hirshl entrou no pequeno *Beit ha-midrasch*, envolveu-se em seu *talit*, colocou seus *tfilin* e orou com os outros. Na verdade, hoje ele queria orar na Grande Sinagoga, pois lá se podia ficar num canto sem ser visto. Porém, a conversa com Toiber atrapalhou suas idéias e ele entrou onde entrou.

Enquanto rezava, sua cabeça vibrou como se a tivesse batido na parede. Logo depois, tornou a vibrar como se tivesse sido arrancada. Inclinou-se, olhou para baixo e apalpou a cabeça, talvez seus *tfilin* se tivessem soltado e caído no chão. Quando se acalmou um pouco, cobriu seu rosto com o *talit* e voltou ao ponto em que havia interrompido a oração. Mil coisas chegaram-lhe à mente, quis concentrar-se numa delas e não lembrava. O vento que chegava de fora revirou as folhas de seu livro de orações. Hirshl também as revirou para a frente e para trás. Um cheiro de tabaco subiu-lhe pelo nariz. O cheiro o fez espirrar e sussurrou: "Tua salvação é minha esperança"[1]. Dois homens que haviam orado no primeiro *minian*, sentados juntos, discutiam se, conforme a lei que tratava do abate de aves que possuem penas eretas em suas cabeças, seria preciso examinar se o osso do crânio fora perfurado depois do abate ritual. De repente, todos se calaram e levantaram-se para proferir a oração silenciosa[2].

Aquele era o primeiro dia do mês e o livro da *Torá*[3] foi tirado para ser lido. Hirshl puxou seu *talit* e foi em sua direção para beijá-lo[4]. Ao caminhar, arrancou um pedaço de cera de uma vela e amassou-o entre os dedos. Repetiu em silêncio as bênçãos da *Torá*, pois, se o chamassem para a leitura bíblica, as bênçãos estariam preparadas em sua boca. Colocou a mão em seu bolso para que não o vissem amassando a cera. A cera caiu de sua mão, ele não sentiu e continuou amassando a si próprio. Quando percebeu, assustou-se. Pois, se estava amassando a si próprio e não percebera, talvez seus dedos estivessem entorpecidos, talvez tivesse morrido. Agarrou sua cabeça e disse: "Será que os mortos sentem dor de cabeça? De qualquer forma, foi bom não ter gritado, pois não sei se teria gritado como uma pessoa, ou cantado como um galo. E se eu tivesse cantado como um galo, o que as pessoas diriam? 'Aquele ali enlouqueceu'. Veja, quando uma pessoa grita, apiedam-se dela, quando canta 'cocoricó', dizem que se porta como um tolo. Mas quando o galo canta 'cocoricó' não é chamado de tolo, porque ele usa sua própria voz, e se latisse como um cão, não diriam que é louco? Na verdade, um galo não costuma latir como um cão, assim como não costumo cantar como um galo. Felizmente, grito como homem e não canto como galo".

XXVII

Hirshl saiu do *beit ha-midrasch* leve como uma pluma, se quisesse, em três ou quatro passos chegaria ao bosque, porém refreou seus passos e cuidou o bastante para não correr, pois disse: "Uma pessoa equilibrada deve ser comedida".

Abraçado ao saco de seu *talit* e de seus *tfilin,* caminhou humilde e comedidamente. Quem o visse naquele momento pensaria que estava refletindo sobre um assunto importante, porém ninguém lhe dera atenção e ele tampouco refletia sobre algum assunto importante. Pouco tempo depois, chegou ao mercado de animais. Ficou lá o tanto que ficou e foi parar entre as bebidas. Ali ficou o tanto que ficou e foi para a floresta.

A floresta estava silenciosa, nenhuma folha se mexia. Todo tipo de perfume emanava da terra. Hirshl segurava seu *talit* e seus *tfilin* com a mão esquerda e, com a direita, acenava com o chapéu, como se estivesse diante de ministros. Em toda a floresta, apenas ele e as árvores. Disse Hirshl para si: "Finja dar-lhes um pouco de respeito e deixarão você passar em paz. Você foi um tonto, Hirshl, por não ter tirado seu chapéu naquela noite diante da casa de Bluma. Tirar o chapéu é muito importante, então, deixam que você passe. Mais importante ainda é descalçar os sapatos, pois assim não sentirão sua presença. Você lembra que você voltou para casa e tirou o sapato, nem mesmo sua mulher sentiu sua presença. Então, tirarei meus sapatos e não sentirão minha presença".

Antes de tirar o outro sapato, pulou assustado e disse: "Eu estava certo de que não sentia meu corpo, e afinal vejo que sinto, e como! Ou será que tudo é imaginação? Assim como as árvores do bosque que imaginei serem ministros e oficiais. E a verdade é que as árvores são árvores, e o que se encontra nas Escrituras acerca do homem ser uma árvore do campo é apenas uma parábola[1]. Juntemos os dois, ou seja, o homem e a árvore, se um homem se pendurasse na árvore não escutaria o canto do galo? Não, porém escutaria o coaxar dos sapos do rio". De repente, Hirshl bateu na sua cabeça e gritou: "Não sou louco, não sou louco".

Olhou para cá e para lá e disse: "De onde você tirou que sou louco? Porque disse 'cocoricó' e você sabe que dizem que quem diz 'cocoricó' significa que é louco, isto, eu também sei, portanto, se eu dissesse 'cocoricó', seria louco. Entretanto, uma vez que digo que não sou louco significa que não sou loucococo, um louco canta como um galo e eu grito 'cococo' ".

Finalmente olhou para cima e disse: "Pai do céu, que horas são?". E, enquanto falava, pegou seu relógio que estava parado. Esticou-se na relva, um pé calçado e outro descalço, o relógio pendurado para fora de seu bolso, assobiando 'co co co' e rindo alegremente. Desde que se tornara um ser pensante, jamais experimentara o sabor de uma tal tranqüilidade.

Hirshl deitou onde deitou, em seus lábios abertos pairava um sorriso alucinado, olhava em frente com satisfação e dizia: "Que belo! Que belo!". Depois, pulou assustado e gritou: "Sete e meia". Naquele momento, o sorriso desapareceu de sua boca e uma espuma densa despontou dentre seus lábios. Cuspiu para cima, o cuspe voltou e caiu dentro de seus olhos. Cuspiu novamente e novamente o cuspe caiu dentro de seus olhos. Levantou-se e fugiu. No caminho, seu chapéu caiu e o sol começou a açoitar sua cabeça, seus passos tornaram-se frenéticos e as veias de suas têmporas incharam. Bateu nas têmporas e golpeou a cabeça, depois, pegou o sapato, colocou-o na cabeça, pulou novamente, até que tropeçou numa pedra e caiu.

As atitudes de Hirshl eram estranhas, mas seus pensamentos eram claros. Sabia que com sapato não se cobre a cabeça e que já era tempo de voltar para casa, diferente do pai de sua mãe, que colocara um cálice no lugar dos *tfilin,* e do irmão de sua mãe que morrera na floresta, então, por que não voltara à cidade? Porque perdera seu chapéu, e as pessoas não costumam andar sob o sol sem chapéu.

Quando passou das onze horas, Tsirl disse: "O que há de diferente hoje para que Hirshl não chegue?!". Foi à casa dele e encontrou sua nora deitada na cama com uma toalha molhada enrolada em sua cabeça e Berta, sua mãe, ao seu lado.

Perguntou a elas: "Onde está Hirshl?".

As duas estremeceram e suas faces empalideceram.

Ela também estremeceu e disse: "Então é preciso procurá-lo em outro lugar".

Disse Mina: "Procure, minha sogra, procure!". Sua voz comoveu o coração. Tsirl a olhou com ternura. Berta ajeitou a toalha sobre as têmporas de Mina e disse: "Certamente já deve ter retornado à mercearia". Mas a expressão de Mina denotava que as coisas não estavam normais.

Mina estava angustiada e inquieta. A conversa de Hirshl e seu desaparecimento a confundiam. Uma vez, duas vezes, tentou contar à sua sogra o que Hirshl lhe dissera pela manhã, mas sua aflição a angustiava, portanto, calou-se.

Mais uma hora se passou e Hirshl não voltava. Já o haviam procurado por toda cidade e não o encontraram. No começo, procuraram às escondidas, como mais uma hora se passara sem que ele tivesse voltado, começaram a buscar aos brados.

Assim sendo, as pessoas chegavam e diziam tê-lo visto pela manhã em tal lugar e a tal hora em outro lugar. Agora, onde ele se encontrava, ninguém sabia. Aqueles que o haviam visto divergiam. Uns diziam que ele parecia estranho, outros diziam que estava bem e que nada acontecera. O mesmo se deu com as pessoas do pequeno *beit ha-midrasch,* que haviam rezado com Hirshl pela manhã. Uns diziam que, pelo jeito dele se envolver no *talit,* parecia que suas idéias não estavam equilibradas, e outros diziam que seu comportamento e sua maneira de envolver-se no *talit* eram normais.

Baruch Meir ouviu o testemunho pessoal de cada um e foi gentil com todos. Sua barba estava emaranhada e suas faces pálidas. Ainda não falavam nada do que fora dito, contudo, seu coração lhe dizia que a situação não era simples, mas isso não passava pela cabeça de sua mulher.

Ao entardecer, encontraram Hirshl estendido de costas no campo, com um pé descalço, um sapato sobre sua testa e uma grande melancolia envolvia seu rosto. Era difícil olhar para ele, e ele, no entanto, olhava no rosto de todas as pessoas, olhava direto, bem dentro dos olhos de cada um e se calava. De repente, gritou e disse: "Não me abatam, não me abatam, não sou um galo, não sou um galo!".

Disseram-lhe: "O que está dizendo, senhor Horovits?".

Respondeu Hirshl e disse: "Não falo, não falo. Vocês conhecem Bluma Nacht, à noite sentarei lá no prado entre a vegetação do pântano e cocococoaxarei como um sapo".

Pegaram-no, levaram-no para casa e sentaram-no onde o sentaram. Estando sentado, admirou-se: "Por que será que todos estão nervosos?". Quando Mina aproximou-se dele, ele sorriu. Quando ela estendeu a mão fria e acariciou seu cabelo, ele olhou-a e começou a chorar. Depois, afastou dela a cabeça e disse: "Bluma, eu não disse 'cócóricó', eu disse 'cococo'".

Mina desabou e desmaiou. Pegaram-na e a deitaram na cama. Hirshl estendeu sua mão em direção à cabeça e colocou-a na têmpora, como fazem os soldados na hora de bater continência e disse: "Co co co".

Alguém respondeu e disse: "É preciso levá-lo a Alesk".

Isso assustou as pessoas da casa. Até então, ninguém dissera que Hirshl enlouquecera, até que mencionaram Alesk, a cidade do *tzadik* que cuidava de loucos. Somente Guedalia mantinha a calma. Jamais deixara de esperar pela desgraça[2] e, quando esta chegara, recebeu-a como se lhe fosse predestinada.

À noite, Shibush agitou-se com aquele acontecimento e, pela manhã, calou-se. Quando uma pessoa comentava com outra: "Você soube que Hirshl Horovits enlouqueceu?". O outro lhe dizia: "Você e sua mãe é que parecem ter enlouquecido. Seria melhor se lhe cortassem um dedo ou lhe furassem um olho?".

O que as pessoas de Shibush queriam dizer com isso? Pois Hirshl deveria apresentar-se para a Comissão de Recrutamento Militar e, nesse ano, a Comissão estava mais rigorosa do que em todos os anos anteriores. "Hirshl não tem nenhum defeito", dizia Shibush, "faz-se de tonto para livrar-se de servir ao rei".

Um ano ou dois antes era fácil dizer: "Não há o que temer, quando a Comissão de Recrutamento Militar chegar, vamos ao mediador, este vai aos oficiais do exército, paga-lhes a quantia que lhes paga e eles lhes dizem quem deve receber liberação médica, pois o Imperador não necessita de aleijados". Não se pode dizer que toda Shibush era liberada pelos oficiais do exército, pelo contrário, alguns aleijados eram levados para o exército, porém imediatamente devolvidos, pois o Imperador não necessitava de aleijados. Deus do céu sabe porque nesse ano não seria como nos anos anteriores. Essa Comissão que estava por chegar a

Shibush não aceitava suborno. No início, Shibush estava certa de que tal fato os mediadores haviam inventado para aumentar seus honorários, mas, pouco tempo depois, de outros lugares começou a chegar a notícia de que estavam atirando em quem fosse suborná-los.

Levaram um médico para Hirshl. O médico perguntou a Hirshl: "Quantos anos tem o Imperador?". Perguntaram isso para examinar sua mente.

Hirshl respondeu e disse: "Sete e meia".

O médico perguntou a Hirshl: "Como é o seu nome?".

Disse-lhe: "Sete e meia".

O médico, certo de que o doente não entendia o idioma germânico, tornou a perguntar no idioma falado pelos judeus. E Hirshl respondeu-lhe: "Sete e meia". E não apenas a essa pergunta, mas a toda pergunta que lhe faziam, respondia "sete e meia".

O médico examinou seus olhos, seu pulso e prescreveu-lhe um medicamento e disse: "Se este medicamento não resolver, prescreverei outro".

Porém, nem o segundo e o terceiro medicamento que o médico lhe prescreveu equilibraram a mente de Hirshl. Tampouco os medicamentos que levaram para Hirshl de outros médicos, de nada adiantaram. Foram aconselhados a levá-lo a um médico em Lemberg.

Depois de dois dias, seu pai e sua mãe pegaram-no e viajaram com ele para Lemberg. Levaram um serviçal para cuidar de Hirshl no caminho. A presença do serviçal foi supérflua, Hirshl não estendeu a mão para ninguém, não cantou como galo e nem coaxou como um sapo. Durante todo o caminho, sentou-se em silêncio. Deus do céu conhece os pensamentos de Hirshl. Perto de cada estação, seu pai ou sua mãe ou o serviçal lhe diziam: "Chegamos na estação tal, chegamos noutra estação tal", mas ele não dava atenção às coisas e não levantava os olhos. De hora em hora, Tsirl pegava comida de sua cesta e lhe dava. Sua mão, estando fechada, não a abria e, estando aberta, não a fechava. Quando ela introduzia o alimento em sua boca não o mastigava.

Ao chegar em Stanislav, Tsirl redobrou seus esforços e disse: "Eis Stanislav, eis Stanislav", tentando chamar-lhe a atenção para a cidade onde Mina morara antes de seu noivado. Da mesma forma como não se emocionou com os outros nomes de cidade, tampouco se emocionou com o nome daquela cidade.

Tsirl sentou-se melancólica. Lembrou de sua mercearia e se entristeceu. Desde o dia em que deixara de amamentar seu filho, quase não deixara de ir à mercearia, se ela não ia, seu marido ou seu filho iam, nesse dia os três deixaram a mercearia. Não precisava se preocupar com a possibilidade dos empregados roubarem, Guetsil era fiel como ouro e ficava atento quanto ao seu companheiro. Ainda assim, não se deixa uma mercearia sem seus proprietários. Uma vez que pensou nos assuntos da mercearia, pensou nos assuntos de casa. Se Bluma estivesse na sua casa, Tsirl não se preocuparia com a casa, mas outra é que está lá, como seu coração poderia ficar sossegado?! Tsirl teve muitos pensamentos durante sua viagem, mas em Mina pensou pouco.

No caminho, perto de Lemberg, o pai de Guetsil entrou no trem. Naquela ocasião, ele viajara para falar com os *tsadikim* da época, para que conversassem com o coletor de impostos de sua cidade que o destituíra de seu cargo. Sua barba estava desgrenhada e seu peito à mostra, como o costume dos *chassidim* de Belz, que deixavam suas barbas desgrenhadas e o peito à mostra. O registro de Belz não era reconhecido em Shibush, onde a maioria da comunidade era constituída por *misnagdim* e a minoria era constituída por *hassidim* de Tshortkov, Husatin, Sedigora, Vishnitz e Utinya. Porém, como esses *tzadikim* não lhe deram atenção, passou a seguir um de Belz. Ainda não dissera tudo o que vira em Belz, quando entrou Sebastian Montag.

Sebastian Montag viajou para onde viajou para averiguar o assunto da Comissão Militar que estava para chegar em Shibush; talvez pudesse ser substituída por outra mais tolerante. Sebastian, saudoso de seus companheiros judeus, deixou o vagão dos senhores abastados e foi para o vagão simples. Sebastian dizia: "Com estes cavalheiros poloneses podemos beber e jogar cartas, mas conversar é impossível. Guardando as devidas diferenças, até que eles entendam o que você diz, um rabino terá tempo de proferir o *schmá* . E, além disso, o rabino, quando diz o *schmá,* não mente, enquanto que, da boca daqueles, você jamais ouvirá a verdade".

Sebastian soube do problema de Hirshl e ficou aborrecido. Alisou sua cabeça, beijou sua testa e sussurrou o Cântico V dos Salmos, contra o mau espírito, e o Cântico IX, pela morte de um filho e auxílio a um jovem doente. Por fim, voltou ao seu lugar para jogar cartas com os cavalheiros poloneses.

XXVIII

Chegando em Lemberg, foram à casa do doutor Langzam, médico idoso que atendia a maioria dos doentes mentais do país. Contam que esse doutor Langzam estudava no *beit ha-midrasch* e, certa vez, ouvira um médico chamar de tolo um doente. Naquela época, a maioria dos médicos gentios costumava menosprezar os judeus, iam curar o corpo e faziam a alma adoecer. O fato o impressionou e foi estudar na Universidade. Não se passaram muitos anos e seu nome tornou-se conhecido em todo o país como médico especialista, e chegavam de todos os lugares para consultá-lo. Acabou deixando os doentes físicos e passou a ocupar-se dos doentes mentais, pois, quando uma pessoa adquire um mal desses, o faz sofrer, até que acaba enlouquecendo. Ele, no entanto, acreditava no tratamento e chegou a curar alguns deles.

Não examinou a mente de Hirshl com charadas e não lhe perguntou a idade do Imperador, como os médicos costumavam fazer com doentes para avaliar seu caráter e sua mente. Cumprimentou-o e perguntou: "O que há com você?" Tal qual um médico que tratara de alguns doentes para, no final, lhe trazerem uma pessoa sã, que nada apresentava de errado.

Depois de tê-lo examinado, deitou-o numa cama e deu-lhe de beber e de comer e ocupou-se dele, como se ele fosse uma pessoa cansada que necessitasse de repouso.

À mãe e ao pai do doente, o médico não fizera muitas perguntas. Porque, se a verdade fosse omitida, ou ainda que não a omitissem, em nada ajudariam. Nesse caso, o que importa não é a causa da doença nem tampouco os medicamentos que recebera de seus mestres. O importante era não internarem o doente num manicômio e não o levarem de volta à sua cidade de imediato, pois, num manicômio, até uma pessoa sã podia enlouquecer, e, em sua cidade, as crianças lhe atirariam pedras, o chamariam de louco e não mais voltaria a ser uma pessoa sã. Humildade, submissão e tristeza, as três marcas estampadas no rosto de Hirshl, chamaram a atenção do médico idoso, que gostou dele.

O médico não deu ao pai e à mãe de Hirshl muitas esperanças, nem tampouco se mostrou taciturno. Disse-lhes o seguinte: "De pessoas equilibradas não trato, e doentes, não os expulso. Quando chegar o momento dele voltar para casa, escreverei a vocês". Por fim, disse-lhes: "Cobro tanto e tanto pelo aluguel, pela alimentação e pelos honorários, e cobro três meses adiantado". E prometeu-lhes que não alimentaria seu filho com comidas proibidas[1].

Langzam usava poucas drogas curativas. Deixou de usar a maioria dos medicamentos indicados por seus mestres na Universidade e rejeitou as drogas inventadas por seus colegas. E, como não podia passar sem nenhum medicamento, às vezes misturava cinco gotas de tintura de ópio, dez vezes mais fraca do que o ópio, e dava ao doente. Esse medicamento, a seu ver, tampouco era melhor do que os outros que inventavam na Alemanha. No entanto, para não ser comparado com o Rabi de Alesk, ainda que contra a sua vontade, permitiu-se o uso desse medicamento que conhecera por meio de uma revista médica. Duas vezes ao dia Langzam preparava para Hirshl cinco gotas em um pequeno copo, contendo partes iguais de aguardente e de água. Depois, passou a preparar-lhe as cinco gotas três vezes ao dia. Duas semanas depois, começou a diminuir gradativamente e, nas manhãs de segunda-feira, de quinta-feira e de sábado, dava-lhe uma droga purgativa, para combater o efeito do ópio, que costuma prender o intestino.

Hirshl aceitava todos os medicamentos com submissão. Assim como bebia a tintura de ópio, cujo gosto era amargo, bebia também a água com o pó amarelo, que parecia a droga usada para matar pulgas, tão doce que chegava a dar náuseas. De tempos em tempos, o médico trocava as drogas purgativas, dava-lhe óleo de rícino ou misturava todos os medicamentos.

Baruch Meir e sua mulher retornaram desanimados e com o espírito abatido. Estando ocupados com o doente, não sentiam vergonha; ao retornarem sem Hirshl, deram-se conta de sua humilhação. Sentaram-se separadamente no trem, ele num canto e ela noutro. De hora em hora, um suspiro desprendia-se de seus corações. Tantos anos esperaram por um filho e, quando este crescera, casaram-no e acontecera-lhe uma desgraça dessas. Aquele *tzadik*, que o pai do pai de Tsirl provocara, ainda não se acalmara. Talvez Hirshl devesse ter permanecido no *beit ha-midrasch*, estudando a *Torá*.

Em Stanislav, saíram do trem expresso e entraram num trem simples. O trem ia lentamente, de Stanislav para Shibush. Parava a cada estação. Uns saíam e outros entravam. Dentre eles, seus vizinhos, pessoas de sua cidade que conheciam seus segredos e suas vidas. Você se enrola no manto e cobre o rosto com o chapéu para que não o vejam, e eles vêm e descobrem seu rosto e o cumprimentam em voz alta. Será que estavam felizes com sua desgraça? Deus nos livre! O que acontece é que, quando uma pessoa viajava, ao eliminar a poeira de Shibush, sentia-se aliviado, e a intensidade desse alívio a deixava feliz.

Entraram na cidade cabisbaixos e abatidos. De cada rua e de todo canto, sua vergonha gritava: "Aqui carregaram Hirshl, aqui Hirshl gritou 'cocoricó', aqui grasnou como um ganso e ali coaxou como um sapo".

Mais tarde, Berta chegou.

Disse Berta: "Vocês nos causaram um grande medo, consogro, Mina está no oitavo mês e qualquer emoção pode, Deus nos livre, causar perigo a ela e a seu feto".

Tsirl a olhou e disse: "Por Deus, consogra, não sei do que está falando".

Disse Berta: "Sei do que estou falando, porém não sei por que vocês esconderam de nós os fatos".

Disse Tsirl: "O que é que escondemos de vocês, consogra?"

Disse Berta: "O caso de Hirshl".

Disse Tsirl: "Nós escondemos o caso de Hirshl? Por acaso a consogra não sabe onde ele está?"

Disse Berta: "Eu sei".

Disse Tsirl: "Então o que quer dizer nós escondemos?"

Disse Berta: "E vocês não nos deveriam ter avisado?"

Disse Tsirl: "E vocês não sabiam que fomos para Lemberg?"

Disse Berta: "Que vocês foram, sabíamos, o motivo não sabíamos".

Disse Tsirl: "Ui, Consogra! Parece que todos sabem por que fomos para Lemberg!".

Disse Baruch Meir: "Deixe, Tsirl, falarei com a consogra".

Disse Berta: "Pois não, consogro, desejo ouvir, que desculpa vocês têm para isso?".

Disse Tsirl: "Para qual questão a consogra busca uma desculpa?".

Disse Berta: "Vocês montam uma trama e assustam uma jovem mulher. Minha filha não nasceu atrás da cerca, Deus nos livre".

Disse Baruch Meir: "Que trama montamos?".

Disse Berta: "E eu não sei que tudo isso foi fingido?!".

Disse Tsirl: "Isso o quê?".

Disse Berta: "O caso da loucura".

Disseram Baruch Meir e Tsirl em conjunto: "Fingido?"

Disse Berta: "E não? E eu não sei que tudo isso foi uma estratégia para escapar do serviço militar?!".

Disse Baruch Meir: "Uma estratégia para escapar do serviço militar?".

Disse Berta: "Todo mundo sabe, só nós estávamos morrendo de sofrer até que os outros vieram nos contar".

Disse Tsirl: "Quem são os outros?".

Disse Berta: "Todo mundo. Reuven, Shimon e Levi[2], Yona Toiber, Sofia Guildenhorn e aquele baixinho, cujo nome esqueci".

Disse Baruch Meir: "Kurtz. Ela se refere a Kurtz".

Disse Berta: "Agora me lembrei, o nome dele é Kurtz, aquele anão que dançou com a noiva, até ele disse que vocês fizeram isso para escapar do serviço militar, para que Hirshl não precise servir o exército".

Baruch Meir a olhou surpreso. E Tsirl, aproximando-se de Berta, disse: "O silêncio vale ouro, as paredes têm ouvidos, consogra. E Mina já sabe?"

Disse Berta: "Se não lhe tivessem avisado, ela não teria suportado o sofrimento".

Disse Tsirl para si: "Há males que vêm para bem".

Disse Baruch Meir: "Não nos venha com reclamações, consogra. Esse tipo de coisa não deve ser anunciado".

Disse Tsirl: "Você não precisa alertar a consogra. A consogra mesmo sabe que estas coisas precisam de discrição. Agora vamos levar à Mina notícias de Hirshl".

No caminho, encontraram Yona Toiber. Yona, logo que viu Hirshl naquela manhã do dia em que o encontraram no campo, percebeu que sua mente não estava equilibrada.

Disse Berta para Yona: "O que o senhor diz sobre o tal caso?"

Yona suspirou e disse: "Nem todos os homens têm o privilégio de viver num país que não convoca para o serviço militar".

Depois que Toiber se foi, disse Baruch Meir: "Como aquele homem é inteligente, aparentemente, o que fala não faz sentido e, quando você pensa em suas palavras, você percebe que ele falou justamente o que você tinha em mente. Talvez vocês saibam, como está sua mulher? Ouvi dizer que ela é uma doente de alto risco".

R.R.

XXIX

Depois de três dias deitado na cama, Hirshl livrou-se do cansaço. Deixou de responder "sete e meia" a todas as perguntas, mas alongava-se em explicações supérfluas, esquecia e não lembrava o nome de algo, punha-se a fazer descrições sem fim, interrompia o assunto na metade, recomeçava-o do início.

Segundo a hipótese de Reiguer, os médicos de nervos são capazes de reconhecer algumas deficiências leves da mente de um doente, desde que o tenham conhecido quando saudável. Entretanto, se não o conheceram quando saudável, seria difícil reconhecer qual a natureza de sua deficiência, esta hipótese teórica certamente deve servir aos demais médicos e doentes, mas não a Langzam e Hirshl, pois Langzam não examinou a mente de Hirshl e não o avaliou com charadas, mas, então, o que fazia Langzam? Conversava com ele para estimulá-lo.

Pessoas oriundas de cidade pequena que vivem em cidade grande, ainda que usufruindo de benefícios e de prazeres aos quais não tinham acesso, exortam sua pequena cidade e sempre dela se lembram. Passaram-se quarenta anos desde que Langzam deixara sua pequena cidade e ainda só falava nela. Sua cidade não permaneceu igual na sua velhice como fora na sua infância, porém era a cidade de sua infância que surgia sempre em sua lembrança. Diariamente, Langzam entrava no quarto de Hirshl, sentava-se ao lado de sua cama e falava com ele. Todas as frases e todas as conversas começavam e terminavam na sua cidade. Às vezes, falava do mercado de rua de sua cidade, com pequenas casas, como uma espécie de galinheiro, que o cercavam por todos os lados e, no centro, uma fileira de lojas que ficavam vazias durante todos os dias da semana. Quem sabia um capítulo da *Mischná* repetia-o, e quem não sabia *Mischná* recitava os Salmos, com exceção da quinta-feira e do *Schabat,* quando toda a cidade acordava, pois os camponeses iam comprar e vender, e as pessoas da cidade corriam apressadas e confusas de um vagão a outro e de um agricultor a outro para ganhar um trocado para o *Schabat.* Às vezes, Langzam contava a Hirshl sobre o *beit hamidrasch* onde estudara a *Torá,* com suas paredes que estavam por ruir e seu teto preto como breu, porém a casa toda brilhava, graças aos que ali estudavam a *Torá.* O que comiam, o que bebiam e quando dormiam? Dizia Langzam: "Se você disser, 'e é possível uma pessoa viver assim?', pois lhe digo que, segundo as normas de saúde, é impossível, contudo, todas as gerações sobreviveram assim e nada lhes faltou, exceto um juiz que, durante toda sua vida, desejou o livro *Machatsit Hashekel*[1] e não conseguiu a soma para comprá-lo. Todos os dias da semana estudava, ninguém conseguia tirá-lo de seus estudos, pois querelas de dinheiro e tribunais rabínicos eram poucos numa cidade pequena, consultas acerca de carne e de leite[2] não eram muitas, pois durante a semana toda comia-se apenas pão e cebola. Exceto na quinta-feira e no *Schabat,* quando se abatia um animal ou uma ave, traziam uma moela amolecida, um pulmão perfurado ou rins grudados[3]. Então, ele colocava seu lenço sobre o livro, perfurava a moela com a faca e raspava sua membrana superior. Quando me lembro de sua faca, penso que não há no mundo outro instrumento tão danificado quanto aquele, com o qual raspava o pedaço de carne de algum judeu pobre, para torná-la *kascher.* Possuía mais um instrumento, era uma pena de ganso com a qual escrevia as interpretações bíblicas, ele próprio preparava a tinta com a fuligem das velas e, quando a pena estragou, não encontrou outra. Uma vez que não houve ninguém que lhe oferecesse um ganso para abater, passou a marcar o livro: 'Aqui tem o que interpretar, ali tem o que interpretar'. Disse Langzam: "Deus dera dois bons presentes ao povo de Israel, a saber: a *Torá* e o *Schabat,* e se não fosse por isso não sei como aquela geração do povo israelita teria sobrevivido".

Se perguntassem a Hirshl: "Como é que ele cura?". Responderia surpreso: "E ele é médico?". Mesmo assim, sentia que a cura vinha das mãos dele. A mão forte que o cumprimentava com aparente displicência ao chegar e ao partir não era macia como a mão de Toiber e tampouco lhe dava vontade de beijá-la. Muitas vezes, quando o médico se sentava diante dele e lhe falava como quem falasse com um amigo, Hirshl perguntava-se: "Será que ele sabe que cantei como um galo e que fiz versos sobre a relva alta e a neve que cai? Certamente não sabe de nada, pois, se soubesse, me colocaria numa cela e jogaria água fria na minha cabeça". O médico falava sobre mil coisas com Hirshl, e sobre sua doença não lhe falava. Hirshl contava ao médico mil coisas, e sobre Bluma não contava.

Ele até parou de pensar em Bluma. Sua imagem ainda pairava diante dele, mas seus olhos não a buscavam. Quando os lindos olhos de Bluma o atingiam e seu mutismo azulado pairava diante dele, uma sombra de sorriso despontava dentre os lábios de Hirshl, como se fosse a sombra do sorriso de Bluma. E não se espante, Hirshl se encontrava em Lemberg e via o que Bluma fazia em Shibush, pois estava habituado a Bluma desde sua infância e conhecia cada um de seus movimentos. À primeira vista, isto pareceria um absurdo, mas, na verdade, assim era.

Certo dia, o médico entrou no quarto de Hirshl, estendeu-lhe a mão, perguntou como estava e, sem esperar que respondesse, sentou-se à beira de sua cama, segurou em sua mão a dele e, examinando seu pulso, começou a falar com ele como de costume. Ao sair, disse a Hirshl: "Talvez devêssemos levantar e sair para o jardim".

Uma hora depois, entrou Shrantsil, "o encarregado dos doentes", vestiu Hirshl, levou-o ao jardim, sentou-o numa cadeira e ficou à meia distância dele. Uma hora depois, levou-o de volta ao quarto, tirou suas roupas e deitou-o na cama. Desde então, passou a levá-lo para fora por uma hora, duas horas, três horas ou mais.

Havia um belo jardim no pátio do médico, com árvores, arbustos e flores plantadas e bancos e cadeiras para que os doentes descansassem. Quando Hirshl saía para o jardim, via um velho cavando a terra e falando consigo mesmo. Esse velho, chamado Pinchas Hartelban, tinha uma casa e uma propriedade rural em Borislav. Certa noite, a terra se abriu e engoliu sua mulher e seus filhos. Então, vendeu sua casa e sua propriedade rural. Naquela ocasião, ninguém sabia que aquela terra, que o Bendito Santo havia castigado com a maldição de Sodoma e Gomorra, tinha seu subterrâneo cheio de petróleo. Aquele que comprou sua propriedade encontrou petróleo e tornou-se milionário, e aquele que a vendeu tornou-se pobre. Ele passou a perambular de lugar em lugar, cavando o solo com os dedos, procurando petróleo e falando com sua mulher e seus filhos mortos. Dizia: "Logo descobrirei fontes e mais fontes de petróleo, eu e vocês nos cobriremos de ouro". Depois que envelheceu, pessoas bondosas apiedaram-se dele e enviaram-no ao doutor Langzam.

Havia ainda uma outra pessoa lá no médico, descendente de uma família santa, chamava-se Rabi Zanwil. Seu pai e seus irmãos eram *tzadikim* renomados. Ele também atraíra uma comunidade de seguidores *hassídicos*. Mas possuía um coração solitário, não se interessava por coisa alguma, esquivava-se de qualquer honraria, deixou de comer e de beber. Portava-se como se já tivesse partido deste mundo, portanto, permanecia estirado como morto e, cada um que ia pedir-lhe uma bênção, acusava-o de falar com mortos[4]. Passou a atrair cada vez mais seguidores, pois diziam que ele se humilhava em honra ao Pai do céu. Deixou de comer, de beber, afastou-se de sua mulher e de todos os mandamentos da *Torá*, pois dizia: "Liberto entre os mortos[5], uma pessoa, ao morrer, torna-se livre de obrigações[6]", então, começaram a comentar que, talvez, sua mente não estivesse equilibrada. E ainda procuraram esconder o fato. Quando viram que não havia jeito, foram aconselhados a levá-lo ao doutor Langzam. E por que não o levaram ao Rabi Shloimele de Sassov, filho do *tzadik* de Alesk, que se ocupava de loucos e que era conhecido como uma sumidade nesse assunto?! O fato é que o pai de Rabi Zanwil desentendera-se com Rabi Shloimele, portanto, levara seu filho ao doutor Langzam para comprovar[7] que a cura de loucos está nas mãos de médicos.

E havia ainda mais uma pessoa no jardim do médico, chamada Faivush Winkler, magro, comprido e calado, mergulhado em seus pensamentos, procurava água, lavava muito as mãos e achincalhava Shlomo Rubin[8]. Ao proferir o nome daquele sábio, irritava-se e cuspia, porque Shlomo Rubin construíra um cão em cuja boca colocara um mecanismo. Quando queria saber o que havia na cabeça de uma pessoa, enviava o cão, que ladrava, e imediatamente os pensamentos escapavam e entravam pela boca do cão, que os levava para Shlomo Rubin, que fazia com eles aquilo que bem entendesse. Às vezes devolvia-os a seus donos, às vezes trocava-os por outros e às vezes não os devolvia e a mente da pessoa ficava vazia. Os pensamentos de Faivush também foram trocados por outros que ele não conseguia suportar.

Faivush Winkler jamais se encontrara com Shlomo Rubin, pois havia uma distância de algumas léguas entre um lugar e outro, e o primeiro não saíra de sua cidade, e tampouco o segundo fora à cidade do primeiro, e o mesmo em relação ao cão. Não é necessário dizer que o cão que roubava pensamentos jamais existiu, contudo, os livros de Rubin foram parar nas mãos de Faivush Winkler e eles é que causaram em Faivush a troca de seus pensamentos.

Faivush Winkler era vendedor de sal. Sua loja era pequena e baixa, repleta de blocos de sal ordenados e dispostos uns sobre os outros, e brilhavam numa alvura opaca como uma visão do universo, como uma visão da eternidade, como um pacto eterno[9] do início ao final de todas as gerações. Todos precisam de sal, sem o qual o mundo não pode subsistir. A pessoa nasce, salpicam-na com sal[10], morre, as lágrimas derrubadas sobre ela são salgadas. Uma pessoa senta-se para comer, mergulha sua fatia de pão no sal, a mulher usa-o em seu tempero, bate com ele sua massa e com ele salga a carne. Todos os alimentos que comemos levam sal, até mesmo bolo doce, se não colocassem sal antes de assá-los, ninguém poderia comê-los. Até mesmo os manjares dos reis são feitos com sal. Não sabemos se o sal existe para lembrar-nos que os pecados cometidos em Sodoma são como o sal, pois sua terra transformou-se em enxofre e sal, ou se existe como sinal de que o Todo-Piedoso nos restituirá os serviços do Templo Sagrado, cujos sacrifícios são cobertos de sal. Antigamente, os reis espalhavam sal pela terra de seus inimigos, atualmente os reis monopolizavam o sal e fixavam seu preço. A palavra do rei era final, com ele não se regateava, e os vendedores de sal não tinham o que discutir com o freguês, portanto, Faivush ficava disponível. Ficava em sua loja, inclinado sobre a mesa, as duas mãos nos bolsos de sua roupa e, à sua frente, o *Yalkut Reuveni* ou o *Midrasch Talpiot*[11], que contém os segredos da *Torá* e do universo. Lia também livros sobre outras nações e sobre os segredos do paganismo. Sempre fora um judeu cumpridor dos mandamentos, gostava da tradição, as pessoas respeitavam-no mais do que a soma de seu sustento, e jamais desperdiçava uma conversa. O que uma pessoa pode contar a quem tem o universo disposto à sua frente?! O que podem as pessoas acrescentar a quem alcançara o segredo da sabedoria?!

Havia um lugar subterrâneo na Galícia, chamado Wielitchki, ali se descia e de lá se tirava o sal. A mina tinha duas léguas de comprimento e quatro de largura. A cidade de sal era como uma cidade sob outra, havia ruas e aposentos de sal, cocheiras para cavalos, estátuas de reis nas entradas dos aposentos, tudo feito de sal e de lá eram tirados milhares de blocos de sal por ano. No livro *Shvilei Olam*, não o da África, mas o da Europa, não o de Shimshon Bloch, mas o de Avraham Mendil Moher[12], está escrito: "Há seiscentos anos, não cessa o trabalho de extração e, quanto mais escavam, mais as pedras de sal aumentam". Era lá que Faivush buscava sal e vendia para as pessoas de sua cidade, enquanto seus pensamentos vagavam por mundos que nenhuma pessoa alcançava. Faivush poderia passar seus dias e seus anos respeitosamente, porém havia um armário no velho *beit ha-midrasch*, onde estavam enterrados livros de pesquisa da época dos primeiros pesquisadores, quando leis, lendas, tradição oral e pesquisa eram consideradas igualmente boas. Faivush foi até lá e neles ateou fogo. O fogo espalhou-se pelo *beit ha-midrasch* e a cidade toda quase incendiou-se. Faivush deveria ser preso, porém, antes que isto acontecesse, mandaram-no para o doutor Langzam.

Hirshl portava-se com os internos como se fosse um visitante, olhava o que lhe mostravam e escutava o que lhe diziam. Com Pinchas Hartelban e com Faivush Winkler não conversava. Os dois estavam ocupados com seus afazeres, um com a terra e o outro com seus pensamentos. O próprio Shrantsil, o encarregado dos doentes, também preveniu Hirshl para que não se aproximasse de Winkler, cujo temperamento era forte, quando a melancolia tomava conta dele, não respeitava ninguém, cuspia no rosto tanto do grande quanto do pequeno, indistintamente.

Em contrapartida, Hirshl aproximava-se de Rabi Zanwil e Rabi Zanwil também o aproximava, pois, como se havia confundido com o nome Horovits, via nele seu parente, apesar de Hirshl lhe ter dito que não era descendente de Shlomo Horovits. Lembrava as datas de falecimento dos *tzadikim* e, a cada aniversário de morte de um *tzadik,* relatava seus atos maravilhosos. Em geral, as datas de falecimento dos *tzadikim* lembravam-no do dia que fixara, e jamais o confundia, para o seu próprio aniversário de morte, e quando mencionava seu próprio nome, dizia: "Que seu mérito nos proteja, que sua alma descanse nas alturas"[13].

Rabi Zanwil ficava curvado e inclinava-se diante de Hirshl, com um sorriso humilde, e em sua cabeça, uma *iármulke* branca, como aquela que os enviados da Terra de Israel usavam, suas *peiot* e sua barba estavam raspadas, foram raspadas na casa de repouso, e contava histórias sobre os *tzadikim* e, na data em que, pelos seus cálculos, seria o aniversário de sua morte, contava histórias sobre ele próprio. Jamais Hirshl ouvira histórias tão belas como aquelas, o amor ao povo de Israel e o amor a Deus emanavam de cada uma das suas palavras. Todo conhecimento de Hirshl sobre os *hassidim* e seus mestres era pejorativo, porque Hirshl crescera num *beit ha-midrasch* de ricos que mencionavam o nome de algum *hassid* apenas para dele zombar e, com exceção daquelas cantoras que se vestiam com as roupas de *hassidim,* jamais vira a imagem de um *hassid.* Na época de Hirshl, já haviam sido publicadas pesquisas e lendas dos *hassidim,* para mostrar o que de melhor havia no hassidismo, essas pesquisas e lendas eram consideradas pelos *hassidim* como livros de blasfêmias e pelos intelectuais como livros de piada.

Apesar de ser tratado pelo médico como uma pessoa sã, Hirshl sabia que aquele trancava sua casa e que não lhe era permitido sair além do portão, mas Hirshl não discutia com o médico e tampouco se aborrecia, pelo contrário, sentia uma enorme gratidão por ele, como uma pessoa que tivesse sido atirada no mundo e este, por piedade, o tivesse recolhido em sua casa.

Na verdade, Hirshl deveria mesmo sentir gratidão pelo médico, pois jamais estivera tão bem como naqueles dias. Seu quarto era bonito, suas janelas eram voltadas para o jardim, nada o incomodava durante o sono e ele dormia a noite toda, até as sete da manhã. Então, chegava Shrantsil, o encarregado dos doentes, e o esfregava com água fria, trazia-lhe um copo de leite ou café ou cacau ou chá ou chocolate ou suco de frutas e uma refeição leve que não pesasse em seu estômago. No almoço, dava-lhe um copo de vinho para abrir seu apetite. Quando chovia, sentava-se com ele em seu quarto e jogavam xadrez, depois, chegava o médico e falava coisas que o animavam. O médico também se animava e continuava falando. Quantos anos o médico vivera em sua cidade? Vinte anos, mas parecia que mil anos não bastariam para que ele contasse tudo o que nela havia. Às vezes, repetia as primeiras histórias e, às vezes, contava novas histórias. As universidades onde estudara, cidades e capitais por onde passara, teatros e óperas a que assistira, pareciam ter sido apagados de seu coração, deixaram de existir. No entanto, sua pequena cidade continuava viva e continuava existindo e, portanto, falava sobre ela e seus habitantes que permaneciam em suas casas de comércio repetindo capítulos da *Mischná* e recitando os Salmos, sobre seu Rabi, o juiz que marcava os livros com as unhas por falta de pena, e sobre os rapazes que se esforçavam para interpretar suas marcas. Disse Langzam: "Há muitos mistérios no mundo e muitos pesquisadores esforçam-se por desvendá-los, com certeza, aqueles são mais importantes do que nós, pois ocupam-se dos mistérios do mundo, enquanto nos ocupamos de coisas sem importância, contudo, o que eles conseguem são migalhas, enquanto nós, por vezes, penetrávamos o âmago do pensamento de nosso Rabi, que agora se encontra no paraíso supremo, onde escreve interpretações da *Torá* com uma ponta de diamante[14] e não mais precisa da pena de ganso. E quanto ao livro *Machatsit hashekel*, o qual desejara durante toda sua vida, tenho certeza de que deve estar sentado junto ao seu autor na corte celestial, esclarecendo-lhe as passagens obscuras do *Maguen Avraham*[15], ou o próprio autor do *Maguen Avraham* está aprendendo com ele. No princípio, senti pesar por não ter conseguido realizar o desejo do meu Rabi enviando-lhe um presente. Por acaso não lhe poderia ter mandado duas ou três moedas de ouro? Porém, enquanto ele viveu, fui negligente e morto, ele não necessitava. Nem todas as pessoas conseguem pagar um favor a seu benfeitor, no entanto, não lhe pagando o bem com o mal, já terá sido o bastante. Devemos desesperar-nos?! Não, pois uma pessoa faz o bem a seu amigo e não recebe por isso, em outra ocasião, este fará o bem a outro, que o fará a outro e, assim, o bem se paga e o mundo continua existindo".

E o médico também falava muito sobre os músicos cegos que se sentavam sobre seus sacos no mercado, com seus dedos, tocavam em seus instrumentos músicas suaves e doces, sem começo e nem fim, e você se detinha para ouvir e seu coração se envolvia. A voz do médico já envelhecera, porém a tristeza doce que vibrava em sua garganta envolvia Hirshl como canções de ninar, aquelas canções de ninar que Hirshl não ouvira em seu berço. Tsirl sabia que sua voz não era bela, por isso não cantara para seu filho como as mães costumam fazer, e aquela *aguná*, abandonada pelo marido, que trabalhava em sua casa, não cantava, pois se ocupava com a casa ou com as roupas. Ele também costumava levar para Hirshl histórias e romances, fazia-lhe perguntas que pareciam engraçadas, por exemplo: "Qual cavalo o cavaleiro montava, quando a adorável donzela estava na janela?". Ou: "Qual é o nome da flor que a adorável donzela deu ao herói que, por ela, perdera seus dois olhos num duelo?".

O próprio médico não estava acostumado a ler romances. O médico dizia: "O que há nesses livros? Descrevem roupas e enfeites de mulher. Quem é alfaiate ou vendedor de tecido ou de jóia que se ocupe deles. Quem não é alfaiate e tampouco vendedor de tecido ou de jóia, o que poderá encontrar nesses romances?". Esses livros foram deixados pela mulher do médico, que se suicidara num acesso de loucura.

O médico observava com satisfação Hirshl lendo esses livros que ela lera. Às vezes, o médico virava-se para a parede e cantava-lhe algumas das canções entoadas pelos mendigos cegos que se sentavam encurvados sobre seus sacos.

Hirshl não conhecia o mundo. Tudo o que Hirshl sabia era que o mundo dividia-se entre ricos e pobres, os ricos viviam bem e os pobres viviam mal. Apesar da angústia que Hirshl sentia ser causada por pobreza, espantava-se com o semblante funesto do médico. Será que era por causa de dinheiro? No entanto, ele era rico.

Deus do céu conhece os atos das pessoas e suas histórias. Esse médico que curava alguns doentes mentais, sua esposa suicidara-se num acesso de loucura. Um homem de baixa estatura, Deus o fizera diferente de todos os judeus, dando-lhe uma perna de pau em vez de uma perna de carne, seduziu o coração daquela mulher que acabou enlouquecendo. E aquele vadio continuava arrastando sua perna de pau, cofiando seu bigode e vangloriando-se perante os outros como um herói que tivesse conquistado uma cidade.

XXX

O sofrimento, a humilhação e o medo, bem como as demais inquietudes do espírito, poderiam ter posto em risco Mina e seu feto, no entanto, ela suportou tudo e deu à luz um filho.

Hirshl foi comunicado do nascimento de seu filho. Um telegrama curto chegou de Shibush, com dez palavras que informavam que tanto Mina como seu filho estavam saudáveis. A princípio, Hirshl não entendera o motivo de lhe terem avisado que Mina estava saudável, e que filho era esse que de repente juntou-se a ela? Depois que Hirshl entendeu o significado das coisas, colocou a mão no coração. Aquele coração que não estava feliz e nem estava triste, pulsava de uma forma diferente da habitual. Como se um alicate o tivesse beliscado.

Hirshl não estava feliz e nem estava triste. Quando ele nasceu, seu pai ficou mais feliz. Quanta felicidade Baruch Meir sentiu com seu filho! Quantos jantares fez em sua honra!

Quantos anos tinha Baruch Meir quando Hirshl nasceu? Vinte e seis anos. Como era Baruch Meir, quando Hirshl nasceu? Com certeza parecia mais jovem na ocasião e, apesar disso, era mais conhecido na cidade do que Hirshl.

Era natural que Hirshl tentasse imaginar sua mulher ou seu filho mas, como Hirshl julgava-se pequeno, pôs-se a imaginar seu pai, para mostrar a si próprio como o pai era grande e como era pequeno o filho do pai.

Nos primeiros dias em que Hirshl morou na casa de repouso manteve-se afastado de suas recordações. Tudo o que pudesse lembrar Shibush era repelido. Em contrapartida, Shibush aparecia diante dele em sonho. Às vezes tinha sonhos novos e às vezes o mesmo sonho voltava e se repetia. Nos dias em que deixava de sonhar com sua cidade à noite, pensava nela durante o dia. Seus pensamentos não o assustavam tanto quanto seus sonhos, porém irritavam-no. Os pensamentos refletem a realidade e, quando a realidade não é bela, os pensamentos não são bons. Via-se em Shibush, trabalhando novamente na mercearia. Assim como os demais intelectuais de sua geração, Hirshl também não acreditava na teoria da transmigração das almas, mas a transmigração em vida é bem pior do que a transmigração após a morte.

Quantas horas, de Lemberg a Shibush? Quantas estações, entre Lemberg e Shibush? Quando Hirshl estava só, mudava rapidamente de Lemberg para Shibush, e Shibush aparecia por inteiro diante dele. Se não conhecia toda a população, conhecia a maioria, e se não lembrava de seus nomes, lembrava de seus apelidos. Ao contar para Hirshl sobre as formigas que vira em seu sonho pouco antes de sua gravidez, Mina falara de cada uma delas separadamente, era assim que Hirshl pensava em cada uma das pessoas, separadamente. E, como lhe parecessem formigas, era como se subissem pelas pernas e penetrassem sua carne, era assim que se sentia em relação às pessoas de sua cidade. O Doutor Langzam, quarenta anos o separavam de sua cidade e não pretendia retornar a ela, conseguia exaltá-la e a seus habitantes, Hirshl, poucos dias se passaram desde que saíra de sua cidade e a simples lembrança de seu nome o fazia sofrer.

Hirshl perdeu o sono novamente. Desde que chegara à casa de repouso não passara nenhuma noite sem dormir, de repente, teve noites sem sono. Uma pessoa que sofre anseia pela redenção, seu sofrimento foi-se e voltou e, portanto, ele se desesperava. Já havia esquecido do sofrimento da insônia, dormia de noite e ficava feliz de dia, agora virava de um lado para o outro e não encontrava sossego. Mina não falava com ele, ele não ouvia sua voz, que era como o som de uma estaca que se finca numa parede de pedra, tampouco sentia seu cheiro, não ouvia sua respiração e não a via dormindo. O galo não cantava, o cão não ladrava, ninguém passava na frente de sua janela, e ele permanecia estendido em sua cama como um relógio quebrado que não percebe o tempo, seus olhos estavam fundos, mas não impregnados de sono. Em vez do sono, apareciam-lhe visões. Shibush, formada por montanhas e montes, desfiladeiros e vales, encolhia-se e enrolava-se como a palma de uma mão. Entre os dedos daquela mão, sentava-se um mendigo cego que cantava uma canção acerca da neve que caía sobre a relva alta, onde os sapos se alimentavam. Só o sonhador sabia quando essa canção terminava. Parecia não ter começo nem fim. Enquanto a canção era entoada, apareceu uma mulher agasalhada que se curvou diante dele e partiu-lhe um pedaço de bolo. Mal ela lhe deu do bolo, veio um homem, tirou um punhado de anéis e atirou-lhe, não nas suas mãos, mas dentro de seus olhos, formando dois montes. Hirshl gritou e chorou, mas sua voz não foi ouvida por causa do barulho das rodas do coche. Olhou e viu Sofia Guildenhorn, sentada no coche, magra e bela, olhando-o, satisfeita, e dela exalava um perfume agradável.

Os males de Hirshl voltaram como no início, suas noites terminavam sem que dormisse, e durante o dia eram as dores de cabeça. Seus olhos confusos, penetrados de imensa tristeza, a tristeza que aflige os olhos e destrói a alma. Ele não cantava como um galo, tampouco coaxava como um sapo e nem cantava a canção sobre a relva alta onde os sapos se alimentam, porém Hirshl era todo sofrimento e aflição. O médico viu e fez que não viu.

Shrantsil perguntou ao médico: "Não foram os livros que causaram isso?".

O médico zombou dele e disse: "Folhas de papel ou meio metro de seda descrito nos livros, que mal podem fazer? Contudo, faremos algo, para não ignorar sua opinião".

O médico deu uma pitada de ferro e de arsênico para Hirshl engolir e deu ordem para que Shrantsil lhe preparasse banhos de água morna. Hirshl engolia grãos de ferro e arsênico e, três vezes ao dia, Shrantsil o sentava numa banheira e lavava sua cabeça com água morna. Passados alguns dias, seus olhos voltaram ao normal, tornou a dormir e ele deixou de sentir dores de cabeça durante o dia. Novamente jogava xadrez, passeava no jardim, ocupava-se como de costume, bebia, comia, ajudava Shrantsil a arrancar a erva daninha, regar as flores e podar as árvores.

Belas eram aquelas horas que Hirshl passava com Shrantsil no jardim. Árvores e relva exalavam seu cheiro, o machado e a foice brilhavam ao sol, as larvas criavam asas e voavam. Shrantsil o observava de soslaio e Hirshl enxugava seu suor sem gemer. Hirshl tinha muito trabalho e tinha todo direito de suspirar, mas não suspirava. Na verdade, os lenhadores levavam uma hora para fazer o que Hirshl não faria em seis dias, porém o faziam no inverno e ele, nos dias de calor, faziam-no e recebiam salário e ele, no entanto, fazia e pagava ao médico. Um pouco afastado, Pinchas Hartelban cavava a terra e falava com sua mulher e seus filhos mortos. Pinchas Hartelban ainda não encontrara o tesouro. Não é todo dia que o Santo Abençoado revela seus tesouros às criaturas, porém Ele nos concede um pouco de fé, e isso é mais importante do que todos os tesouros do universo. Veja, a terra abriu-se e uma fonte inesgotável de petróleo foi revelada, a casa inundou-se, sua mulher e filhos morreram, e ele estava vivo, graças ao pouco de fé que lhe fora concedido. Rabi Zanwil e Faivush Winkler, seus outros dois companheiros, haviam desaparecido, talvez tivessem se curado e partido ou pioraram e o médico os teria fechado em seus aposentos. Hirshl não perguntou e Shrantsil não contou.

XXXI

O último mês do ano é *elul*, e o melhor. Quando faz calor, seu sol não é vigoroso como o de *tamuz* e, quando faz frio, este não é rigoroso como o de *tevet* ou o de *schevat* . Seus dias não são tão curtos quanto os dias de inverno e nem tão longos quanto os dias de verão. Nuvens quentes e frias tapavam o sol e uma luz alaranjada envolvia as árvores do jardim. Hirshl, havia dois meses e meio, encontrava-se em Lemberg e da cidade nada vira. Quando lhe contaram que Yona Toiber permanecera em Lemberg e não vira a cidade por causa do livro *Shvilei Olam* que encontrara, Hirshl conteve o riso. Hirshl já estava havia aproximadamente dois meses em Lemberg, e o que foi que vira?

Hirshl, sentado, só pensava: "Talvez eu esteja preso, talvez não saia daqui senão morto, e mesmo depois de minha morte estarei preso, como um caso ocorrido em Malikrovik. Lá foi encontrado o esqueleto de uma pessoa, preso com correntes de ferro, no porão de um agricultor. Sinal de que estou preso. Pois ninguém me dá atenção e nada me contam de minha casa. No entanto, preciso ir para o exército fazer a cerimônia do *pidion* de meu filho e trabalhar na mercearia".

A comprida mercearia de repente surgiu diante de Hirshl, ela com suas mesas, seus pesos, a grande balança diante da qual sua mãe se sentava e o escritório pequeno onde seu pai se sentava, diante de suas cadernetas. Fregueses saíam e entravam[1], Guetsil e Faivil os atendiam. De repente, Hirshl sentiu um grande ódio por Guetsil, um ódio tal que Hirshl jamais sentira por alguém. Talvez sentisse inveja de Guetsil, que estava trabalhando na mercearia, enquanto ele, filho do patrão, nada fazia, comia, bebia, jogava xadrez e ouvia histórias da boca de Langzam, o qual o cercava de palavras e não lhe dava descanso, e talvez jamais lhe daria descanso, talvez não se livraria dele enquanto aquele vivesse. Qual será sua idade e quanto mais ainda viverá? No final, nada restará dele, até aqueles que curou morrerão e nada restará deles. Jamais Hirshl sentira a existência da morte como naquela hora. E não era apenas a mercearia com tudo o que havia nela que surgiu diante de Hirshl. Inclusive tudo o que havia na casa de seu pai permanecia diante de Hirshl, o pombal destruído, o cômodo grande onde ficavam os estofados de veludo, ali era onde Mina costumava ficar antes de seu noivado, umedecendo a testa com água-de-colônia. Não se podia dizer que Hirshl gostasse daquela casa e não se podia dizer que não gostasse dela, entretanto, as pessoas costumam lembrar-se de casa quando estão distantes.

Hirshl sentia-se bem e sua mente equilibrada, olhava seus vizinhos como uma pessoa que fora visitar a casa de repouso, não remexia a terra, não contava histórias e não amaldiçoava Shlomo Rubin por ter criado um cão que roubava os pensamentos. Quem era louco dizia que existia uma máquina assim, com a forma de um cão, no entanto, Hirshl gostava de pensar naquela máquina, pois por meio dela poderia saber o que pensam dele em sua cidade. Hirshl não mais se lembrava do irmão de sua mãe e tampouco de seu avô. Desde o dia em que entrara na casa de repouso, não pensou neles, e eles tampouco surgiram em suas visões. Certamente já foram redimidos[2] e não mais perambulam pelo mundo da desolação. Hirshl também já encontrara sua redenção e estava se recuperando, oxalá seu filho e sua mulher se recuperassem.

Mina não conseguiu amamentar seu filho, pois os bicos de seus seios eram fundos e o bebê não conseguia prendê-los em sua boca. Na verdade, poderiam tê-los recuperado antes do nascimento. De que forma? Fazendo uma espécie de chapéu de zinco com um furo, mergulhando-o no azeite de oliva, colocando-o sobre os bicos dos seios que flutuariam e subiriam, porém o caso de Hirshl causou estupefação a todos, esqueceram-se e não cuidaram dela como deveriam tê-lo feito.

Berta levou uma camponesa saudável, especialista em amamentação, que jamais sentira dores. Contrariando os médicos, que diziam que bebidas que embebedam são veneno mortal para quem deu à luz, logo após o parto ela bebeu meio litro de aguardente. Os alimentos leves prescritos pelo médico, comia com apetite, e os mais pesados, tampouco deixava de comer. Cuidava tanto da casa como da mãe. Berta e Tsirl estavam satisfeitas com a ama-de-leite. Oxalá estivessem tão satisfeitas assim com o bebê.

Meshulam foi circuncidado com trinta dias, pois não era saudável como deveria e temeram circuncidá-lo no tempo certo. Foi circuncidado no mesmo dia de seu *pidion*. Como seu pai não estivesse presente na cerimônia, penduraram-lhe no pescoço uma medalha de bronze na qual estava gravado o número cinco, cujo significado era que ele devia cinco moedas de prata ao sacerdote.

XXXII

Na véspera do *schabat Nitsavim Vayelech*, chegou uma carta de Langzam dizendo que Hirshl podia voltar para sua casa, porém, para tornar sua viagem mais suave, o médico escreveu que seria conveniente um de seus parentes ir, para não o deixar sem companhia. Depois da *havdalá*, Tsirl preparou uma sacola para Baruch Meir, que alugou um coche e foi para a estação de trem.

Aquela era a primeira noite de *selikhot*. A estação ferroviária estava vazia, exceto os funcionários do trem, não se via ninguém. Baruch Meir comprou uma passagem e entrou no vagão. Descansou sua sacola e sentou-se à janela.

A noite estava escura, a escuridão do firmamento e a escuridão da terra refletiam uma na outra. De repente, o céu e a terra fundiram-se e o mundo todo escureceu e silenciou. O trem, parado nos trilhos, olhou trêmulo para dentro da escuridão sem fim, aspirou ar e preparou-se para partir. Baruch Meir, ao ver que estava só em seu vagão, alegrou-se por ter todos os bancos à sua disposição, poderia esticar-se e pegar no sono, porém teve dificuldade de resolver em qual banco deitaria. Por fim, esticou-se no lugar em que se esticou e colocou sua sacola sob a cabeça. Fechou os olhos e o coração lembrou-lhe que aquela era a primeira noite de *Selikhot* e que todos estavam orando e implorando, enquanto ele dormia. Endireitou-se, umedeceu as mãos[1] na janela, pegou seu *talit*, seus *tfilin* e o livro de oração. Nem bem abriu o livro, o trem parou.

Levantou-se, olhou para fora e leu o nome da estação. Enquanto olhava, entrou um soldado que estava voltando ao seu acampamento depois de sua folga, descansou suas coisas e sentou-se diante de Baruch Meir.

Disse Baruch Meir ao soldado: "O verão se foi".

Respondeu o soldado: "Sim, senhor".

Disse Baruch Meir: "O inverno já se faz sentir".

Respondeu o soldado: "Sim, senhor".

Disse Baruch Meir: "Mas o inverno ainda está longe".

Respondeu o soldado: "Sim, senhor".

Disse Baruch Meir: "Ainda teremos dias de verão".

Respondeu o soldado: "Sim, senhor".

Perguntou Baruch Meir ao soldado: "Como vai você, Nikofer?".

Respondeu o soldado: "Graças a Deus, estou muito bem".

Disse Baruch Meir: "Você não está admirado por eu saber o seu nome, Nikofer?".

Respondeu o soldado: "Sim, senhor".

Disse Baruch Meir: "Diga-me, Nikofer, como sei que seu nome é Nikofer, se nunca o vi?".

Respondeu o soldado: "Sim, senhor".

Disse Baruch Meir: "Sim senhor, sim senhor, sim senhor. É melhor que você me pergunte como sei que seu nome é Nikofer".

Perguntou o soldado a Baruch Meir: "Como o senhor sabe que meu nome é Nikofer?".

Respondeu Baruch Meir: "Adivinhei, Nikofer, adivinhei".

Disse o soldado: "Porém, meu nome não é Nikofer".

"Então qual é o seu nome?".

Disse o soldado: "Se o senhor sabe adivinhar, então adivinhe qual é o meu nome".

Disse Baruch Meir: "Você é engraçado, Ivan".

Disse o soldado: "Meu nome não é Ivan".

"Então como é seu nome? Stephan?".

"Adivinhe, senhor, adivinhe".

Disse Baruch Meir: "Você tem certeza, Petri, de que não tenho mais o que fazer do que adivinhar o seu nome?".

"Sim, senhor".

Disse Baruch Meir: "Então você se engana, Andrei".

Imediatamente abriu seu livro para recitar as *selikhot.* O soldado esticou-se no banco, fechou os olhos e começou a roncar enquanto dormia.

Baruch Meir olhou para o soldado e pensou: "Esta é uma boa virtude concedida aos gentios, em qualquer lugar onde descansam a cabeça, logo adormecem". Tirou seu relógio e disse: "Meia-noite", bocejou e recolocou o relógio no bolso. Meia-noite, agora estão em pé na sinagoga e o *scheliakh tzibur* envolve-se com seu *talit*, balança o corpo[2] diante da arca e recita o *Ashrei*.

Uma grande tristeza envolveu de repente o coração de Baruch Meir. Se tivesse aguardado pelo próximo trem, teria recitado *selikhot* com todos, mas estava ansioso para ver seu filho e não se deu conta de que aquela era a primeira noite de *selikhot*.

Baruch Meir perguntou-se: "Por que é que estou tão triste?". Entretanto, já não estava triste e uma imensa vergonha fez seu rosto enrubescer, como se tivesse sido expulso da comunidade israelita na hora em que todos os seus membros encontravam-se diante de seu Pai do céu, orando e implorando.

O trem chegou na estação e parou. Baruch Meir levantou-se e olhou para fora. Naquela hora, a escuridão era grande. Às vezes parecia que vinha do céu e às vezes parecia que vinha da terra. Também naquela estação, ninguém entrou no trem. Baruch Meir pensou: "Esta noite o Imperador não está lucrando muito com seu trem".

O trem aspirou ar, expirou, moveu-se e partiu. Exceto Baruch Meir e aquele soldado, não havia ninguém no trem. Baruch Meir pôs a mão na boca, bocejou e voltou a ler. Baruch Meir era um homem simples e não era especialista em leis ao chegar na leitura dos *schalosh esrei midot*, não tinha certeza se deveria recitá-los ou não. Levantou-se e leu simplesmente, ao invés de recitar como oração e súplica. Ao terminar, o trem fez uma parada. Virou as folhas e pensou: "O que chegará primeiro, a próxima estação ou os próximos 'Treze Atributos Divinos'?".

O trem movimentou-se e partiu. Baruch Meir observou o soldado e pensou: "Eu lhe deveria ter perguntado para onde estava indo, ele poderá passar de sua estação, atrasar-se e ser por isso castigado".

O encarregado entrou e examinou a passagem de Baruch Meir e acordou o soldado. O soldado pegou um papel e lhe deu. O responsável olhou o papel na luz e saiu.

Antes que voltasse a dormir, Baruch Meir perguntou-lhe: "É bom servir ao Imperador?".

Respondeu o soldado: "Sim, senhor".

Disse Baruch Meir: "Mas também em casa é bom?".

Respondeu o soldado: "Também em casa é bom".

Baruch Meir pensou: "Hirshl esteve tão perto de ser levado para o exército se não tivesse acontecido o que aconteceu, estaria deitado como este soldado". O que Baruch Meir vira naquele soldado para alegrar-se com o fato de Hirshl não estar na mesma situação dele? Somente quando o soldado respondera: "Também em casa é bom", Baruch Meir percebeu que isso era a verdade, e que servir ao imperador não era bom.

Baruch Meir voltou a pensar que, por ter acontecido o que aconteceu, seu filho se livrou do serviço militar. Há males que vêm para o bem, disse: "A Ti, Deus, pertence a justiça".

Depois de recitar as *Selikhot* pretendia dormir, quando entraram algumas pessoas. Um deles parecia com seu irmão Meshulam, ou parecia com Baruch Meir, que parecia com o irmão. Pôs-se a pensar que havia dez anos não se viam e tampouco se correspondiam, exceto uma vez por ano, quando este enviava àquele um cartão de saudação pelo ano novo e aquele enviava a este saudações em versos.

"Parece-me que os filhos de Meshulam já estão na idade de casar. Se não me engano, ele tem uma filha para casar. O que é que Meshulam, meu irmão, quer para sua filha, um doutor[3]? Meshulam é uma pessoa estranha! Ouvi dizer que se filiou à Sociedade *Ahavat Tzion*[4] de Tarnov, para que o levassem a Israel. Se aquele assentamento de Machanayim[5] não tivesse sido destruído, seu irmão estaria em Israel vivendo de donativos. Por que de repente estou pensando em meu irmão?, este homem em nada se parece com meu irmão".

Encostou a cabeça na janela, sentiu sono e adormeceu. O trem corria e avançava, corria e parava muito ruidosamente. Ao acordar, o dia já clareara e já chegara a Lemberg.

De três de *tamuz* até o final de *elul,* Hirshl permanecera em Lemberg. Seu rosto, envolto por uma pequena barba, tornou-se cheio e escuro. A angústia do medo desapareceu de seus olhos, neles não havia cansaço e tampouco assombro. Também estava tranqüilo e todos os seus movimentos equilibrados. Permaneceu por três meses com seu médico, que o submeteu a tratamentos que curam e restabelecem, afastou-o daquilo que prejudica o corpo, trabalhou de dia e fortaleceu seus membros ao sol, dormiu do início ao final da noite, colocaram-no em plena forma, porém estava tenso diante de seu pai. Sentiu o cheiro de Shibush e se entristeceu. Como uma pessoa tensa que diz: "Desculpe-me por incomodar", é assim que Hirshl se sentia diante de seu pai e, em pensamento, pedia que o perdoasse.

Baruch Meir caiu nos braços de seu filho e o abraçou e o beijou e fez perguntas sem importância, como se nada tivesse acontecido, e assim se portou durante todo o caminho. Hirshl percebeu. Ao sentar-se no trem, pegou a mão de seu pai e quis agradecer-lhe, porém temeu chorar e calou-se.

Ao médico, Baruch Meir contou que Shibush via o que acontecera com seu filho como uma estratégia para evitar o serviço militar. O Santo Abençoado tem participação em tudo, disse o médico: "Quando voltar para casa, ele não se sentirá humilhado".

O caminho de Lemberg a Shibush não é curto e os dias que Hirshl se ausentou não passaram sem novidades. Muitas coisas aconteceram em Shibush e cada coisa é um assunto em si. Baruch Meir olhou para seu filho e pensou o que contaria primeiro. Poderia contar-lhe o caso do farmacêutico que os invejava e apresentara uma queixa pelo fato de venderem sais medicinais, e ainda não se sabia quem ganharia na justiça, o farmacêutico ou a firma Horovits. Tudo bem se a firma Horovits não ganhar nisso, já ganhou num outro negócio, na venda de tintas. Shlaien, que imigrou para a América, estava de volta e, desde que retornou, começou a pintar casas e a fazer letreiros novos para lojas. Shlaien é um grande artista. Alguns comerciantes decretam falência só para fazer novos letreiros. Ele também pintou a Grande Sinagoga. E tudo isso não era nada perto da agitação que Yehoshua Blaiberg provocou na cidade, por terem apagado as pinturas antigas para fazerem novas. Mas Baruch Meir era humilde e não mencionou esse fato a Hirshl, pois, se o fizesse, teria que contar quem doara as tintas. Baruch Meir não costumava vangloriar-se de suas caridades, ainda mais que sua caridade fora em nome da recuperação de seu filho.

Mas, estando no trem, Baruch Meir não precisava falar muito, ainda mais em *elul*, o trem falava por si. Comerciantes de *etrog* voltavam às suas cidades, cheios de raiva. Tanto perambularam entre os malditos gregos, sem comida e sem ir à sinagoga, e tudo para que o povo de Israel tivesse o direito de ter uma bela cidra. No final, eram caluniados e difamados pelos jornais. De outro lado estavam os sionistas, que exclamavam: "Quem adquire e abençoa um *etrog* de Corfu é um insultador que comete uma blasfêmia contra Israel, pois estes *etroguim* são adubados com o sangue do povo de Israel derramado pelos malditos gentios". Do outro lado, sentaram rabinos e *hassidim,* uns retornando das estações de águas termais e outros viajando para passar os *iamim noraim* com seus *tzadikim*, tanto uns como outros gritavam, para que não adquirissem as cidras da Terra de Israel, plantadas por israelitas transgressores das leis da *Torá*. De outro lado, sentavam-se pessoas comuns que não eram nem comerciantes de *etrog*, nem sionistas, nem tampouco rabinos e, em cada estação, pegavam maçãs, pêras, ameixas e comiam com prazer e ofereciam a seus vizinhos no trem. Essas frutas não eram tão importantes quanto o *etrog*. Não eram nas ilhas gregas em Corfu, e não havia uma bênção especial que se dissesse antes de colhê-las, apesar disso, Deus lhes concedeu sabor e aroma e determinou uma bênção para a sua ingestão. O mundo exalava o aroma das frutas de *elul* e os ânimos arrefeceram. E o trem andava e parava, estes desciam, aqueles subiam. O que é isso! Metade da maçã ainda está na boca e você já chegou em Shibush!

XXXIII

Ao entrar em casa, Hirshl foi recebido por Mina, que trazia nos braços um bebê debruçado num travesseiro branco, que parecia uma fatia de carne grelhada, chorona e vermelha. Hirshl cumprimentou sua mulher e desviou os olhos de seu filho. Seu coração, assim como não se abriu para amá-lo no dia em que nascera, tampouco se abriu estando diante dele.

Estando ali parado, duas gotas azuis brilharam e sentiu que os olhos do bebê o espreitavam. Seus lábios estremeceram e quis desculpar-se por tê-lo trazido ao mundo, por não amá-lo e porque jamais o amaria.

Os pensamentos do pai Hirshl não eram como o pensamento do Pai Celestial. O pai Hirshl desviou seus olhos de seu filho e dele afastou seu coração, e o Pai Celestial abriu os olhos de Hirshl e colocou amor e carinho em seu coração. Ontem, Hirshl dizia: “Não amo esta criança”, e hoje, pega-o e o beija. Ontem dizia: “É minha obrigação de pai sustentá-lo, pois veio ao mundo por meu intermédio”, e hoje, é como se ele mesmo tivesse vindo ao mundo apenas para seu filho. Deus do céu lá das alturas brinca com seus filhos. Deus tem muito que fazer, criar mundos e destruí-los, destruir mundos e construí-los e, ao mesmo tempo, parece dirigir sua atenção até mesmo ao merceeiro em sua mercearia e à criança em seu berço. Hirshl também não ficava desocupado e, apesar disso, dirigia sua atenção àquela criança.

Por que Hirshl deixava a mercearia e ia ver a criança? E não só isso, mas também coaxava diante dele como um sapo e se debatia diante dele, e piava como um passarinho, um leve sorriso nos lábios da criança fazia Hirshl feliz. Hirshl pensava: "O que uma pessoa precisa é de um pouco de felicidade. Não sou feliz, mas esta criança precisa ser feliz. Minha infância não foi abençoada, mas a infância desta criança precisa ser abençoada, pois, se não há amor, não há bênção, se não há amor entre o marido e sua mulher, seus filhos não são abençoados".

Hirshl perguntou-se: "Será que é atributo dos judeus odiarem suas mulheres?". Não se pode dizer que ele odiasse sua mulher, no entanto, uma vez que não a amava, para ele era como se a odiasse. Se não tivesse visto a outra, estaria feliz com sua mulher. Muitos se casam contrariados e acabam vivendo bem com suas mulheres. Toda a infelicidade deste é ter dividido seu coração com a outra. Se não fosse por aquela, estaria satisfeito com sua mulher.

Bluma ainda não se casara com ninguém. Deus do céu sabe quem ela desejava. Guetsil Shtein ela afastou e outros ela não aproximou. Talvez quisesse casar-se com Yona Toiber que ficara viúvo recentemente? Yona Toiber estava em pleno vigor. Quem se portava como ele, a menos que houvesse uma epidemia ou uma guerra, chegaria à velhice mantendo a boa forma.

Bluma não se interessou por Toiber e Toiber não cortejou Bluma. Do que é que Toiber necessitava? De uma dona de casa que acendesse seu forno, arrumasse sua cama, lavasse a sua roupa e cuidasse de seus órfãos, ainda em tenra idade, para que seu pensamento ficasse livre para os negócios. Quando Yona Toiber casou-se com a corcunda, filha de Shtein, o *schokhet* e os moradores de Shibush enganaram-se ao dizerem: "Deus vingou-se dele por ter sido desonesto em sua profissão!". Contudo, Toiber sabia o que fazia, ignorou a feiúra dela e considerou suas qualidades. Desde o dia em que se casara com a corcunda, sua mesa estava posta, seu forno aceso, sua cama arrumada e sua roupa limpa. E, quando ela lavava seus órfãos, vestia-os com roupas limpas, alimentava-os e levava-os para a escola, até a mãe dela admirava-se; essa moça, cujo corpo inchara por sua maldade, de repente, proporcionou-lhe netos que estudavam a *Torá*. Ela ia à casa de sua filha, não que sua filha dela precisasse, mas para que as pessoas não falassem, e lá ela descansava do trabalho, pois em sua casa não se podia parar. As meninas sempre desejaram livrar-se da corcunda, quando suas preces foram atendidas, perceberam o que haviam perdido. Não era todo dia que comiam manjares, porém sempre havia pão e cozido quente. Desde que ela se fora, não havia mais pão, o fogo apagara-se e elas não tinham senão sua mãe com quem reclamar, uma vez que Guetsil plantara-se na Sede da Sociedade e o pai perambulava entre os *tzadikim* da geração, solicitando que interviessem na sua questão e escrevessem aos representantes comunitários de Shibush para que lhe devolvessem o cargo. Não se sabia quando voltaria, pois, se você não molha as mãos dos ajudantes, a mão dos *tzadikim* será fraca, e de onde este pobre homem tiraria dinheiro, se seu filho guardava cada centavo?!

Guetsil Shtein economizava cada centavo e o depositava no banco. O saldo não era grande, mas era o bastante para que seu dono ficasse conhecido como uma pessoa astuta, que sabia que dinheiro é dinheiro e que o objetivo de dinheiro é dinheiro: receber juros e aplicá-los num fundo.

Ele não mais gastava seu dinheiro com coisas sem importância, como gravatas coloridas, as quais Saltchi já deixara de usar para enfeitar-se para Victor ou para outros. Fora atingida por um mau-olhado, ou então as poções que usava para atrair a atenção de Victor prejudicaram-na, pois permanecia estirada em sua cama, envolta em algodão e poções vegetais que tornavam sua pele verde. Victor foi para outra cidade e aquele que ficou em seu lugar em Shibush, dirigindo os negócios de Singer, encontrou outras moças. Os gostos não são iguais. Mesmo o gosto de Victor não era igual o tempo todo. Às vezes achava Saltshi bonita e às vezes achava sua irmã Bailtshi mais bonita.

A moradia do *schokhet* estava silenciosa. Se não fossem os suspiros de Saltshi e as palavras de conforto de Bailtshi, não se perceberia que ali havia moradores. A máquina de costura foi levada para a casa da corcunda e não mais rangia, irritada. Tampouco havia razão para que se irritasse, pois sua proprietária a tratava bem, untava-a com óleo e querosene, não a sobrecarregava de trabalho e, quando era preciso, confortava-a com canções e cantigas. A geração de agora costuma cantar outro tipo de canções, mas a senhora Toiber cantava as mesmas canções que sua mãe e suas vizinhas costumavam cantar, canções tristes e doces sobre amor e morte. Toda vez que a senhora Toiber cantava, as lágrimas faziam brilhar seus olhos cinza. Será que ela temia um dia ser deixada por Yona Toiber, que morreria como todos? Toiber ainda estava em seu pleno vigor, quem se porta como ele viverá cento e vinte anos. Entretanto, no passado, os sofrimentos foram tantos que a tornaram incapaz de aceitar um bem maior no final.

Ela não reclamava de seu destino, pelo contrário, desabafava cantando, e o canto adoçava o seu coração, retornava ao trabalho e fazia um *kitel* novo para seu marido, ou um *talit katan* para o filho dele, ou uma camisola para a filha dele. A mãe deles, que Deus a tenha, ficou doente no fim de seus dias e não se importava com os trabalhos de casa. Mas Ele, em Sua abençoada bondade, fere e cura. Ao levar deste mundo a mulher de Toiber, dera-lhe outra. Aquilo que a primeira não pôde fazer, a segunda fazia.

XXXIV

Hirshl entregou-se de corpo e alma ao armazém. Jamais tinha uma idéia criativa, todavia, o que fazia, fazia bem. Mesmo antes de seu casamento, seu trabalho já era reconhecido, porém era menos importante que seus pensamentos. Agora seu trabalho era o objeto principal e seus pensamentos é que eram menos importantes. Não mais comparava uma mulher à outra e já não se perguntava: "Por que busco esta e não a outra?". Deus, ao criar o primeiro homem, criou-o macho e fêmea. Depois, dividiu seu dorso e fez um dorso para cada um. Desde então, nas gerações seguintes, cada pessoa nasce só e livre da missão de buscar sua outra metade[1]. Há alguns anos, Hirshl sentiu-se atraído por uma outra mulher, pois pensava que tinha uma missão a cumprir e mostraram-lhe que estava errado. Contudo, isso ainda lhe causava tristeza. Por fim, consolou-se, como uma pessoa que perde um objeto precioso e encontra outro que o substitua[2].

Tsirl não mais o estimulava a passear todo dia. Uma pessoa tão ocupada quanto Hirshl não costuma passear. Quer ver alguém passeando, vá à casa de Guildenhorn e olhe na parede. Havia um quadro, na casa de Guildenhorn, de um rapaz magro com uma bengala debaixo de seu braço e um de seus pés estava em posição de caminhar. Sob o quadro estava escrito: "passeio". Hirshl não tinha tempo para, de repente, sair a passeio. Assim como as outras pessoas, ele saía para respirar um pouco de ar puro no *Schabat*, depois do almoço. E, quando passeava, não se dirigia àquela chamada rua da Sinagoga. A pessoa gosta de variar, quem visita sempre o mesmo lugar se aborrece. Hirshl já vasculhara bem aquela rua, conhecia cada casa e cada pedra, desde a igreja que ocupava o espaço da antiga sinagoga até o convento em ruínas, cuja relva era vermelha. Para Akávia Mazal, cuja paixão era pesquisar a Antigüidade, era diferente. No entanto, quem tem uma vida pela frente o que tem a fazer nessa rua?! E o que dizer da senhora Mazal, que era jovem e não se ocupava com pesquisas, por que então fixara ali sua residência? É que mulher costuma morar com seu marido, e o mesmo se dá com Bluma, sendo empregada doméstica, permanece no lugar onde encontra sustento. Antigamente, morava no centro da cidade, atualmente morava no extremo da cidade.

Quando o pensamento de uma pessoa a domina, ela vai a um lugar onde não haja ninguém, quando seu coração está aliviado, procura um lugar aonde muitos vão, ainda mais estando também sua mulher, pois não é sempre que um homem pode conversar com sua mulher.

Eram agradáveis os sábados depois de *sucot*. A terra estava macia e não machucava os pés e o firmamento encontrava-se bem próximo das pessoas. O sol brilhava e não queimava e os caminhos não estavam cobertos de poeira. Toda a água das chuvas que estava no firmamento já descera durante a festividade, e o Santo Bendito preparava seu mundo para receber a neve. Ele ainda aguardava até que as batatas fossem colhidas e a lenha para o aquecimento fosse armazenada.

Hirshl e Mina passeavam unidos. Havia um ano, Hirshl passeava com Toiber, depois só. Passou a passear com sua mulher. Todos os créditos eram de Toiber, por tê-lo aproximado de Mina. Desde que se aproximara de Mina, deixara Toiber e passara a passear com Mina.

Hirshl vestia-se com roupas próprias para o passeio de *Schabat* à tarde, diferente daqueles intelectuais que possuíam apenas roupas próprias para *Schabat* e roupas próprias para dias comuns. Com roupas de *Schabat* não podiam sair, por serem demasiadamente formais, e com roupas casuais não podiam sair, por conta da santidade do *Schabat*.[3] Tsirl fora bastante previdente ao fazer-lhe roupas que tanto podiam ser usadas no *Schabat* como nos outros dias semana. No entanto, as roupas estavam muito justas em seu corpo, Hirshl ganhara peso durante os bons dias que permaneceu com o doutor Langzam. Nem mesmo seu pai dizia que Hirshl continuava tão magro como antes de seu casamento.

Mina também melhorara um pouco e já não parecia tão frágil como filha de aristocratas. Todavia, não inventaram uma colher que traz por si a comida, da tigela à boca, mesmo assim, percebia-se que engordara, ainda que muito pouco. Talvez por ter dado à luz recentemente e talvez por não ter preguiça de levar a colher à boca. Quem é generoso está feliz com aquele casal.

Hirshl e Mina não eram os únicos, muitos casais saíam para passear no *Schabat* à tarde, patrões e trabalhadores, pois nem todos os patrões passavam o *Schabat* inteiro dentro do *beit ha-midrasch* e tampouco todos os trabalhadores iam ouvir as palestras de Knabinhut. Talvez fosse bom que os patrões permanecessem ao menos um dia no *beit ha-midrasch* lendo um livro, uma vez que todos os dias da semana estavam ocupados com sua subsistência. Entretanto, assim eram as pessoas de Shibush, conheciam aquilo de que o corpo necessita e desconheciam aquilo de que a alma necessita. Talvez fosse bom também que os trabalhadores escutassem o que Knabinhut dizia, entretanto, as pessoas preferiam ouvir sua própria conversa frívola a uma grande teoria alheia.

Hirshl caminhava com Mina nos arredores de Shibush, encontrava com este, conversava, encontrava com aquele e conversava. O quanto as pessoas podem cometer enganos! Todos estavam certos que Hirshl Horovits afastava-se das pessoas e, afinal, percebiam que era bastante sociável. Até mesmo os dois repórteres do jornal de Shibush, que propagavam que Hirshl era orgulhoso, concordavam que se podia falar com ele. Nem tudo o que lhe falavam, Hirshl julgava importante, porém sabia ouvir com atenção uma conversa.

Caminhando, chegaram a uma casa nova que estava sendo construída. Hirshl entrou e examinou as paredes, os quartos, o batente e as janelas. Valia a pena uma pessoa, cuja casa já estava pronta antes de seu nascimento, ver como era uma casa cuja construção não estivesse terminada. No início, quando o mundo estava vazio, o homem construía uma cidade, e agora, estando o mundo habitado, o homem constrói uma casa. Antes que terminasse seu pensamento, chegaram outros para olhar a construção.

Os dias de Dreyfuss, quando todas as conversas giravam em torno dele, já se foram e, agora, toda pessoa que pertencia ao povo israelita tem tempo para pensar em outras coisas como, por exemplo, nas necessidades da cidade, nos negócios da nação, nos padres que caçavam moças do povo de Israel e as colocavam em conventos, no Imperador Franz Yosef, que tenha longa vida, que era condescendente com o povo de Israel e com a sociedade *Kol Israel Chaverim*[4] de Viena e seus líderes.

Em Shibush, havia aqueles que, enquanto conversavam com os dirigentes da sociedade *Kol Israel Chaverim* de Viena, seus corações batiam de felicidade, pelo Bendito Santo os ter cercado de barões e de ricaços, pessoas íntimas ao governo que não se envergonhavam do povo de Israel, e havia aqueles que diziam com insolência: "Seus favores de nada valem".[5] Chaim Yehoshua Blaiberg, por exemplo, dizia: "Se não fosse pelo empréstimo feito ao perverso Império Romeno que maltrata o povo de Israel, a perversa Romênia não teria resistido e não perseguiria o povo de Israel, porém eles gostam mais do dinheiro do que de seu povo".

Blaiberg era uma pessoa estranha e suas idéias eram estranhas. Quando a Grande Sinagoga foi pintada, toda Shibush festejou entusiasticamente, enquanto ele infernizava a todos por terem apagado a lua e os doze signos e por terem desenhado uma abóbada estendida sob o teto. No entanto, aqueles desenhos já haviam envelhecido, uma vez que, desde a construção da sinagoga, havia 256 anos, não foram retocados e, quando os ministros do governo compareciam nas noites do *Kol Nidrei*, para demonstrar seu respeito ao povo de Israel e ouvir as orações, poderiam dizer que respeitávamos pouco o céu e, portanto, não nos empenháramos em consertar nossa casa de oração. E, tendo Shleien, o pintor, voltado da América, os responsáveis pela manutenção da sinagoga lhe pediram que a pintasse. Pintou inclusive as paredes, com pontinhos dourados e prateados, como aqueles do refeitório da estação ferroviária, porém o refeitório foi pintado com aquarela e a sinagoga, ele pintou com tinta a óleo. E, portanto, Baruch Meir e Tsirl merecem reconhecimento, por terem doado a tinta a óleo para que a pintura durasse por muito tempo.

O sábado de outono era curto, metade da conversa ainda estava por ser proferida e eis que o correio da tarde chegava.

Sons entrecortados de corneta eram ouvidos e furgões amarelos chegavam e paravam no pátio do correio, os carteiros saíam à rua com suas mochilas penduradas no pescoço. Seus olhos eram duros como os dos coletores de *tzedaká*, poderiam reter sua correspondência se assim o quisessem, porém ficam satisfeitos ao se livrarem de sua carga.

Em silêncio, todas as pessoas que passeavam permaneciam diante do carteiro, e cada um esperava que este o chamasse pelo nome e lhe desse o que lhe pertencia. Quando o carteiro estava bem-humorado, chamava alguém pelo nome e dizia: "Amanhã lhe darei, hoje nada chegou". Assim que a pessoa se virasse para ir embora, fazia-a voltar e lhe entregava sua correspondência. As cartas estavam fechadas e você não sabia o que elas escondiam, ou talvez soubesse, mas não o suficiente, e era forçado a esperar que o Bendito Santo encerrasse o *Schabat* e acendesse três estrelas no firmamento[6]. E o Bendito Santo se demorava a ordenar as estrelas no firmamento. Ou por esses últimos instantes do *Schabat* lhe serem mais caros do que todos os seis dias da Criação, ou por Ele não ver com bons olhos a pressa de seus filhos em retomarem as atividades semanais.

Porém, se as cartas são fechadas, cartões e jornais não o são, então você podia lê-los à vontade.

Chegavam muitos jornais em Shibush, alguns escritos no idioma germânico, outros em polonês, e também jornais escritos em ídiche, os quais eram enviados por aqueles que imigraram para a América a seus parentes. Numa distância de milhares e milhares de léguas, encontrava-se todo tipo de especialistas que apenas desejavam transmitir o que sabiam, e você ficava sabendo aquilo que seus pais e seus avós não sabiam, e você se sentia mais inteligente do que todas as gerações precedentes. Seu pai estudou sete vezes os seis livros da *Mischná* e seu avô estudou os seis livros da *Mischná* quarenta e duas vezes, e o que é que sabiam? Que o Rei David levantava-se no meio da noite e recitava poemas e louvores diante do Bendito Santo, e que duas pessoas foram consultar o Rei Catsia, um encontrou um tesouro enterrado no terreno de seu amigo e queria devolvê-lo, pois temia ser castigado por roubo, e seu amigo, temendo o mesmo, não queria recebê-lo[7]. Entretanto, o pouco que você lê num jornal lhe revela o mundo todo.

Além dos jornais estrangeiros e em ídiche, chegavam também jornais hebraicos em Shibush. Antigamente, chegavam muitos, hoje chegam apenas dois, um para a Sociedade Sionista e outro para um rapaz que escrevia poemas em hebraico. Deus do céu deve saber por que o coração de um jovem encheu-se de amor e carinho pelo hebraico. Será que pretendia sustentar-se com isto? Será que pretendia, com isto, conseguir honrarias?

As gerações atuais não são como as de antigamente, que apreciavam a língua sagrada e a consideravam sua jóia preciosa. Sobre Yona Toiber nem é preciso falar, mas até Sebastian Montag, o chefe da comunidade, seu rosto ainda se iluminava ao lembrar o artigo sobre a nobreza do ser[8], publicado no *Hamaguid*[9], que escreveu quando seu avô doou à sinagoga dezoito moedas[10]. Na geração de hoje, não há quem queira falar hebraico. O aumento de pessoas práticas aboliu o respeito à nossa língua sagrada e os cidadãos se transformaram ou em socialistas ou em sionistas.

Sebastian não errou ao aproximar-se dos outros povos afastando-se dos sionistas, pois o sionismo estava difundindo-se e conquistando o coração do povo. É possível que, daqui a cem ou cinqüenta anos, se faça política também no sionismo e, certamente numa segunda ou terceira encarnação, Sebastian será o porta-voz do sionismo, hoje em dia, uma pessoa como Sebastian não tem nada a fazer no sionismo. Entretanto, vivia em paz com o sionismo e sentava-se à mesa juntamente com os líderes da sociedade e com eles bebia vinho Carmel[11] e, à sua maneira, confraternizava-se e nem é preciso dizer que suas piadas eram melhores do que as deles, pois eram temperadas com citações bíblicas e sua voz era bonita. Ele também honrava Deus pela graça concedida, e por vezes desempenhava a função de *hazan* na sinagoga, talvez gostasse mais de *hazanut* do que de suas "coitadinhas". Se havia algo que Sebastian devia temer era os socialistas e Knabinhut.

Pequeno e ágil como um demônio, sem bigode como um artista, o doutor Knabinhut andava pela cidade e todos os trabalhadores o acompanhavam. Desde o dia em que foi preso, seu coração aliviou-se. Encontrava-se com Sebastian, este lhe batia nos ombros com carinho e dizia: "Em Shibush, há duas pessoas decentes e as duas estiveram presas na cadeia". Porém, a ironia estava no fato de ele ter sido preso por querer consertar o mundo e, o outro, por ter falsificado um baralho.

Knabinhut era um açoite pesado que pairava sobre a cidade, feliz de quem não era atingido por ele. Esse açoite atingia os grandes e acariciava os pequenos. Ao terminar seu discurso na sede do Grupo Socialista, Knabinhut saía para passear. E enquanto passeava, uma grande multidão[12] o acompanhava e muitos olhares observavam a boca de Knabinhut.

O olhar de Knabinhut era generoso, observava seus adeptos enquanto olhava em frente. Um pouco distante dele, andava uma jovem sozinha, afastou-se de seus adeptos e aproximou-se dela. Somos levados a crer que ela fosse íntima de Knabinhut, pois, sendo ela empregada doméstica, pertencia à classe dos proletários. Mas nem tudo o que somos levados a crer é verdade.

E Hirshl já esquecera a conversa boa, amigável e animadora. Parado, olhava em frente. Havia aproximadamente seis meses não via tal moça e, de repente, ela lhe aparecia. Até Mina, que não costumava prestar atenção nas pessoas, olhou para ela. Havia naquela moça algo que obrigava Mina a falar dela, porém sua boca estremeceu e ela não chegou a dizer nada.

Hirshl permaneceu em silêncio, como se o Senhor dos sonhos houvesse aparecido e posto um manto de sonho sobre seus olhos. Assim costuma agir o Senhor dos sonhos, cobre com um manto os olhos das pessoas quando o objeto de seu amor não está presente, e os cobre com um manto de sonho quando o objeto de seu amor está presente.

Sofia Guildenhorn, que no caminho se juntara a Hirshl e Mina, também viu Bluma andando com Knabinhut. Sofia, por seu modo de ser, diria o que pensava sobre o caso de Bluma, porém seu coração estava triste, quando se está com o coração apertado não se presta atenção no que se passa com os outros. Quem teria causado o aperto no coração de Sofia? A solidão que sentia quando seu marido não estava com ela e a alegria e o prazer quando seu marido estava com ela. Nem toda mulher era capaz de passar de um estado a outro e resistir a ambos. Mina aproximou-se de Sofia. Aquela que lhe deu apoio precisava de apoio. Quando ia à casa de Mina, não tinha pressa de sair. Já se passara mais de um ano desde que Hirshl e Mina se casaram, e não havia por que pensar que ela estivesse atrapalhando. Sofia não mais cochichava com Mina e nem contava coisas que emocionavam e faziam perder o fôlego, sua atenção entregava ao filho da amiga. Deus do céu não lhe concedera filhos, no entanto, dera um filho à sua amiga para que se distraísse com ele.

As estrelas apareceram e as lojas se abriram. Mina voltou para casa e Hirshl foi ao armazém, entregar a seu pai as cartas que o carteiro lhe dera no *Schabat* à tarde. O carteiro dera muitas cartas a Hirshl, cartas de negócio, contas a pagar, apelos de caridade, cartas oficiais, convites e mais duas cartas, uma de Shibush e outra de outro país. Havia ainda mais uma carta em nome de Hirshl, escrita na Língua Sagrada. O juiz que fora nomeado Rabino de uma outra comunidade escreveu um livro de leis religiosas e enviou a Baruch Meir, Hirshl encomendou também para si um livro e enviou um presente ao autor. Na carta, o autor agradecelhe pelo amor à Bíblia e por apoiar os estudiosos. Na verdade, Hirshl não necessitava de livros de leis religiosas, pois já esquecera o que aprendera no *beit ha-midrasch*, entretanto, sua intenção era ajudá-lo. Um juiz que possuía uma pena e escrevia interpretações bíblicas e as publicava merecia que lhe dessem apoio.

E agora vale a pena olhar a carta que veio de outro país. De quem, senão de Arnold Tsimlich, o parente de Guedalia? Ele não sabia ao certo se em Malikrovik havia correio e não sabia como se escrevia o nome da aldeia, portanto pedia para que dissessem a Guedalia Tsimlich, seu parente, que ele, Arnold Tsimlich, queria ir a Malikrovik por ocasião das festas cristãs. Tsirl duvidou e Baruch Meir estava certo de que ele iria, pois os germânicos cumpriam sua palavra e, uma vez que escreveu que iria, iria.

Agora daremos atenção à carta que fora escrita e enviada em Shibush. Desde o dia em que Shibush fora construída, jamais uma carta fora enviada de Shibush para Shibush pelo correio, exceto essa do farmacêutico maluco. Ontem, queixou-se que Horovits vendia sais medicinais ilegalmente e, hoje, ele avisava que retirara a queixa. Será que Sebastian dissera ao farmacêutico ou ele por si percebera que iria perder na justiça? De um jeito ou de outro, Baruch Meir livrou-se desse incômodo e, de um jeito ou de outro, Baruch Meir estava satisfeito.

Baruch Meir teve um pequeno incômodo e livrou-se dele, teve um grande incômodo e livrou-se dele. Em virtude do que acontecera com seu filho, Baruch Meir quase perdeu a esperança de vê-lo bem e, no final, ei-lo entregue de corpo e alma aos negócios da mercearia. Hirshl cumpria seus horários, sabia quando devia estar com sua mulher, quando devia ir à mercearia, quando devia ocupar-se com a mercadoria e quando devia deixar de lado afazeres em prol de uma conversa amistosa.

XXXV

A casa de Hirshl abrira-se novamente para receber visitas. Antes, recebia convidados para mostrar-lhes a casa, agora, recebia-os pelo prazer de conversar.

Nem todos que antes costumavam ir iam agora. Quando Hirshl perguntara a Motshi Sheinberg: "Por que você não vem à minha casa?". Respondeu-lhe Motshi Sheinberg: "Porque minha perna de pau está envelhecendo e não agüenta subida". A resposta daquele homem foi um gracejo. Na verdade, até a perna com a qual nascera tinha dificuldade de subir. À casa de Guildenhorn, que era térrea, ele ia, à casa de Hirshl, onde havia escadas para subir, ele não podia ir.

Nem tudo dependia de Motshi Sheinberg. Uma cidade de quinze mil pessoas, das quais mais da metade eram judeus, não possuía uma perna apenas e, se Leibush Tshortkover afastara-se de Hirshl, seu filho Vovi[1] dele se aproximara. Esse é o Vovi que divulgava o nome de Shibush pelo mundo. Aparentemente, o que havia em Shibush que não havia em outra cidade? Patos e filhos de pobres perambulavam descalços como em todos os outros lugares, mas havia um homem em Shibush, cujo nome era Knabinhut, que despertou o interesse dos jornais. Não havia um mês em que Vovi não publicasse algo nos jornais. Tsirl não estava satisfeita da aproximação de Vovi com seu filho. O que Tsirl temia? Talvez que este influenciasse seu filho com idéias subversivas, ou talvez que fosse atraído pelos intelectuais. Porém Baruch Meir o respeitava, não porque o temesse, pois aquele poderia mencionar seu nome nos jornais, mas porque se relacionava bem com todas as pessoas.

Uma vez por semana, os amigos de Hirshl ia à sua casa. O lustre grande aceso, uma toalha limpa sobre a mesa e, sobre a toalha, uma espécie de faixa bordada colocada na diagonal. A ama-seca levava café com creme, mais creme do que café, e Mina servia todo tipo de biscoito, alguns em forma de meia-lua e outros em forma de coração. Sentavam-se cada qual com seu copo na mão, um calor agradável penetrava a mão e espalhava-se por todo o corpo. Uma vez que estavam de cabeça coberta, lhes era permitido conversar sobre temas sagrados[2], porém, como eram estudiosos, conversavam sobre assuntos que lhes interessavam. Por exemplo, sobre a loja que o padre abrira para prejudicar o sustento dos israelitas, sobre o novo juiz Shmuelivitch, o caraíta[3] que recebia suborno como um gentio e freqüentava os banhos como um judeu.

Aquele café que a ama-seca preparava não era forte como aquele que Hirshl costumava beber antes de sua viagem a Lemberg, pelo contrário, acalmava o coração e deixava um peso agradável no corpo. Tendo vontade, você fala, não tendo vontade, você cala, tendo vontade, você pega um biscoito em forma de meia-lua, tendo vontade você pega um biscoito em forma de coração. Talvez os bolinhos de Bluma fossem mais saborosos do que esses, mas esses também eram saborosos.

Quando Guildenhorn encontrava-se na cidade, entrava rapidamente na casa de Hirshl. Hirshl pegava duas ou três garrafas de suas melhores bebidas para servir-lhe. Guildenhorn bebia um pequeno gole e deixava o restante no copo. A cada sete anos, o gosto das pessoas modifica-se. Na verdade, ainda não se haviam passado sete anos desde que se acostumara a beber bebidas fortes. Certamente, todos aqueles anos bebera não por gosto.

Guildenhorn já não parecia tão alto quanto antes, talvez sua estatura não tivesse mudado, entretanto, enquanto Kurtz encontrava-se na cidade, Guildenhorn parecia alto. Desde que Kurtz se fora, Guildenhorn já não mais parecia tão alto, há um dito popular que diz: "Se não há anões, não há gigantes".

Para onde fora Kurtz? Na casa de Hirshl, havia uma empregada que cozinhava e assava muito bem, Kurtz a observou e com ela se casou. Certa vez, os representantes do Barão Hirsh foram inspecionar a escola de Shibush, observaram Kurtz e quiseram despedi-lo. Sua mulher foi ter com o encarregado e convidou-o para uma refeição. O encarregado, vendo que ela era uma criatura maravilhosa, nomeou Kurtz diretor da escola de sua cidade. Em Shibush, havia aqueles que negavam a existência de milagres, mas, quanto ao caso de Kurtz, admitiam que milagres ainda aconteciam no mundo. Kurtz, um professor decadente! O encarregado apreciou sua refeição e o nomeou diretor.

Quando Baruch Meir e Tsirl trancavam a mercearia, às vezes iam por pouco tempo à casa de Hirshl e Mina, para ver Meshulam e ouvir o que as pessoas conversavam.

Baruch Meir sentava-se sobre a cadeira de palha trançada, com a mão em sua corrente. Mesmo que não estivesse pensando, sua mão mantinha-se sobre a corrente, ou porque como costumava pensar muito isso transformou-se em hábito ou porque sua mão enfraquecera e necessitava de um apoio. Não mais esfregava as mãos a toda hora. Será que acontecera algo que o deixara insatisfeito ou será que as pessoas costumam modificar-se?

Baruch Meir modificou-se, seu corpo encheu-se de carne e sua carne encheu-se de gordura. Mesmo não tendo nascido em Shibush, percebia-se nele a marca de Shibush. Sentar muito faz engordar. Baruch Meir costumava permanecer muito tempo sobre suas cadernetas e não movimentava o corpo, não passeava na rua. Tsirl e Baruch não gostavam de passear. Quando os empregados iam para suas casas e Hirshl retornava para Mina, Tsirl ficava com seu marido juntando seu dinheiro. Quando Baruch Meir e Tsirl estavam sozinhos, todos os passeios do mundo nada significavam se comparados com aquele momento.

Unidos, sentavam-se em silêncio e não importunavam suas línguas. Deus do céu tampouco os importunava com a lembrança de que deveriam agradecer ao fato de Hirshl lhes ter sido devolvido com saúde. Bem, a mercearia não é como o *beit hamidrasch,* local onde se ora e se recitam os Salmos. A doação da tinta a óleo para a pintura da Grande Sinagoga já fora o suficiente. Aparentemente, Ele também Se satisfizera com tal doação e esquecera-Se de Hirshl e de suas doenças, como disse Langzam: "Não há dúvida de que seu comportamento não regredirá". Fique você sabendo que, quando Hirshl leu no jornal que um louco chamado Faivish Winkler fugira de seu médico e os policiais o procuravam, pois era perigoso, Baruch Meir e Tsirl temeram que ele lembrasse da casa de saúde e se angustiasse. No entanto, não se angustiou, era como se toda aquela casa estivesse fora dele, pois o interesse de Hirshl era a mercearia. Hirshl entregou-se de corpo e alma à mercearia e desempenhava bem seu trabalho.

Os empregados mais e mais se acostumavam com ele. Já pararam de se surpreender e não pensavam nele, assim como não pensavam em Baruch Meir ou em Tsirl. Tudo neste mundo se modifica. Antigamente, Hirshl pensava e os empregados trabalhavam, hoje, Hirshl trabalha e os empregados pensam.

Neste mundo, os ricos estão acima e os pobres abaixo. E mais, nem todos os pobres têm a mesma sorte. Faivel, o assistente do chefe dos empregados, pensava assim. Pois ele e Guetsil trabalhavam na mesma mercearia, no entanto, Guetsil estava acima e ele abaixo, além disso, Guetsil fundou uma sociedade, a qual dirigia. A verdade é que Hirshl, filho do proprietário, aproximava Faivel e afastava Guetsil, mas Faivel não se contentava com o que tinha e sofria pelo que não tinha.

Guetsil não pensava em seu companheiro. Guetsil tinha outros pensamentos: "Esse senhor, no princípio, era empregado desta mercearia e, no final, conseguiu ser o proprietário da mercearia e marido da filha de seu patrão". A história não se repete, porém ele não desejava casar-se com a filha de seu patrão, Bluma era apenas sua parente. E ainda que fosse sua parente, havia equilíbrio entre a posição dela e a de Guetsil. Guetsil fora convidado para o casamento de Hirshl e ela, ou não fora convidada, ou permanecera junto com as outras empregadas na cozinha. Há coisas surpreendentes neste mundo, quanto mais nos surpreendemos, menos podemos explicá-las.

Guetsil ganhava mais do que Bluma, ele tinha depósito em banco e era líder da Sociedade *Poalei Tsion* de Shibush, ainda assim, Bluma não lhe dava atenção. Aquela Bluma era uma moça estranha, não dava atenção a quem a queria. Antigamente, Hirshl queria casar-se com ela e ela não se casou com ele, hoje, Guetsil queria casar-se com ela e ela não lhe dava atenção.

Os estudantes retornaram às universidades com a chegada do outono e todos os assuntos da Sociedade recaíram sobre Guetsil. Nada se faz por si, quando se deixa de ir uma noite à sede da Sociedade, encontra-se o jornal amassado e as cadeiras espalhadas. Apesar de seu trabalho ser intenso, arrumava um tempo para ir ver sua irmã. O demônio que dançava entre eles fora para outro lugar, agora, a paz reinava entre Guetsil e sua irmã.

Guetsil chegava com os bolsos cheios, apalpava-os e dizia: "Gulosos, o que é que eu trouxe para vocês? Quem adivinhar ganhará em dobro". Diziam as crianças: "O tio trouxe isso e aquilo", mas o tio trazia coisas especiais que nem todos os gulosos conheciam. Baruch Meir continuava inovando e a cada dia trazia todo tipo de mercadoria nova. Guetsil era muito generoso, mesmo que os gulosos não adivinhassem, dobrava suas porções. O próprio Guetsil não comia doce, pois Baruch Meir o ensinara a não ser guloso, porém, para ensinar aos pequenos o que deveria ser mascado e o que deveria ser chupado, ele chupava e mascava.

Toiber também se juntava ao grupo, sentava-se com seus filhos e suas filhas, pegava uma porção com dois dedos e a examinava com os olhos, enquanto sua mulher de rosto iluminado ficava diante da mesa. Yona Toiber não se enganou quando a viu, seu irmão trabalhava num negócio grande e era generoso.

Toiber pegava uma bala e a examinava, talvez contivesse chocolate. Ele não comia chocolate, desde que ouvira o Rabi de Barzan[4] dizer que havia suspeita de que misturavam gordura animal ao chocolate. Toiber era exigente consigo e tolerante com os outros.

Toiber não era como os outros *schadkhanim*, não era ávido por comida ou bebida e não mantinha uma caderneta onde escrevia o nome de rapazes e moças, pois, se assim fosse, olharia na caderneta e veria que chegara a hora de encontrar uma moça para casar seu cunhado. Mas Guetsil, como todos os rapazes, chegado o momento, cortejava mulheres. Entretanto, como todos os rapazes, era recatado e tímido, e não demonstrava o que lhe ia no coração. Afinal, não tinha a coragem de um Sansão que disse: "Pegue aquela para ser minha mulher".[5]

Depois de deixar sua irmã e seu cunhado e o bando de gulosos, retornava à casa de sua mãe. Seu coração estava triste e seus bolsos, vazios. As guloseimas que trazia nos bolsos, espalhara pela casa de seu cunhado; o que restara de seu presente? Nada. Talvez Guetsil devesse trazer pão e medicamentos para suas irmãs, pois era por respeito a Guetsil que o zelador da Sociedade Sionista, Yossele, filho do marceneiro, tirava de sua própria boca para alimentá-las.

Guetsil e Yossele não eram o centro do mundo, ambos nasceram apenas para servir a Hirshl, um na mercearia e outro na sede da Sociedade. Talvez Hirshl tampouco fosse muito importante, porém era filho do patrão, e ele próprio era seu patrão. Dos três, apenas ele se casara e com Mina Tsimlich, filha de gente abastada. Na verdade, havia desejado Bluma, porém, Deus no céu, Tsirl e Toiber aqui na terra fizeram com que se casasse com Mina e não com Bluma.

Bluma ainda não se havia casado. Desde o dia em que deixara a casa dos Horovits, Hirshl não mais a vira, a não ser uma vez no pátio de Mazal e uma vez com Knabinhut no mercado. Era como se ela tivesse entrado para um convento e tivesse deixado o mundo. Certa vez, Tsirl disse: "Bluma não aparece em nossa casa". Pelo tom de Tsirl, entendia-se que Bluma era ingrata, pois deveria perguntar pelos parentes e não perguntava por eles. Assim, Hirshl, como todos a quem a vida sorri, considerava seu comportamento correto, portanto, quem não agia corretamente era Bluma, que não ia ver como estava a criança.

Hirshl estava acomodado. Ao pensar em Bluma, seu coração já não se agitava. Será que isso era sinal de amadurecimento?

Hirshl pensava em seu íntimo: "Se Mina morresse, será que Bluma se casaria comigo?". Não que desejasse a morte de sua mulher, Deus o livre, porém, o que faria um viúvo que não se casasse? E, como não conhecesse outra mulher a não ser Bluma, desejava Bluma. Se não casasse com ele por amor, casaria por piedade. Ele também se enchia de piedade de si e de seu filho, que ficaria órfão sem mãe.

Essa palavra, órfão, agradou a Hirshl. Muitas vezes chamou a seu filho de "meu órfão". Quando Mina ouviu pela primeira vez que Hirshl chamava Meshulam de "meu órfão", apavorou-se e estremeceu. Passados alguns dias, acostumou-se, seus ouvidos acostumaram-se, sua alma não se acostumara. Sempre que ouvia a palavra órfão em relação a seu filho, toda sua alma estremecia. Certamente, Hirshl não tinha a intenção de provocar o demônio, porém a palavra surgiu em sua boca e ele agradou-se dela.

Meshulam não se desenvolveu como deveria. Todas as doenças infantis o acometeram quando ainda era pequeno. Já nascera fraco e as pessoas que cuidavam dele, querendo consertar o trabalho do Criador, somente pioravam a situação. Amarravam seu corpo com muitas fraldas, prendiam seus membros, envolviam-no com roupas excessivas, e ele transpirava tanto que ficou com febre e adoeceu. A ama-de-leite esforçava-se por demonstrar amor por Meshulam. Quando Mina ou Tsirl ou Berta ou Sofia chegavam, a ama-de-leite pegava-o no colo e amamentava-o. Quando dormia o acordava. Quando entravam Baruch Meir ou Guedalia ou Hirshl, colocava-o de pé para mostrar sua força, e seus membros, ainda não rijos, causaram o enfraquecimento de seus órgãos internos e o rompimento dos ligamentos de sua barriga. Ela ainda causou outros males, devido aos alimentos fortes e à aguardente que ingeria e que prejudicavam a criança. Para que não chorasse à noite, impedindo-a de ir atrás de rapazes, pendurava na cabeceira de seu berço ervas que faziam dormir.

Começou um entrar e sair de médicos; prescreviam-lhe receitas, davam-lhe drogas, alimentavam-no com medicamentos. Às vezes acalmavam-no por algumas poucas horas e estendiam seu sofrimento por vários dias. Às vezes consertavam uma coisa e estragavam muitas coisas. Berta e Tsirl traziam mulheres sábias e cada qual carregava seus remédios e, se nada inovasse a inovação, resumia-se em invalidar a sugestão de sua companheira anterior, de qualquer forma, a criança não conseguia curar-se.

Quando Hirshl viu que todos se ocupavam de seu filho sem sucesso, pensou em seu íntimo: "Se Bluma cuidasse dele, ficaria curado". E, assim, Hirshl desenhava mentalmente: ele de um lado de seu filho, e Bluma de outro lado, entre eles, o bebê se restabelece. Deus do céu sabe que Hirshl pensava somente no bem-estar de seu filho, pois Hirshl vivia em paz com Mina e não tinha olhos para outras mulheres. O que Hirshl desejava? Desejava que Bluma cuidasse de seu filho doente. Nem bem terminava de pensar nisso e seu coração o admoestava: "Você enxerga apenas o que é bom para você; o que é bom para outros, você não enxerga".

Hirshl zombando disse: "Que bela moral!" E ele, assustado, mordeu os lábios para não despertar sobre si a ira do destino.

Por fim, decidiram levar o bebê para Malikrovik. Não que o bebê precisasse disso, mas sua mãe era quem precisava, uma vez que suas forças esvaíram-se e não conseguia cuidar de seu filho e, como pretexto, disseram que o leite quente da vaca seria seu remédio.

Berta chegou com o coche e levou Meshulam consigo. Berta sentou-se na frente com seu neto, a ama-de-leite sentou-se diante deles, e Stach, sentado em seu banco, alisava a correia de seu chicote e sorria para os cavalos. Quando o coche partiu, Mina chorava sob o umbral de sua casa. Hirshl viu e estendeu seus braços para abraçá-la, no entanto o sofrimento que sentia por causa do seu filho enfraqueceu seus braços e os deixou cair.

R.R.

XXXVI

Meshulam saiu e a casa ficou vazia. Para acalmar-se, Hirshl fumava um cigarro atrás do outro. Estava confuso. Mina, que trabalhou duro na arrumação da bagagem do menino, foi antes para a cama. Hirshl também foi deitar-se.

Hirshl não encontrava conforto em sua cama. Nunca fora um grande dorminhoco, ainda mais numa noite em que lhe levaram o filho. Depois de um tempo, saiu da cama.

Mina acordou e perguntou: "Você se levantou?".

Disse Hirshl: "Pareceu-me ter escutado a criança chorar".

Disse Mina: "Mas ele está no campo".

Disse Hirshl: "Apenas disse que me pareceu".

Disse Mina: "É o hábito".

Disse Hirshl: "O hábito faz muito".

Mina calou-se e Hirshl controlou seus passos para não impedi-la de dormir. Ela também controlou sua respiração e ouviu cada um de seus movimentos. Hirshl percebeu e não se mexeu.

Seu coração bateu calorosamente. Jamais se sentira assim. Parecia-lhe que pela primeira vez estava num quarto com uma mulher. A respiração de Mina intensificou-se. Ele também respirava ofegante.

Hirshl perguntou a Mina: "Você está dormindo?". Sua voz tremia, mas ele estava certo de que Mina não percebia.

Mina respondeu da cama: "Não estou dormindo".

Seus olhos estavam abertos, pensava em seu filho que lhe fora arrebatado e em seu marido que estava com ela em sua cama.

Naquela hora, Hirshl não pensava nem em seu filho e nem em nada deste mundo. Todo o seu ser sentia sua mulher deitada respirando diante de si.

A noite estava silenciosa. Não se ouvia ruído algum lá fora. Cada movimento na casa duplicava-se. O cobertor com o qual Mina cobria-se deslizou. Os lábios de Hirshl encontraram os lábios de Mina. Depois de um tempo, ela suspirou e disse: "Você está aqui, Heinrich". Hirshl abraçou-a com toda a força e nada disse.

Meshulam, morando com os pais de Mina no campo, a vida de Hirshl e Mina tranformou-se. Quando Meshulam se foi, sua ama-seca se fora com ele e, enquanto não contratavam outra empregada, Mina era quem fazia o serviço de casa.

Não se pode dizer que Mina fosse muito ágil. Havia mulheres mais ágeis do que ela, porém, quando um homem e uma mulher estão unidos e vivem em paz, a mulher faz o que consegue e o homem fica satisfeito com aquilo que ela faz.

Os afazeres de casa afastaram o aborrecimento de Mina. Seu rosto, que era pálido, enrubescera, sua boca, que parecia um soluço congelado, começara a sorrir. Na verdade, suas faces ganharam umas rugas perto das orelhas, porém, Hirshl gostava daquelas rugas e as chamava de bolsas de beijos, diante da intimidade que havia entre os dois. Todas as manhãs, Mina preparava a refeição matinal e Hirshl a ajudava, enquanto ela lhe contava os sonhos que tivera durante a noite, e ele esforçava-se para interpretá-los. Bar Hadya[1] os interpretaria de outra forma, porém para Mina, as interpretações de Hirshl eram melhores do que as interpretações de qualquer decifrador de sonhos.

Hirshl gostava dessa hora matinal, quando ficava com sua mulher na cozinha e a auxiliava em seu trabalho. Não que ela necessitasse de auxílio, é que ela ficava muito bonita em seu roupão e ele gostava de olhá-la. Se não fosse pelo leiteiro e pelo padeiro, que traziam o leite e o pão justamente quando ele estendia o braço para abraçá-la, o mundo seria o paraíso.

Mina aproximava-o com uma mão e afastava-o com a outra, apressando-o para que tomasse o café antes que esfriasse. Dizia Hirshl: "Beba você de meu copo e beberei". Dizia Mina: "E por acaso eu não tenho o meu copo? Para que beber do seu?". Dizia Hirshl: "Para que eu beba do seu". E não era só na refeição matinal, isso se repetia em todas as refeições.

Sentado com Mina lembrava-se de Bluma e pensava: "Aquela moça não me amava e duvido que alguma vez tenha amado alguém. Ela não se casa, pois não poderia suportar o fato de dar prazer a alguém".

Nos olhos de Mina brilhava uma centelha de luz que Hirshl jamais notara. Quando ela colocava a mão em seu ombro, um calor agradável emanava do corpo de Mina para o corpo de Hirshl. Observou-a e notou que seu corpo se tornara cheio. Olhou-a e ela enrubesceu. Olhou-a novamente. Talvez seus olhos vissem o que os lábios dela não lhe revelaram. Não chegou a perguntar e uma centelha de satisfação brilhou em seus olhos maternais. Imediatamente, Hirshl enxergou toda verdade. Deus do céu fez com que Hirshl percebesse por si.

O corpo de Mina tornara-se cheio. Mesmo assim, ela continuava ágil. Suas mãos não permaneciam desocupadas nem por um instante. Quando terminava os afazeres de casa, costurava algumas roupas pequenas. Talvez para Meshulam. No entanto, Meshulam era maior do que as roupas.

Hirshl não tinha tempo para assuntos de roupa, sobre a roupa de sua mulher, quase não opinava, menos ainda sobre a roupa de uma criança que ainda não nascera. As festas cristãs se aproximavam e o trabalho na mercearia era grande. Já tinha começado a preparação de todo tipo de caixas para as mulheres dos ministros. Guetsil e Faivel eram confiáveis, porém um bom comerciante costuma vigiar seus empregados.

Guedalia Tsimlich chegava à cidade e ia à mercearia. Baruch Meir entregava-lhe um bilhete e Tsirl mordia os lábios diante de uma fileira de letras. Um pouco distante de seu sogro, estava Hirshl. Apesar de seus olhos não demonstrarem, seu coração não mais divergia de seu sogro. Aparentemente, Hirshl acomodara-se e não mais discordava de todo mundo. O mundo se portava como de costume e era assim que devia ser. Às vezes percebia-se uma leve mudança no mundo, por exemplo, a casa de Hirshl era uma casa de encontro de amigos, no entanto, Guildenhorn, tendo retornado a Shibush por ocasião das festas cristãs, o mundo voltara a ser o que era. Novamente, todos os amigos de Guildenhorn encontravam-se na casa de Guildenhorn e deixavam Hirshl sem visitantes.

Hirshl e Mina não perceberam, ou perceberam e não sentiram pesar. De qualquer forma, estavam para ir ao campo ver como estava seu filho. Agora que o governo proibira que os negócios abrissem nos dias das festas cristãs, Hirshl tinha tempo disponível para ir com sua mulher a Malikrovik.

Mina e Hirshl foram ver o filho. Meshulam desenvolvia-se com dificuldade, porém percebia-se que a vida no campo era melhor para ele do que a vida na cidade. A supervisão de sua avó ajudou um pouco a colocá-lo de pé.

Hirshl brincava novamente com seu filho. O tempo todo inventava brincadeiras. Hirshl não se parecia nem um pouquinho com seu tio Meshulam, cujo nome fora dado ao bebê. Contudo, conseguiu escrever um poema para seu filho, e assim o recitava:

> "Os anjos que no alto da escada estão
> Trazem uma dádiva amada ao meu filho Meshulam
> O que lhe trazem, irmão ou irmã,
> Eu e ele, muito felizes, receberemos com afã".

Certo estava Schiller quando disse: "Quem é que não escreveu poemas em sua juventude?". Talvez Schiller não se referisse a esse tipo de poema. De qualquer forma, esse poema é melhor do que o apelido de 'órfão', pelo qual Hirshl costumava chamar seu filho.

Hirshl não brincava com seu filho o dia todo. Às vezes, ficava no pátio com as pessoas. Stach, como de costume, cuidava dos cavalos e fazia cócegas nos cachorros. Os cachorros não se irritavam com o "espinhudo", assim Stach era chamado por causa dos pinos que havia na sola de seus sapatos. Os cachorros sentiam que o "espinhudo" tinha problemas e suportavam pacientemente o sofrimento, deixando que desabafasse neles. A ama-de-leite de Meshulam não se portava dessa forma, quando Stach fazia cócegas em sua barriga, golpeava-lhe o rosto. Antigamente, ela procurava Stach, desde que passara a morar na cidade, acostumara-se com pessoas de boas maneiras.

Mina passava a maior parte do dia com sua mãe, sua mãe sabia preparar comidas boas e Mina queria aprender. E às vezes ela deixava a culinária e passeava com Hirshl pelo campo.

A neve ressurgiu no campo e o campo brilhava. O cheiro que emanava da neve fresca renovava o coração. As pequenas orelhas de Mina tornaram-se rosadas, havia um instante estavam frias e agora já estavam quentes, havia um instante ela temia o frio e por fim sentiu que o frio a aquecia.

Hirshl e Mina passeavam pela neve. A neve assobiando sob seus pés, e não apenas a neve, mas também as pessoas, estavam cantando para eles. Curvado na neve, de cócoras, um músico, cego dos dois olhos, segurava seu instrumento musical, com os dedos tocava e com a boca entoava uma canção. Esse não era o cego sobre o qual Langzam, o médico, falara, pois, enquanto Langzam falava sobre os músicos cegos de sua cidade, Hirshl vira diante de si uma cidade ensolarada e, no entanto, esse se encontra no campo e num dia de neve.

Curvado sobre a neve, lá estava o músico tocando sua melodia triste que não tinha princípio nem fim. Calados Hirshl e Mina permaneciam diante dele. Parecia que assim ficariam até que o músico interrompesse sua melodia.

De repente, Hirshl agarrou Mina pelo braço e disse: "Vamos".

Sua voz estava dura, se ela não se tivesse apavorado com sua voz, teria se surpreendido.

Já haviam andado alguns passos e Hirshl voltou até o músico e atirou-lhe uma moeda. Se não fosse cego, se surpreenderia com a moeda que recebera, pois seu valor era maior do que qualquer moeda que se costuma dar aos pobres.

Deus no céu sabia porque Hirshl estava confuso. Às vezes ficava triste e às vezes ficava feliz. Tanto sua tristeza quanto sua alegria eram exageradas.

Acalmou-se lentamente. De repente, lembrou-se de que Mina aprendera a tocar piano e de que, todos aqueles anos, não pedira um piano para que pudesse tocar. Ele, como todos os que não tinham interesse por música, sentia-se grato por sua mulher não incomodar seus ouvidos.

XXXVII

Duas vezes ao dia o trem chegava a Shibush e a cada chegada trazia novas fisionomias. Todos os que chegavam se pareciam e a única diferença entre eles era o sotaque, enquanto um pronunciava "ai", o outro pronunciava "ei"[1], e o estado de sua roupa, enquanto um tinha a roupa limpa, o outro tinha a roupa suja. Entretanto, às vezes o trem trazia um visitante de outro país, suas roupas eram diferentes e sua língua também.

Arnold Tsimlich não era uma fisionomia nova em Shibush, já o vimos em Shibush no casamento de sua parente Mina. Ele tinha muitos negócios em andamento, em Shibush. Se você não sabe quais são os negócios de Arnold Tsimlich, é só observar a quantidade de aves que ciscam nos lixos de Shibush. As aves não sabiam de nada, ciscavam no lixo e punham ovos, mas os criadores de galinhas e os pequenos comerciantes sabiam que o único motivo de sua existência no mundo era enviar os ovos para Arnold Tsimlich, na Alemanha. Talvez mesmo os que comiam os ovos não soubessem de nada. Comiam ovo e não perguntavam de que árvore procedia. Mas Arnold Tsimlich sabia que todos os ovos de boa qualidade que alimentavam seus conterrâneos eram dele. Se não fosse por ele, iriam comer ovos vindos da China e seus olhos ficariam iguais aos olhos dos chineses, não azuis e belos como os olhos das pessoas de Shibush e de seus arredores.

Ainda antes das festas cristãs, Arnold Tsimlich escreveu avisando que, naquele período, quando as lojas permaneciam fechadas, iria a Malikrovik e, como as pessoas da Alemanha cumpriam suas palavras, ele cumpriu a sua.

Havia muita alegria na casa de Guedalia Tsimlich. Baruch Meir e Tsirl foram a Malikrovik para receber o visitante, Berta preparou o melhor de sua cozinha, enfeitou a mesa com louça bonita, por exemplo, aquele ganso de cerâmica com seu bico irado apontado para o visitante. Um tamanho contraste entre a fisionomia daquela mulher e a cara daquela ave é difícil demais de ser encontrado, Berta se alegrava a cada colherada de molho que se sorvia e, no entanto, aquela ave tinha a cara irada.

Guedalia trouxe diversas bebidas com grande teor de álcool. Lá na Alemanha, ingeriam-se bebidas diluídas que apenas molhavam a boca e não faziam falar, porém, as bebidas de Guedalia, cada gota incitava o aparelho fonador.

Essa bebida tinha mais uma característica, depois de beber dois ou três copos suas cordas vocais se calavam sem que você sentisse, e o mesmo acontecia com seu companheiro.

Baruch Meir pensava: "Eu estava certo de que Guedalia, sogro de meu filho, fosse o membro mais importante de sua família e, de repente, este Tsimlich, ou seja, Arnold Tsimlich é que é o mais importante da família Tsimlich, pois o sogro de meu filho tem apenas uma filha que tem o meu nome, Horovits, e, no entanto, Arnold Tsimlich tem muitos filhos e filhas. Daqui a cento e cinqüenta anos, o nome Tsimlich desaparecerá de Malikrovik, lugar de origem dos Tsimlich. Porém, na Alemanha, os Tsimlich reproduzir-se-ão e serão muitos, e talvez os Tsimlich se casem com os Horovits, ou seja, meu neto Meshulam poderá casar-se com a filha de um Tsimlich. Mina talvez dê à luz uma menina e ela então poderá casar-se com o filho de um Tsimlich". Baruch Meir gostava dos alemães desde o dia em que fora para Carlsbad recuperar-se.

Tsirl sentou-se em silêncio. Tsirl mudara muito, não mais se entusiasmava por comidas boas e deixara de comer e beber impulsivamente. Se Berta percebesse que a sogra de sua filha comia pouco, ficaria triste, porém os olhos e a atenção de Berta estavam voltados para a visita de seu parente. Hirshl também estava com uma roupa bonita, mas seu rosto não brilhava de felicidade. Mas uma grande felicidade estava por vir para todos. Deus do céu lá das alturas preparava alegria para todas as suas pessoas. Mina sabe que em breve alegrará os corações dos parentes com um filho ou uma filha.

De repente, Tsirl sentiu inveja. Ela não tinha nada contra aquele estrangeiro, mas por que todo esse barulho? Se analisarmos os fatos com profundidade, ele era filho de um pobre coitado que fora enterrado com mortalha alheia.

Mas havia uma coisa boa com a chegada de Arnold Tsimlich, novamente podíamos ver Hirshl, Mina, Baruch Meir e Tsirl sentados juntos. Na verdade, Yona Toiber estava faltando ali, porém, se analisarmos com profundidade os fatos, veremos que a presença dele não mais era necessária. Hirshl e Mina já se haviam casado e não mais precisavam de um *schadkhan* e, quando chegar a hora, encontraremos um *schadkhan* para seus filhos. Por enquanto, eles tinham apenas um filho e, como esse filho não queria ser filho único, seus pais concordaram em dar-lhe um irmão ou uma irmã.

O irmão de Meshulam veio ao mundo com um sorriso nos lábios. Saudável e perfeito. Sua mãe também se recuperou rapidamente a seu lado. Com mil alegrias, seus pais o envolveram e de mil nomes o chamaram, a cada dia um novo nome era criado pelo Bendito Santo. Há nomes que têm um significado e há nomes que não têm significado. De tantos nomes o chamavam, que seu nome de berço ficou esquecido.

Mil nomes deram àquela criança e mil vezes ao dia seus pais iam vê-lo. Ao lado de seu berço, enumeravam suas graças. “Olhe, está sorrindo! Olhe, está espirrando! Você viu seu nariz! Olhem como ele encolhe os lábios! Esse esperto entende tudo! Ui, sua orelha dobrou-se sobre o acolchoado”.

Aquela criança deitada em seu berço mostrava sua graça diante de seus pais. Numa distância de uma hora, encontrava-se seu irmão mais velho. Guedalia e Berta o mimavam como se fosse seu filho temporão. O mimo que dispensavam a Meshulam não era como o mimo dispensado a seu irmão, pois Guedalia e Berta eram idosos e já tinham esquecido como se fala com um bebê. No entanto, a vida de Meshulam não era ruim, só que a vida de seu irmão era melhor do que a dele.

Hirshl perguntou a Mina, quando os dois estavam ao lado do pequeno berço: “Mina, em que você está pensando?”.

Disse Mina: “No irmão dele que não está aqui”.

Disse Hirshl: “É bom que ele more com os avós”.

Disse Mina: “Também penso assim”.

Disse Hirshl: "Você pensa assim, mas não pelo mesmo motivo que eu".

Disse Mina: "Qual é o seu motivo?".

Disse-lhe: "É que o amor não se divide em dois".

Disse-lhe: "Pensei que no amor sempre houvesse lugar para mais um".

Hirshl baixou a cabeça e disse: "Não é isso, é que o amor vem quando não há nada que o separe de nós".

Deus do céu sabe que Hirshl pensava apenas naquela criança.

Aqui termina a história de Hirshl e a história de Mina, mas as histórias de Bluma não terminaram. Tudo o que se passou com Bluma Nacht é um livro à parte. E Guetsil Shtein, lembrado apenas de passagem, e todos os demais que estão dentro de nossa história simples, tanta tinta derramaremos e gastaremos tantas penas até que sejam escritas suas histórias.

Deus do céu sabe quando.

NOTAS

CAPÍTULO I

1. *Rosch Haschaná*: em português, "Ano Novo". Na cultura brasileira, tal evento tem um caráter de alegria, extroversão e descontração, enquanto na cultura judaica é caracterizada pela gravidade e introspecção.
2. *Birkhat Hamazon*: prece longa recitada após a refeição. Muitas partes são cantadas e ditas em conjunto com os comensais.
3. A lei alimentar judaica proíbe a preparação de alimentos com a mistura de leite e carne, portanto era costume as casas judaicas terem duas bancadas: uma para a preparação das refeições de leite e outra para as de carne.
4. *Iar*: oitavo mês judaico, corresponde ao mês de maio, quando é comemorado o dia do trabalho.
5. *Neduniá* (dote): o costume do dote fixou-se entre os judeus no fim do período do Segundo Templo, quando foi estabelecido um valor mínimo de 50 *zuzim* (moeda antiga de 3.5 gramas de prata, usada no período talmúdico). Quando os pais não tinham condições de prover o dote, havia instituições que o faziam.
6. Dia da Árvore, segundo o calendário judaico. Quinto mês do calendário judaico, corresponde ao mês de janeiro.
7. Carlsbad: estação de águas para onde os judeus abastados costumavam viajar. Localizava-se no Império Austro-húngaro, hoje Eslováquia.

CAPÍTULO III

1. A bênção da lua nova: o calendário judaico é lunar, portanto a lua nova marca o início de um novo mês. Quando a lua está visível no céu, é costume realizar uma cerimônia ao ar livre, do lado de fora

da sinagoga, para abençoar o nascimento da lua nova. Este ritual expressa a esperança de que Deus restitua à luz da lua sua antiga glória e a Israel sua grandeza, pois, segundo a tradição, nos tempos do Messias a lua brilhará durante todo o mês.

2. *O Livro do Pensamento*: livro de comentários e interpretações bíblicos. Obra de Rabi Moshé Hefets, publicada em Veneza no ano de 1710.
3. Horowitz (1560-1630): autor de *Shenei luchot habrit* (As Duas Tábuas da Aliança), morreu em Tiberíades. O Rabi Yeshaya Leib Horowitz foi rabino em várias cidades da Polônia.

CAPÍTULO IV

1. No texto em hebraico, o termo usado para "objetos" é *tachrichim*, denominação dada à mortalha que, segundo a tradição judaica, envolve o morto quando este é enterrado.
2. *Knabinhut*: do alemão, "protetor de criança".
3. *Cashrut* (adequação): refere-se às leis alimentares. São proscrições tradicionais acerca do ritual e dos preparativos de alimentos e refeições. Entre elas, estão o salgamento da carne para a extração do sangue; a proibição da mistura de carne com produtos lácteos; a proibição da ingestão de carne de certos animais e peixes e de frutos do mar. É um trabalho complexo para uma serviçal cristã que desconhece tais leis dietéticas, seguidas com rigor.

CAPÍTULO V

1. Dito rabínico, encontra-se no Talmud (Tratado *Yomá*, 29:71).
2. Relato que consta do comentário do "Midrasch Tanhouma". Encontra-se no *Sefer Ha-agadá*, de Bialik e Revnitski (livro 4:40).
3. A expressão "cem mortes e nenhuma inveja" (*mea mitot velo kin'a achat*) aparece em *Devarim Rabá* (fala de Moisés antes de sua morte).
4. "Cento e vinte anos": expressão usada para desejar longa vida. Com essa idade, Moisés morreu.
5. O texto original utiliza a linguagem do texto bíblico (*Eclesiastes* 7:29): "...Deus fez o homem reto; este, porém, procura complicações sem contas".

CAPÍTULO VI

1. *Shevilei Olam* (Os Caminhos do Mundo): primeiro compêndio geográfico escrito em hebraico por Samson Bloch (1784-1845). Os dois

primeiros tomos foram publicados em 1822 e 1827. O título da obra está em português devido à seqüência do texto.

2. Um dos pioneiros do jornalismo hebraico na Galícia (1827-1903), editou *Hamevasser*, primeiro jornal judaico galiciano.
3. No texto original em hebraico o nome do periódico é *Nesher*, cuja tradução é "águia". A tradução foi mantida, pois na continuidade do texto, o autor faz um jogo de palavras utilizando o termo. *Nesher* é o nome do suplemento literário do jornal *Hamevasser*.
4. Os pais da noiva costumavam sustentar o genro por alguns anos após o casamento, até que este pudesse prover seu sustento com o próprio trabalho.
5. *Seudát mitsvá*: refeição preparada para cumprir um mandamento ou para comemorar a realização de algum mandamento, como circuncisão, casamento etc.

CAPÍTULO VIII

1. Personagem principal do conto "Na Flor da Idade", de Agnon.
2. Na linguagem rabínica, o Senhor dos Sonhos é aquele que traz os sonhos (Deus). Na linguagem bíblica, é aquele que sonha (José).
3. *Ytschak* (rirá); *Guildenhorn* (chifre de ouro).

CAPÍTULO IX

1. O oitavo dia da festa de *Hanucá* é chamado de *zot hanucá* (esta é *hanucá*); conforme Deuteronômio 7:84, "*zot hanucá hamizbeach...*" (esta é a inauguração do altar...).
2. Barão (Maurice de) Hirsh (1896-1831): descendente de banqueiros judeus da Corte da Baviera, viveu em Bruxelas. Grande filantropo, criou um fundo especial para estabelecer escolas na Galícia e Bokovina, locais onde a situação social e financeira dos judeus era difícil.
3. Tshortkover: cidade na Galícia onde havia líderes hassídicos rodeados por muitos devotos.
4. Bobov: cidade na Galícia onde havia outros líderes hassídicos. Seus seguidores eram conhecidos por serem amantes de música e costumavam compor melodias próprias.
5. *Kurtz*: em ídiche e alemão, significa "curto".
6. Segundo o tratado rabínico *Sutá* 2:1, "quarenta dias antes da formação do feto, uma voz diz: 'a filha de fulano para sicrano'".
7. *Bat-kol* (A Voz): expressão da literatura rabínica, refere-se à Voz Celestial que clama e determina o destino.

8. É costume judaico quebrar um prato de louça no dia do noivado, e em seguida dizer "muitas felicidades".

CAPÍTULO X

1. Com a frase "com este anel você me é consagrada segundo a lei de Moisés e de Israel", sela-se o casamento judaico.
2. No texto hebraico, a palavra *meshumar* (guardado) refere-se ao vinho que, segundo a *Agadá* (lenda), está sendo reservado no Paraíso para a refeição que, futuramente, será preparada por Deus para os *tzadikim*.
3. Salmos 136:23: "Ele se lembrou de nós em nossa humilhação...". O texto repete o texto bíblico, criando um tom satírico.
4. No texto hebraico: *zachur latov* (lembrado para o bem), traduzido no português por "seja abençoado". Aparece no "Piyut", poema litúrgico *Shoshanat Yaakov*, lido na sinagoga na festa de *Purim* depois da leitura do *Livro de Ester*.
5. Expressão de promessa, segundo os Salmos 137:6 ("Que a minha língua se cole ao paladar").

CAPÍTULO XI

1. América: o autor se refere à América do Norte, mais especificamente aos Estados Unidos, que para os judeus da Europa Oriental era o país promissor.

CAPÍTULO XII

1. O hebraico, a língua bíblica.
2. Israelitas: termo que predomina no texto original, de um período anterior ao uso do termo "judeus".
   Hebreus: nome dado ao povo do patriarca Abraão, o hebreu (Gênesis 14:13), nos primórdios de sua história. A partir da saída do Egito, essa denominação desaparece do registro bíblico, sendo substituída por "israelita", que passou a identificar esse povo. Aparece no relato da luta ocorrida entre o patriarca Jacob e um anjo quando, tendo o patriarca vencido o anjo, seu nome é modificado: "Não te chamarás mais Jacob, mas Israel, porque foste forte contra Deus e contra os homens..." (Gênesis 32:29). Conforme etimologia popular, a palavra "Israel" é composta da forma verbal *ysrá* (lutou e venceu) + *el* (Deus).

Judeu: termo que identifica o mesmo povo, significa pessoas provenientes da Judéia, nome dado pelos romanos ao reino judaico do Sul. Em 70 d.C., esse reino foi conquistado pelos romanos, que expulsaram o povo judeu que ali vivia.

CAPÍTULO XIII

1. No texto aparece *gretske hiner*, "galinhas gregas", em ídiche. Eram galinhas trazidas da Grécia para a Europa Oriental. Criaram uma grande controvérsia entre os eruditos religiosos judeus, quanto à *cashrut*; isto é, quanto à possibilidade, segundo as leis alimentares judaicas, desta ave ser considerada própria para o consumo, uma vez que existiam dúvidas quanto às suas características serem as mesmas das aves européias, mais mirradas.
2. A especificação das características dos ovos, que pela norma judaica podem ser considerados kesherim, alimentos próprios para o consumo. (Talmud, tratado *Avodá Zará* 40:71.)
3. No dia do casamento, os noivos costumam jejuar e pedir perdão a Deus por seus pecados.

CAPÍTULO XIV

1. "Quando Deus aprova os caminhos de um homem, Ele o reconcilia até mesmo com seus inimigos" (Provérbios 16:7).
2. Relato em que Esaú vende sua maioridade ao irmão em troca de um prato de lentilhas (Gênesis 25:29-34).
3. Stripa: rio que divide Shibush ao meio.
4. *Reb*: senhor.
5. Nessa época, devido ao Iluminismo europeu, algumas pessoas costumavam trocar seus nomes hebraicos ou ídiches por nomes não-judaicos.
6. "A pobreza é a morte": deste dito rabínico originou-se a expressão "um pobre é tão importante quanto um morto" (*ani chashuv kamet*). (Talmud, tratado *Nedarim* 7:2.)
7. Rabi Israel: chamado de Baal Shem Tov (Senhor do Bom Nome), foi o fundador do movimento hassídico no século XVIII, e valorizava o judeu simples, pregando a pureza, a firme intenção e a alegria como princípios do serviço divino.
8. Nesses dois dias da semana, segundo a tradição rabínica, a porção semanal da Bíblia é lida na sinagoga; por isso, muitos judeus que costumam orar em casa todos os dias, nesses dois dias dirigem-se à casa de orações.

9. Há uma controvérsia entre os sábios eruditos Rashi e seu neto Rabi Yaakov Tam quanto à ordenação das quatro passagens bíblicas contidas no *tfilin*. Por essa razão, os mais rigorosos colocam dois *tfilin* para ter certeza de que, de uma forma ou de outra, o mandamento foi cumprido.
10. De tempos em tempos, costuma-se entregar os *tfilin* a um *sofer* (pessoa que escreve o texto contido nas caixinhas segundo as normas exigidas) para que os examine e verifique se ocorreu alguma falha e, se possível, corrigi-la; caso contrário, o *tfilin* é considerado inadequado para uso.
11. Eclesiastes 7:29: "Deus fez o homem íntegro, mas ele complica demais".
12. Quando alguém está muito doente, é costume trocar seu nome ou acrescentar um a ele, para que receba a graça da cura. Trata-se de uma estratégia para enganar o anjo da morte.

CAPÍTULO XV

1. A sociedade do *schtetl* norteava sua vida pelas festividades e costumes ligados à religião e aos seus rituais. O entardecer era marcado pela oração de *arvit* (da noite).
2. *Ossé schalom* (Aquele que Instaura a Paz): corresponde à última parte da prece conhecida como "Grande Oração". A Grande Oração é lida simultaneamente por todos, em silêncio e com toda a concentração. No trecho mencionado, pede-se que Aquele que instaura a paz nas alturas, instaure a paz entre nós.
3. Akávia Mazal: nome de uma personagem que aparece no conto "Na Flor da Idade", escrito por Agnon. Akávia apaixona-se por Léa, e é correspondido; ela se casa, porém, com outro homem, contra a sua vontade. Tirtsa, a filha de Léa, decide se casar com Akávia, pretendente frustrado se sua mãe, enfrentando a todos.
4. *Neue Freie Presse*: jornal de Viena, escrito em alemão.
5. Aos sábados, segundas-feiras e quintas-feiras, é lida nas sinagogas a porção bíblica semanal, e no sábado que antecede o casamento, o noivo faz a leitura da Torá. O convite à leitura é considerado honroso, e quando essa leitura é uma celebração, como quando o menino completa treze anos e na semana que antecede o matrimônio, as mulheres costumam atirar balas, amêndoas e passas sobre os homenageados.
6. Lado direito: no texto em hebraico aparece *mizrach* (oriente), alusão ao lado oriental, direção de Jerusalém.
7. Aqueles que freqüentavam a sinagoga adquiriam lugares que permaneciam como propriedade familiar.

CAPÍTULO XVI

1. *Hamaguid* (O Cronista): primeiro semanário hebraico publicado na Prússia (1856-1890), cujo editor foi David Gordon, serviu de veículo para a difusão da ideologia do movimento nacional judaico Chibat Tsion, que surgiu na Rússia czarista no final do século XIX. Seu objetivo era solucionar o problema judaico, levando os judeus para a Terra de Israel. Seus membros dividiram-se em associações, como a *Bilu* (iniciais de *Beit Yaakov Lechu Venelchá*: "Andemos, Casa de Jacó").
   Otsar Hasifrut (Tesouro da Literatura): anuário hebraico que reunia pesquisas sobre judaísmo, crítica e literatura. Foram publicados cinco volumes entre 1887 e 1892, editados por Broides e Graber.
   Sifrei Hashaashuim (Livros de Entretenimento): pequenas coletâneas de literatura, publicadas por Farenhof de 1896 a 1899.
2. *Mazal tov*: numa tradução literal, teremos "boa sorte". É interessante notar, porém, que na formação discursiva do português, a expressão usada parta felicitações é "muitas felicidades" ou "parabéns"; na formação discursiva do hebraico, usa-se a expressão *mazal tov* ('boa sorte"). No português, desejamos "boa sorte" a quem está para passar por alguma prova; no hebraico, deseja-se *hatslachá* ("sucesso"). A tradução, nesse caso, é a usual.
3. *Rachash* (*rabanin, chazanin, shamashim*): rabinos, cantores litúrgicos e serviçais. No texto hebraico, aparecem as iniciais. É o nome dado aos profissionais que participam da celebração religiosa. Sua remuneração não era estipulada, mas uma contribuição ofertada pelos convidados presentes. A palavra "gratificação" foi usada por ser o ato que mais se aproxima do mencionado no texto.
4. *"Semechim betseitam vessassim bevoam"* (alegramo-nos na sua partida e exultamo-nos com sua vinda): parte de um poema litúrgico recitado no serviço matutino do *Schabat*. Refere-se aos astros celestes.

CAPÍTULO XVII

1. O casamento é comemorado durante sete dias, um para cada uma das bênçãos proferidas durante a cerimônia nupcial.
2. Conforme Eclesiastes 2:2, "Do riso eu disse: tolice, e da alegra: para que serve?".
3. *"Shlom emet sharui beinihem"*: "a verdadeira paz nos envolva". A expressão usada pelo autor é da literatura rabínica (Sutá 17:71): "quando o homem e a mulher se merecem, vivem em paz; se não se merecem, o fogo os devora".

4. No texto original, o autor reproduz a segunda parte da seguinte frase da literatura rabínica (tratado *Kidushin*): "Dez medidas de conversa couberam ao mundo; nove delas, as mulheres tomaram para si, e uma restou para todos".
5. Assim são chamados os dias que antecedem o Ano Novo judaico.
6. Este parágrafo contém muitas informações culturais, expostas pelo autor de forma bastante específica: ao referir-se às ocasiões em que Hishl madrugou para orar na sinagoga, o autor cita o nome pelo qual esses dias são conhecidos (*selikhot*); "Zachor brit": poema litúrgico escrito por Rabenu Meor Hagolá; *shalosh esrei midot* (os treze atributos); não foram traduzidos os nomes dos dias, mas foram mencionados e localizados.
7. "Prece da Chuva": oração específica para a época das chuvas (em Israel), é proferida a partir do último dia da festa de *sucot*.
8. Uma decisão rabínica fixa o tamanho do ovo como modelo referencial em alguns assuntos bíblicos.
9. *Ts'l* (muito caro): forma abreviada de *tslav* (cruz), moeda austríaca da época. Os judeus, para não proferirem uma palavra que era símbolo de outra religião, usavam a forma abreviada.
10. As quatro espécies usadas na festa de *sucot* são: cidra, palmeira, mirto e salgueiro.
11. As paredes da cabana eram de tecido e esvoaçavam ao vento.
12. Durante os sete dias da festa de *Sucot*, costuma-se mergulhar uma fatia em mel para abençoá-la.
13. O mandamento bíblico só será cumprido se uma refeição for feita na *suká*.
14. Segundo a *Agadá* (alegoria), além do paraíso espiritual, que é o paraíso das alturas, há também o paraíso terrestre.
15. *Ushpizin ilín*: do aramaico, hóspedes ilustres. Segundo a mística, Abraão, Isaac, Jacob, José, Moisés, Aarão e Davi hospedam-se na *suká*.

CAPÍTULO XVIII

1. A expressão "*hilbinu panav*" ("seu rosto empalideceu") vem da literatura rabínica (Talmud, tratado *Bava Metsia* 28:72). No processo discursivo do português, seria "corou de vergonha".

CAPÍTULO XIX

1. Expressão bíblica "*einav beroshô*" (seus olhos estão na cabeça). Eclesiastes 2:14.

2. Sigla de *Shenei Luchot Habrit,* livro importante sobre moral, escrito por Rabi Yeshaiah Horovits, no início do século XVII.

CAPÍTULO XX

1. *Sefer hakrav*: manual hebraico dos enxadristas (o livro da luta).

CAPÍTULO XXI

1. *9 de Av*: nono dia do mês judaico de *Av*, data da destruição do Templo Sagrado. Existem diversas lendas acerca do lamento que vem do Muro das Lamentações e acerca das lágrimas que emanam por entre suas pedras, nas noites de 9 de *Av* (Z. Vilnai, *Agadot Erets Israel*).
2. Sob o comando de Chmielnitski, pelotões de cossacos destruíram centenas de comunidades judaicas na Ucrânia e na Polônia.
3. Conhecida família polonesa nobre e abastada.
4. *Táler*: antiga moeda de prata alemã.
5. "Segundo a lei (*kedat*) de Moisés". A palavra *dat* adquire, mais tarde, o significado de "religião".
6. Os tártaros invadiram a Europa no século XII e investiram contra as regiões fronteiriças da Rússia e da Ucrânia, atacando cruelmente as comunidades judaicas.
7. Segundo crença popular, as portas do céu se abrem na noite de 9 de *Av*, o melhor momento para pedir piedade.

CAPÍTULO XXIII

1. Yossef De La Reina: viveu no século XV em Israel. Segundo uma lenda popular, ele teria tentado antecipar a chegada da redenção por meio de oração e jejum, mas fracassou e ligou-se às forças satânicas do mal.

CAPÍTULO XXIV

1. "*Lekatser nishmatá mitoch hamtaná*": "encurtar a alma pela espera", expressão idiomática do ídiche.

CAPÍTULO XXVI

1. Aquele que espirra diz isso.
2. A principal oração da liturgia,lida em pé e em silêncio, constitui o centro do serviço religioso.

3. Rolos contendo os livros da Bíblia, guardados na sinagoga; são retirados no primeiro dia do mês, quando, durante o serviço religioso, é lido o Êxodus 28:1-15.
4. Os homens costumam beijar o livro com a ponta de seu *talit*, como sinal de devoção.

CAPÍTULO XXVII

1. Alusão ao texto bíblico (Deuteronômio #20:19) que compara a árvore do campo ao homem.
2. Alusão ao Talmud (tratado *Avot* 1:7): "Ainda que você viva sossegadamente, não esteja seguro de tua felicidade, pois se pecar, a desgraça recairá sobre você".

CAPÍTULO XXVIII

1. Alimentos considerados impróprios para a ingestão, segundo as normas judaicas.
2. Ao três nomes referem-se às tribos de Israel, e é como se o personagem estivesse dizendo: "Deus e todo mundo sabem".

CAPÍTULO XXIX

1. *Machatsit Hasekel* (meio shekel): comentário de Rabi Shmuel Halevic (século XVII) sobre o *Tosefta*. O nome da obra imprime um tom irônico.
   Tosefta: comentários adicionais de Rabi Itzchak Alfasi ao Talmud, escritos na França e na Alemanha durante os séculos XII e XII, por iniciativa de Rabi Jacob ben Meir.
2. Segundo as leis religiosas alimentares, carne e leite não podem ser misturados.
3. Questões acerca de leis religiosas alimentares.
4. Segundo Levítico 18:10-12, é proibido consultar os mortos.
5. Alusão ao Salmo 88:6: "No túmulo, o servo está liberto do Senhor".
6. Talmud, tratado *Schabat* 30:71: "Quando uma pessoa morre, fica liberada das obrigações da Torá".
7. Expressão idiomática da linguagem rabínica (*halachá lemaassé*): leis que são comprovadas com a prática.
8. Shlomo Rubin (1823-1910): escritor e estudioso da filosofia de Spinoza e do folclore judaico. Escreveu uma paródia de *O Elogio da Loucura* de Erasmo de Roterdã.

9. *Berit melach leolam*: "pacto eterno de sal"; expressão bíblica que significa um pacto eterno, indissolúvel, assim como o sal (Números 18:19).
10. Ezequiel 16:4 (Por ocasião do teu nascimento... não foste esfregada com sal"); Levítico 2:13 ("Salgarás toda a oblação que ofereceres..."); e Juízes 9:45 ("Abimelec atacou a cidade... e espalhou sal sobre ela").
11. Livros de interpretações das leis bíblicas, escritos por estudiosos judeus.
12. Escritores do movimento iluminista da Galícia (1815-1868). Seu livro é uma continuação do livro de Bloch.
13. Sempre que os *hassidim* mencionam o nome de um *tzadik*, acrescentam "que seu mérito nos proteja, que sua alma descanse nas alturas".
14. *Tsiporen shamir*: "ponta de diamante". Jeremias 17:1: "O pecado de Judá está escrito... com uma ponta de diamante ele está gravado...".
15. *Maguen Avraham*: comentário escrito por Avraham A. H. Gombiner (1637-1683) sobre o *Shulchan Aruch* (compilação de leis rabínicas, escrita por Yossef Karo em 1575).

CAPÍTULO XXXI

1. A ordem da ação dos fregueses, que saem e entram, alude ao sonho de Jacob com os anjos, que subiam e desciam. Aparentemente, há uma inversão de verbos: os fregueses primeiro entram e depois saem; assim como os anjos, que deveriam primeiro descer para depois subir (Gênesis 28:12).
2. *Tikun*: concerto; equivale a "redimidos e redenção". Esse termo denomina uma série de preces especiais e o estudo que inclui a recitação de certos capítulos da Torá, da *Mishná* e do *Zohar* – obra central da Cabala (mística judaica) –, com o objetivo de reparar a alma, de absorver os pecados e de cancelar decretos restritivos.

CAPÍTULO XXXII

1. Antes da oração deve-se lavar as mãos.
2. Balançar o corpo enquanto reza é uma expressão de êxtase.
3. *Rabiner*: do alemão, rabino. Na literatura hebraica, assim são chamados, ironicamente, aqueles que, ao invés de se dedicarem ao estudo dos Livros Sagrados, se dedicavam aos estudos acadêmicos (doutores).

4. *Ashavat Tsion* (Amantes de Sião): sociedade criada no século XIX, com o objetivo de fazer renascer o povo judeu, pelo retorno à pátria.
5. *Machanayim*: assentamento localizado na Galiléia, habitado em 1898. Foi abandonado, mais tarde, devido à seca.

CAPÍTULO XXXIV

1. *Midrash Bereshit Rabá* 8:1.
2. *Mischná*, tratado *Massekhet Kidushin* 2:2: "Por que a Torá diz 'um homem pegará para si uma mulher', e não diz 'a mulher pegará para si um homem'? Porque é o homem que costuma buscar pela mulher, e não a mulher pelo homem. Da mesma forma, uma pessoa que perde um objeto precioso, quem busca? O senhor do objeto perdido é quem busca pelo mesmo".
3. No texto hebraico, a razão do não uso das roupas do *Schabat* é a condição de serem intelectuais, *haskalá shebahem* (sua sabedoria). Por serem intelectuais modernos, deixaram de usar os casacos compridos, usando-os mais curtos como pede a modernidade.
4. *Kol Israel Chaverim* (Todo Israel é Amigo): organização judaica internacional fundada em 1860, em Paris, que estabeleceu uma rede de escolas judaicas em comunidades carentes.
5. *Netula titvatchem al hacotsim*: "seus favores de nada valem e são atirados sobre os espinhos". Ditado talmúdico em aramaico, que aparece traduzido para o hebraico no texto original.
6. No *Schabat*, as cartas não podem ser abertas, pois rasgar é uma das ações proibidas no Sábado.
7. Talmud, tratado *Bereshit Rabá* 35:1; *Sefer Ha-agadá*, 35, p.167.
8. Isaías 32:8: "Quanto ao nobre, (...) firme se mantém ele na sua nobreza".
9. Seus editores pretendiam levar ao público tanto as idéias do Iluminismo, quanto a do assentamento no Estado de Israel.
10. O número dezoito, considerado "da sorte", representa vida e tradição, na vida judaica.
11. Carmel: vinho produzido em Israel.
12. Talmud, tratado *Massechet Yomá* 87:1.

CAPÍTULO XXXV

1. *Vovi*: diminutivo de *wolf*, lobo em alemão.
2. Segundo a tradição judaica, os homens devem cobrir a cabeça para, somente de cabeça coberta, poderem proferir o nome de Deus.

3. Membro de seita judaica do século VIII que rejeita os ensinamentos do Talmud e segue apenas a Lei Escrita, a Bíblia.
4. Shalom Mordechai Shabdrun: sábio da Galícia (século XIX) que escreveu vários livros sobre as leis religiosas judaicas (*halakhá*).
5. Juízes 14:2 (Sansão Fala a seus Pais).

CAPÍTULO XXXVI

1. Bar Hadya: decifrador de sonhos, mencionado no Talmud (tratado de *Berachot* 56:1).

CAPÍTULO XXXVII

1. Há diferenças na pronúncia do ídiche nos diferentes locais da Europa.

GLOSSÁRIO

AGADÁ: lit. história, legenda. O conjunto do folclore, parábolas e lendas contidas no Talmud.

AGUNÁ (plural: *agunot*): esposa abandonada que, de acordo com a Lei Judaica, não pode tornar a se casar até que seja provado o falecimento do marido ou que este lhe envie o divórcio.

AMORÁ: amoraíta. Denominação aplicada aos comentadores e mestres palestinenses e babilônios que expunham a *Mischná*, de 219 a 500, e que redigiram a *Guemará*, isto é, a segunda parte do Talmud.

APIKORES ou APIKOROS (do grego, "epicureu"): herege; ateu, incrédulo, pessoa que nega a validade da tradição ortodoxa.

ARON HÁ-KODESCH: Arca Sagrada, armário em que se guardam, nas sinagogas, os rolos da Torá.

ASCHREI (hebraico, "Felizes são eles"): oração que começa com estas palavras; voz inicial do *Saltério* e da prece vespertina.

BATLAN (pl. *batlanim*): indolente, mandrião; o termo designa uma classe de indivíduos que existiu nos guetos; dedicavam-se unicamente aos estudos e às orações, viviam da caridade coletiva e desligados da vida prática.

BEIT HA-MIDRASCH: Casa de Estudos, em hebraico, e *besamedresch*, em ídiche. Sinagoga com dependência para o estudo das Sagradas Escrituras, bem como academia ou seminário rabínicos.

BIRKAT HÁ-MAZON ("Graças pelo alimento"): prece recitada após as refeições.

CASCHER: comidas ritualmente puras, de acordo com o código judaico.

COHEN (plural: *Cohanim*): sacerdote ou membro da classe sacerdotal na época do Primeiro e Segundo Templos; descendente de Aaron, irmão de Moisés.

ELUL: nome do sexto mês judaico, entre os meses de agosto e setembro.

ESCHET KHAIL ("mulher valorosa"): expressão empregada nos *Provérbios* de Salomão; significa não apenas valente, mas também virtuosa, prudente, graciosa, em suma, mulher digna de louvor. É um louvor entoado pelo pai e pelos filhos na sexta-feira à noite, durante a ceia do *Schabat*, no funeral de uma mulher e em cerimônias de *Bar-mitzvá*.

ETROG: cidra. Usada como símbolo na Festa dos Tabernáculos.

GABAI: tesoureiro ou administrador de uma sinagoga, ou irmandade.

GUEMARÁ: estudo, comentário, doutrina. Designa a parte do Talmud destinada à interpretação da *Mischná*.

HAGADÁ ("A Narração"): livro que contém a narrattiva do Êxodo do Egito e as demais partes do *Seder*, o ritual doméstico das duas primeiras noites do *Pessakh*, a Páscoa judaica.

HAD GADIÁ: em aramaico; hino alegórico que encerra o serviço do *Seder* em *Pessakh*.

HALÁ: nome dado ao pão que é feito para o *Schabat* e as festividades.

HALAKHÁ: usado no sentido de guia, tradição, prática, regra, lei; contrapõe-se a Agadá.

HALÁKHICA (O): da *halakhá* (leis rabínicas). As decisões *haláKhicas* determinam a prática normativa em que há divergência, seguindo a opinião da maioria dos rabinos.

HALEL (louvor, glorificação): salmo de graças, recitado por ocasião do Ano Novo, ou nos dias festivos.

HANUCÁ: dedicação. Festa comemorativa da façanha dos Macabeus. Festa das Luzes. É celebrada durante oito dias a partir de 24 de *Kislev*.

HASSID (pl. *hassidim*): pio, beato, adepto do Hassidismo.

HASSIDISMO: movimento religioso de grande repercussão entre os judeus da Europa Oriental, fundado por Israel Baal Schem Tov, o rabi do Bom Nome, ou Bescht, no século XVIII.

HAVDALÁ: separação, divisão. Nome da prece que se recita sobre a taça de vinho, no encerramento da solenidade sabática e de outros dias festivos.

HAZAN: chantre da sinagoga, precentor.

HAZANUT: arte do cantor litúrgico, o *hazan*.

HEDER: quarto, câmara. Denomina a escola de primeiras letras no sistema educacional religioso que vigorou entre os judeus.

HOSCHANÁ RABÁ: Grande Hosana. Solenidade especial no sétimo dia da Festa dos Tabernáculos.

IAMIM NORAIM: Dias Terríveis. Os dez dias intermediários entre as maiores festividades judaicas: *Rosch Haschaná* e *Iom Kipur*.

IAR: nome do oitavo mês do calendário judaico, corresponde a maio-junho em nosso calendário.

IÁRMULKE (ídiche): solidéu, pequeno barrete usado por judeus religiosos.

IOM KIPUR: Dia do Perdão, da Expiação. Observado no décimo dia do sétimo mês judaico, como um dia de jejum e arrependimento, é a data máxima do calendário religioso israelita.

KIDUSCH: santificação. Designa a bênção que se recita sobre o pão e sobre o vinho, antes das ceias sabáticas e festivas.

KITEL: túnica branca que os judeus tradicionais usam em ocasiões especiais, como o *Rosch Haschaná*, o *Iom Kipur* e a ceia de *Pessakh*; o noivo também a usa na cerimônia de casamento.

KOL NIDREI (em hebraico; *kolnidre,* em ídiche): todos os juramentos. São as palavras de anulação de todos os votos que iniciam a prece do Dia do Perdão, ou *Iom Kipur.*

LULAV: ramo de palma usado na Festa dos Tabernáculos, junto com o *etrog,* limão.

MAKHZOR: ciclo; nome dado ao livro de orações utilizado em festividades.

MARKHESCHVAN: oitavo mês judaico, geralmente cai no final de outubro. O prefixo "mar" (amargo) deve-se ao fato de não haver em seu decurso comemorações festivas.

MELAVÉ MALKÁ ("Acompanhamento da Rainha"): nome dado à refeição que encerra o *Schabat,* o qual é metaforizado como noiva.

MEZUZÁ (plural *mezuzot*): estojo de metal que contém, em pergaminho, os primeiros parágrafos da oração *Schmá,* e que serve de talismã, sendo colocado no batente das portas.

MIKVÉ: casa de banho ritual.

MINIAN: quorum, ritual. Conjunto de dez homens, maiores de treze anos, indispensáveis a qualquer rito público judaico.

MI SCHEBEREKH ("Quem ou Aquele que abençoou"): prece que começa com estas palavras e é proferida ao término da leitura da porção bíblica; nela, pede-se a Deus, que abençoou os Patriarcas, para abençoar a pessoa que acabou de ler o referido texto.

MITNAGD (plural: *mitnagdim*): oponente, adversário. Opositor confesso do hassidismo.

NISAN: sétimo mês do calendário judaico, correspondendo a março-abril em nosso calendário.

NITZAVIM VAYELEKH: nome da porção bíblica lida na sinagoga no sábado que encerra o mês de *Elul,* último do calendário judaico.

PEIOT: longos cachos laterais, atrás das orelhas, usados pelos judeus ortodoxos.

PIDION HABEN: cerimônia religiosa realizada no trigésimo dia de vida da criança; simboliza o resgate do filho primogênito que, segundo a tradição, deveria servir a Deus, no Templo Sagrado. Os judeus descendentes dos sacerdotes levitas estão dispensados dessa cerimônia, pois tinham a função de servir no trabalho do Templo. A quantia estipulada para a permuta é de cinco *selaim* moeda antiga que, segundo a tradição, correspondia ao *schekel*, moeda mencionada na Bíblia.

POALEI TZION ("Trabalhadores de Sion"): partido político socialista e sionista, fundado na Rússia, em 1901, por um pequeno grupo de intelectuais judeus de tendência marxista.

ROSCH HASCHANÁ: começo do ano, Ano Novo.

SCHABAT: sábado, o dia do descanso.

SCHADKHAN (pl. *shadkhanim*): casamenteiro; personagem típica da comunidade judaica das pequenas cidades da Europa Oriental.

SCHAVUOT: Pentecostes. Festa das primícias e comemoração do Decálogo. É celebrada a 6 de Sivan, entre maio e junho.

SCHEKHITÁ: abate; de reses e aves segundo as prescrições rituais judaicas que regulam a forma de fazê-lo e as espécies de animais cujo consumo, na alimentação, é permitido ao judeu.

SCHEVAT: quinto mês do calendário judaico, correspondendo, em nosso calendário, a janeiro-fevereiro.

SCHIDUKH: arranjo matrimonial.

SCHMÁ: nome da primeira e mais importante oração judaica, a qual começa com as palavras "*Schmá Israel*", "Ouve, ó Israel...".

SCHOKHET: magarefe. Nome dado ao encarregado de abater os animais segundo os preceitos da religião judaica.

SCHTRAIMEL: gorro de pele; usado pelos judeus devotos da Europa Oriental e designa, às vezes, a autoridade e dignidade do portador.

SELIKHOT (pl. de *selikha*, perdão, absolvição): conjunto de orações de penitência, recitadas, em geral de madrugada, na semana anterior ao Ano Novo e aos dias de jejum.

SCHALOSCH ESREI MIDOT (Os Treze Atributos Divinoa, Êxodo 34:6-7): são recitados várias vezes durante a noite das *Selikhot*.

SCHELIAKH TZIBUR (enviado da comunidade): encarregado de conduzir as orações, é um oficiante, assim como o *hazan* (cantor litúrgico), porém não deve necessariamente possuir a qualidade musical daquele.

SUCOT: Festa dos Tabernáculos.

TALIT: xale de lã, com franjas nas extremidades, que os judeus devem usar nas cerimônias religiosas.

TALIT KATAN (pequeno *talit*): versão menor do xale da oração; espécie de camisa com franjas.

TALMUD (*Talmude,* forma aportuguesada): o mais famoso livro dos judeus depois da Bíblia. É uma compilação de leis e interpretações da Lei e como que uma enciclopédia de legislação, folclore, lendas, controvérsias religiosas, crenças, doutrinas morais, tradições históricas, normas civis etc. que hermeneutas e glosadores (sob o nome de Tanaítas, Amoraítas e Sevaraítas) acumularam desde o encerramento da Bíblia até o século V de nossa era.

TAMUZ: décimo mês do calendário judaico, correspondendo a julho-agosto em nosso calendário.

TANAÍTAS (do hebraico *taná*, "tradicionalista"): nome dado aos intérpretes e doutores da Torá que atuaram na formulação da *Mischná*, isto é, a primeira parte e núcleo do Talmud, entre o início da era comum e o ano de 220, na Terra Santa, sendo sucedidos pelos Amoraítas, na elaboração do *corpus* talmúdico.

TANAKH: sigla dos nomes hebraicos dos livros do Pentateuco (Torá), Profetas (*Neviim*) e Escrituras (*Ketuvim*).

TASCHLIKH: cerimônia do "lançamento" dos pecados no Ano Novo. Migalhas de pão simbolizando os pecados são lançadas dentro de um rio.

TEVET: quarto mês do calendário judaico, corresponde ao mês de dezembro.

TFILIN: cubos com inscrições de textos da Escritura, presos por tiras estreitas de pele ou pergaminho e que os judeus devotos costumam enrolar no braço esquerdo e na cabeça.

TISCHREI: primeiro mês do calendário judaico.

TORÁ: lei. Designa, ora o Pentateuco, ora a Bíblia, ora todo o código cívico-religioso dos judeus, constituído pela Bíblia e pelo Talmud.

TZEDAKÁ (probidade, justiça): equivale ao donativo, à caridade. Costuma-se dar uma soma para caridade em ocasiões especiais, como um casamento.

COLEÇÃO PARALELOS

1. *Rei de Carne e Osso*
   Mosché Schamir
2. *A Baleia Mareada*
   Ephraim Kishon
3. *Salvação*
   Scholem Asch
4. *Adaptação do Funcionário Ruam*
   Mauro Chaves
5. *Golias Injustiçado*
   Ephraim Kishon
6. *Equus*
   Peter Shaffer
7. *As Lendas do Povo Judeu*
   Bin Gorion
8. *A Fonte de Judá*
   Bin Gorion
9. *Deformação*
   Vera Albers
10. *Os Dias do Herói de Seu Rei*
    Mosché Schamir
11. *A Última Rebelião*
    I. Opatoschu
12. *Os Irmãos Aschkenazi*
    Israel Joseph Singer
13. *Almas em Fogo*
    Elie Wiesel
14. *Morangos com Chantilly*
    Amália Zeitel
15. *Satã em Gorai*
    Isaac Bashevis Singer
16. *O Golem*
    Isaac Bashevis Singer
17. *Contos de Amor*
    Sch. I. Agnon
18. *Histórias do Rabi Nachman*
    Martin Buber
19. *Trilogia das Buscas*
    Carlos Frydman
20. *Uma História Simples*
    Sch. I. Agnon

Impressão e Acabamento
Bartira
Gráfica
(011) 4123-0255